Romancing the Countess
by Ashley March

薔薇の目覚め

アシュレー・マーチ
水山葉月[訳]

ライムブックス

ROMANCING THE COUNTESS
by Ashley March

薔薇の目覚め

主要登場人物

リーア・ジョージ……未亡人
イアン・ジョージ……リーアの夫
アデレード・ハートウェル……リーアの母
ベアトリス……リーアの妹
レンネル子爵……イアンの父
ライオスリー伯爵セバスチャン・エドワード・トーマス・マディンガー……貴族院議員
アンジェラ……セバスチャンの妻
ジェームズ……セバスチャンの弟
ヘンリー……セバスチャンの息子
レディ・エリオット……リンリー・パークの招待客
ミス・ペティグリュー……リンリー・パークの招待客
クーパー＝ジャイルズ男爵……リンリー・パークの招待客
ミスター・ダンロップ……リンリー・パークの招待客

1

一八四九年四月　ロンドン

リーアはいつものようにベッドの真ん中で横たわり、暖炉の火の影が天蓋に揺れるのを眺めていた。いつもと違うのは、激しい雨と風で窓がかたかたと音をたてているところだ。

稲光がつかのま室内を照らし、リーアは息をのんで、頭上の花模様の刺繍を見つめた。たとえ寝室が真っ暗だったとしても、このロココ調のベッドの細部まで思い描くことができるだろう。縦溝彫りのマホガニーの柱に、上部にシュロの葉模様が織りこまれた美しい濃紺のカーテン。脚は獅子の頭をかたどっており、頭上の天蓋はドーム型をしている。ふたたび稲光が差し、リーアはいつ雷鳴が届くかと秒数を数えた。

この部屋を自分より前に使った女性たちを頭に思い浮かべる。夫の母、祖母。彼女たちもまた、暖炉の火が消えて、美しい刺繍が黒く見えてくるまで天蓋を見つめ続けただろうか？こんなふうに、何時間も天蓋の縫い目を数え続けたあげく、階下の静けさを破る音に驚いてせっかく数えた数を忘れたりしただろうか？

リーアは心臓をどきどきさせながら、階下の物音が階段をのぼり、やがてそれが、イアンの自信に満ちた足音だとわかるようになるのを待った。かつては、その歩き方や感じのいい笑み、太陽のように輝く黄金色の髪——要は彼のすべて——に夢中だった。なんて愚かだったのかしら？　もっと愚かなのは、彼が寝室に来るのを恐れながらも待っているいまのわたしだ。頭痛を訴えれば彼はあっさり自分の部屋に帰っていくのに。あっさりどころか、喜んで引き下がるだろう。

それでも、足音が階段をのぼってくるのを聞きながら、ベッドの中央から動かなかった。左でもなく右でもない、ちょうど真ん中にいれば、イアンが覆いかぶさってきて夫としての気遣いから胸を愛撫しはじめる瞬間を先延ばしにできるような気がする。せめてあの愛撫だけでもやめてくれればいいのだけれど。

足音が廊下まで来ると、リーアは息が止まりそうになった。だがすぐに、ゆっくりと安堵のため息をついた。夫の足音ではなかった。もっと速くて歩幅が狭い。リーアは視線をドアから天蓋に戻し、布団をつかんでいた指の力を抜いてふたたび縫い目を数えはじめた。

一、二、三、四……。

「奥さま」

リーアは家政婦の声がするほうへ目をやった。

「お邪魔をして申し訳ありませんが——」

「いいのよ」ベッドカバーを体から引きはがすと、急いで戸口に向かった。ドアを開け、ミセス・ケンブルを中に入れようとしたが、その表情を見て動きを止めた。家政婦の顔からはいつもの明るさが消え、代わりに年齢によるしわとたるみが目立っている。眉根を寄せて、唇をわななかせ、震える手を体の前で握りあわせながら、彼女はリーアの目を見つめた。

「奥さま、じ……事故がありまして」

リーアは目をしばたたいた。家政婦の口の動きがひどく遅く感じられ、言葉がひとつずつ、ぽつりぽつりと押し出されるように見える。「事故？」なぜか、そう口にしただけで、彼が逝ったことを悟った。

「だんなさまが……」

天蓋の縫い目を一〇〇まで数えられそうなほど長いあいだ、リーアと家政婦は見つめあった。

とうとうリーアは口を開いた。問いかけではなく、確認の言葉だった。「亡くなったのね」

ミセス・ケンブルは顎を震わせながらうなずいた。「ああ、なんということでしょう。わたくしにできることがあったら――」

イアンが、夫が死んだ。彼が恋人のもとから帰ってくるのを待ちながら眠れぬ夜を過ごすことは二度とないのだ。彼の足音に耳を澄ますことも、天蓋の縫い目を数えることも、官能的だがつらいだけの夫婦の営みに耐えることもない。

イアンが死んだ。

二度と彼のことで涙を流すまいと誓っていたが、リーアはいま、家政婦のスカートをつかみながら膝から崩れ落ちて泣いた。

「チェック」

セバスチャンはうなずいて考えこんだ。わずかしか残っていない自分の白の駒に、暖炉の火がゆらゆらと影を投げかける。彼は最後のひとつになったポーンを前に進めた。

弟のジェームズが不満げに何やらつぶやいて、セバスチャンのキングのそばにビショップを進めた。「チェックメイト。兄さん、これで四回連続だ。自分が負けていることすらわかっていないんじゃないか？」

セバスチャンはチェス盤から目を上げた。「わかっているさ。おまえは勝って満足だろう？」

ジェームズは駒を集め、ふたたび並べはじめた。「兄さんがそんな顔をしていたら、満足なんてできないよ。まるで失恋したみたいじゃないか。せめて、ぼくの存在に気づいてるふりぐらいしてほしいものだ。まだ半日しか経っていないというのに」

「一四時間だ」セバスチャンは白のクイーンを親指と人差し指のあいだで転がした。

アンジェラがハンプシャーの領地に向かうために家を出発してからちょうど一四時間だ。セバスチャンは早くも妻の不在に耐えられなくなっていた。結婚して三年になるが、別々に夜を過ごしたのは数えるほどしかない。秋に彼女が体調を崩してから、夫婦の営みは頻繁ではなくなったが、日々の習慣は続いている。アンジェラが髪をすくあいだ、ふたりで暖炉の前に座ってその日のできごとを話しあう。彼女の気分がすぐれない晩は、おやすみのキスをしてからそれぞれの寝室に向かう。

ジェームズは最後の黒の駒を置きかけて手を止めた。「一四時間と何分何十秒かまでわかってるんじゃないかい？」

セバスチャンは炉棚の時計に目をやりたいのを我慢して、笑みを浮かべながらクイーンを置いた。椅子の隙間に押しこんである手紙に指を触れる。手紙を開く必要はなかった。アンジェラの手で書かれた短い文面は、すでに何十回も読み返して暗記してしまった。

深く息を吸いこめば、その紙切れから彼女の香水がにおいたつような気がする。入浴のときに使うラベンダーとバニラの香水が。

あたたかくて心地よい、しかも刺激的な記憶がセバスチャンを包んだ。アンジェラが入浴中の姿を見せてくれたのはずいぶん前のことだが、その裸体から漂うラベンダーとバニラの濃厚な香りと、セバスチャンに触れられて彼女が身をよじるたびにバスタブからあふれる湯の音は、いまもはっきりと記憶に焼きついている。

手紙に触れる指に力が入る。

ジェームズがポーンを進めて、新しいゲームがはじまった。「議員としての務めもあるだろうが、病気の妻の様子を見に行くと言えば周りもわかってくれるんじゃないかい？」

「そのつもりだ」セバスチャンは自分のポーンを動かした。「法案が通ろうと通るまいと、一週間以内にハンプシャーに行く」

一週間。一四時間と比べると果てしなく長い時間に思われる。

だが、アンジェラをびっくりさせると思うと楽しみだった。彼女は、夫が息子を連れてハンプシャーに来るのは二週間後だと思っている。プレゼントも持っていくつもりだった。たとえば、天気が悪くて外に出られない日に慰めとなってくれる小型犬がいい。アンジェラを元気づけ、憂鬱から救ってくれる何かを贈りたい。セバスチャンがいくら気遣っても、アンジェラはひどく孤独に見えることがある。

ヘンリーを出産したあとずっと体調がよくないが、このところ特にふさぎこんでいる。ロンドンにいるあいだは、笑みを浮かべて愛想よくふるまい、寛大な女主人の役目を果たしている。しかし実際は、街の空気が事態を悪くしているのだ。彼女が向けるまなざしや、セバスチャンがちょっと触れただけでも痛みを感じるかのように身をこわばらせるさまから、それがわかる。アンジェラを田舎に送り返したのは後悔していないが、自分が彼女に必要とされるときに、たった一週間でも離れていなければならないのが悔しい。

セバスチャンはチェス盤に並ぶ自分の駒を見つめた。そしてジェームズのルークに対抗してビショップを動かした。本気で勝とうと思ったのは、今夜はこれがはじめてだった。「いや、一週間ではなく三日以内にしよう」

ジェームズがわけ知り顔でこちらを見た。「夜はまだこれからだ。あと数時間もしたら、兄さんはいますぐ出発すると言って馬車を呼びにやっていると思うな」

セバスチャンのはやる心に同調するかのように、外で雷鳴がとどろいた。「そうかもな」

セバスチャンはジェームズのナイトを取りながらつぶやいた。

嵐の中を走らせるのは馬には酷だが、明日の午後にはライオスリーの領地に着くだろう。アンジェラの到着からさほど時間も経っていないはずだ。じきに彼女に会えると思うと……。

それから数分のうちに、セバスチャンはビショップも含めジェームズの駒を次から次へと取っていた。「チェック」

ジェームズはテーブルを叩いた。「ぼくがいることに気づいているふりをしてほしいとは言ったが、勝ってくれとは言っていないぞ」

セバスチャンはじりじりと椅子を引いた。「早く駒を動かせ」

「すぐに出発することにしたんだな?」ジェームズがにやりとしながら言った。

「ああ、そうだ。さあ、さっさとぼくのルークを取ってくれ。そうすれば――」

そのとき、居間のドアにノックの音がした。

「入れ」セバスチャンは、クイーンをゆっくりと白のルークに近づけるジェームズをにらみながら言った。

「だんなさま、お手紙です」

セバスチャンはぼんやりと執事のウォレスのいるほうに手を振ってから、夜遅い時間だと思い出して、いぶかしげに顔を向けた。「誰からだ、ウォレス?」

「グリグズビーという人物からです。チェスのお邪魔をして申し訳ありませんが、大至急お渡しするよう使いの者が言いますもので」

「ちょっと待ってくれ」セバスチャンはチェス盤に向き直った。すでにルークはなく、彼はクイーンでジェームズのキングの進路を妨げた。「チェックメイト」

「やられたよ」ジェームズがつぶやいて、戸口を手で示した。「ハンプシャーに出発する前に、せめて手紙の内容を見ていったほうがいいんじゃないか？」

「負けたわりには親切なことを言うんだな」

悪態をついたジェームズに向かってかすかに微笑みながら、セバスチャンはたたんである紙を受け取った。雨粒のはね飛んだその紙は、ざらざらしていて安っぽい。「グリグズビーと言ったな？」顔を上げずに執事に尋ねた。

「そうです」

セバスチャンは手紙を開きながら、明かりのほうに身を乗り出した。

アンジェラのことを考えながら上の空で読みはじめたセバスチャンの目に、いきなり彼女の称号が飛びこんできた。

〝レディ・ライオスリー……〟

何度読み返しても、セバスチャンの頭の中でそこに書いてある言葉は意味をなさなかった。

〝紋章で身元が判明……馬車が事故を起こし……御者が負傷、男女が死亡……御者によると

〝……レディ・ライオスリー……ミスター・イアン・ジョージ……〟

目の前で手紙が震えだしたように見えたが、震えているのは自分の手だった。

気づかぬうちに何か言ったらしい。ジェームズが呼びかける声が聞こえる。

アンジェラが死んだ。ぼくの愛する美しい妻が。

そして親友のイアンも。

ふたりが死んだ。それも一緒に。

とりとめない思いがひとつにまとまり、事実がぼんやりと浮かんできた。セバスチャンは手紙を見つめた。知らぬ間に親指で文字をこすっていたらしく、インクがにじんでいる。ジェームズの声がした。「兄さん、なんと書いてある?」手紙はセバスチャンの手から奪われた。

アンジェラは孤独ではなかった――考えられるのはそれだけだった。

ミスター・ジョージ、わたしには夫がいるんですよ。たった一回のキスでわたしの心は揺らぎません……二回ならわかりませんけれど。

2

イアンとセバスチャンの友情は、ともに歩いたことではぐくまれたと言ってもいいだろう。イートン校時代、夜中にふたりで外に抜け出して、礼拝堂に幽霊が現れるのを待った。その数年後ケンブリッジで学んでいた頃には、夏休みにライオスリーの領地を囲む山をのぼった。さらに、社交界のレディたちと公園を散歩しながら、どちらがうまく女性の気を引くことができるかを競っていた時期もある。

セバスチャンの結婚式前夜、ロンドンの通りを酔っ払って一緒に歩いたのもイアンなら、ヘンリーの誕生を待つあいだ、書斎の中を一緒にそわそわしながら歩きまわってくれたのもイアンだった。

だからだろう、イアンの棺と並んで歩いていると、ひどく奇妙な気分に襲われる。イアンはいつも隣を歩き、実の弟よりも親しくて心から信頼していた相手だった。だがいま、よく磨きこまれた樫の棺におさまるなきがらは、セバスチャンにとってなんの意味も持たない。親友の名を持つ見知らぬ男の体――それだけだった。

教会から墓地まではすぐだった。イアンの死を悼む参列者がこれほど大勢いなければ、葬送行列もあっという間に終わっていただろう。イアンは多くの人に愛されていた。アンジェラの葬儀同様、抑えたすすり泣きや小さなうめき声、はなをすする音が、あたりを満たしている。

アンジェラの葬儀でセバスチャンは泣かなかった。泣いたのは、寝室でひとりになってからだった。イアンのために涙は流さない。いまもこれからも。

行列が墓穴に近づいたとき、穴の縁から黒い土のかたまりが底に落ちた。土は昨日のうちにかためてあったのだが、朝露でやわらかくなったところを大勢が歩いたために崩れたのだろう。

じきに滑車の用意ができ、セバスチャンは、黒い布をかけられた棺が穴におりていくのをほかの参列者とともに見守った。イアンと歩くのもこれでおしまいだ。

穴に向かって土が落とされる音に、セバスチャンはぎょっとした。二度めに土が落とされると、棺を穴から引き上げるか、墓掘り人からスコップを奪い取って自分の手でイアンを埋葬するかという、相反する衝動に駆られた。

彼女を愛するなんて、どういう神経だ？　イアンは生きているアンジェラを見た最後の人間であり、死んだあとも彼女とともにいる。アンジェラはぼくの隣で年を重ねるはずだった。

外見の美しさが色あせ、やさしさと思いやりといった内面の美しさだけが残るまで、ぼくと一緒にいるはずだった。もっと子どもを作り、孫も持つはずだった。彼女の病気だって、いずれ……。

いや、病気というのは嘘だったのだ。

右側で急に誰かが泣き出し、セバスチャンはびくっとした。

ああ、なんと簡単にだまされてしまったのだろう。

墓の縁に盛られた土の山が次第に小さくなっていく。朝の澄んだ青空の下、喪服を着た人々が身を寄せ合って悲しみに暮れている。

その一方で、セバスチャンの怒りは耐えがたいほどまでに募っていった。最後の土が落とされた瞬間、怒りの矛先がイアンとアンジェラから自分自身に向けられた。

この世にぼくほど愚かな人間はいないだろう。無知でお人よしで、ふたりの裏切りに気づきもしなかった。そして、裏切りを知ったいまでも、妻と親友に戻ってきてほしいと願っている。

葬儀はレンネル家の屋敷にほど近い村で行われたが、女性は葬儀に参列しないというこの家のしきたりにならって、リーアは家に残った。一日じゅう、イアンの母に付き添って慰め続けた。そばを離れたのは、義母に何か別の用ができたときだけだった。

リーアの涙は事故の一報を受けた晩のうちに乾いたが、レンネル子爵夫人の涙は泉のようにわき出てくる。ハンカチも紅茶も涙を止める役には立たなかった。夜になり、子爵が夫人を寝室に連れていったあとも、リーアの頭の中では義母の泣き声が響いていた。

翌日、朝日が深紅のカーテンをやわらかいピンク色に染める頃、リーアはベッドを出て窓辺に座った。じきに、また義母に呼ばれるだろう。そう思っていたが、一時間経ってもメイドは着替えの手伝いはおろか、起こしにすら来ない。どうやら、今日はひとりでゆっくり悲しみにひたっていていいらしい。

義理の両親は知るよしもないが、リーアは一年前、イアンがレディ・ライオスリーの裸の胸に顔をうずめているところを見たときに、すでに彼を失っている。彼が亡くなった夜も驚きのあまり泣いたが、リーアの心はとうの昔に引き裂かれていたのだ。いくら泣きたいと思っても、これ以上涙が出てくるとは思えなかった。

外で、トネリコの枝が窓枠に当たった。茶色の小さなミソサザイが、枝の上を飛び跳ねながら楽しそうにさえずっている。鳥は人の死を悼んで声をひそめることなど考えもしない。誰も見ていないとはいえ、ミソサザイを見て微笑んでいることにリーアは罪の意識を覚えた。こんな光景を楽しんでいるなんて。未亡人となったいま、わたしは悲しみに暮れているべきなのに。少なくとも、まともな未亡人ならそうするだろう。

午前中寝室に閉じこもってみんなの目から逃れられるのは気楽だった。目が赤くなっていないことや顔が蒼白になっていないのを隠すために、未亡人用の帽子の代わりにヴェールをかぶる必要もないし、声を抑えて涙をこらえるふりをする必要もない。

この部屋は都合のいい籠だ。だが、やがてミソサザイは飛んでいき、リーアは部屋の中を歩きまわるのに飽きてきた。部屋を出れば屋敷の人々と顔を合わせ、同情の目で見られることになるが、リーアは息を吸って自分を奮いたたせてから、着替えを手伝ってもらうためにメイドを呼んだ。

クレープ地の喪服に着替えて客用の寝室を出てから五分と経たないうちに、従僕が彼女を捜しに来た。

「ミセス・ジョージ、紳士のお客さまがお目にかかりたいとのことです」

リーアは黒いヴェール越しに従僕を見た。わたしにお客さま？　ここは義理の両親の家で、しかもイアンが亡くなったばかりだというのに。

「どなたなの？」紺色の絨毯に視線を落としながら、リーアは静かに言った。

「ライオスリー伯爵です。二時間前から客間でお待ちです。大変申し訳ないが、どうしても話がしたいとおっしゃっています」

「わかったわ」うなずいて従僕をさがらせると、リーアは向きを変えて客間に向かった。実を言えば、ライオスリー伯爵がいままで会いに来なかったのは意外だった。イアンが亡くなってから、いまにも伯爵が訪ねてくるのではないか、あるいは手紙を寄越すのではないかと毎日思っていた。イアンの一番の親友だったし、彼と伯爵夫人の関係を知ったはずだからだ。

リーアは握っていたこぶしを開いて客間に入った。屋敷内のほかの部屋同様、ここも喪中を示すために、窓を開けて鎧戸《よろいど》を閉め、鏡には黒い布がかけてある。伯爵はこわばった姿勢でソファに座り、目の前の紅茶には手をつけずに向こうの壁を見つめている。

これこそ、死者を悼む態度だわ。戸口からはかたい横顔しか見えないが、そこには悲しみがくっきりと刻みこまれていた。伯爵は眉根を寄せ、唇を引き結んでいる。青白い肌はダークブラウンの髪と対照的だ。ふたりの死を悲しんでいるのかしら？　そうだとしたら、わたしよりはるかに敬虔なクリスチャンだわ。

横に置いてある帽子の喪章にリーアが目を留めたとき、伯爵が振り返った。彼はすぐに立ち上がって頭をさげた。「申し訳ない、ミセス・ジョージ。気づかなかった」

ヴェールの下で、リーアは思わず微笑みそうになった。伯爵は巧みに愛想のいい顔を作っているものの、客間に来たのに声もかけずに自分を観察していたリーアへの非難を隠しきれていなかった。

「ライオスリー卿」リーアは膝を曲げてお辞儀をした。すぐそばに立っていても、ふたりをつなぐかけ橋の役割をしていたイアンがいないと、まるで知らない相手のような気がする。

「わたしに話がおありだということですけれど？」

「ええ、あなたに――」伯爵は言葉を切り、顔をしかめてリーアのヴェールを見た。

リーアは視線を落として、自分の声が明るすぎたことにいまさらながら気づいた。

「まずは、あなたにお悔やみを申し上げたい」

「わたしからもお悔やみを申し上げます」リーアが言うと、ライオスリー伯爵は厳かにうなずいた。

伯爵もわたしも、なんて見事にそれぞれの役割を果たしているのかしら。格式ばった言葉のやりとりのせいか、あるいはお互いがよく知っている事実を伯爵が避けて通ろうとしているせいかはわからないが、リーアは不意に、自分の役割をこれ以上続けることに我慢できなくなった。一年間、何も問題がないようにふるまい、従順で完璧な妻のふりをしてきたのだ。いくら喪に服しているからといっても、伯爵はわたしの前でまでこんなふうに改まることはない。互いの家を何度も行き来してきて、いまさら社交辞令なんて必要のない間柄なのだから。

「恐ろしい事故でしたわね」リーアは言った。

「本当に」伯爵はそう言って唇を引き結んだが、リーアの口調に違和感を覚えた様子は見えなかった。代わりに、背後のソファを指して言った。「お互い座ったほうが楽でしょう」

リーアは彼を見つめた。つらい知らせを受ける心の準備が必要だとでもいうように、いたわってくれている。イアンの不実を自分の口から伝えなくてもいいことはわかっているはずなのに。

「ミセス・ジョージ、座ったらどうです？　メイドを呼んで紅茶を注がせましょうか？」

リーアは首を横に振った。「いいえ、お茶は結構です」そして言われたとおりソファに座り、伯爵が向かいの椅子に腰をおろすまで待った。伯爵はしばらく話をはじめようとせず、黒い手袋を指にぴったりはめようと調節していたが、やがて顔を上げた。リーアは彼が何か言い出す前に手で制した。「ライオスリー卿、取り繕うのはやめて本音でお話ししませんか。

イアンと奥さまの関係はお互い承知しているはずですから」

伯爵は荒い息をついた。「賢明な死に方とは言えなかった」

「ええ。ふたりとも軽率でしたわ」リーアは面白おかしく言った。何かを面白がるなんてもう長いことなかったのに、夫と愛人の死んだいまになってこんな気分になるなんて。

今度は、ライオスリー伯爵もリーアの不謹慎な物言いを無視できなかったようだ。彼の目が、ヴェールに隠れたリーアの目をじっと見つめる。黒いクレープ地のヴェールなどないも同然の強い視線だった。リーアは首をかしげて微笑んだ。

伯爵は歯を食いしばった。「あなたはこの数日で夫のことが大嫌いになったか、あるいは前から不貞の事実を知っていたかのどちらからしい」

「ふたりの関係は、わたしたちの結婚の四カ月後にはじまったようです。わたしが知ったのはずっとあとでですけれど」浮気したイアンを罵倒したことはあっても、憎むことはできなかった。彼や家族や社交界から離れて、殻に閉じこもるほうが楽だった。

「四カ月……。一年も前から関係を続けていたということか？」ライオスリー卿は立ち上がり、黒い手袋をはめた手で髪をかき上げながら部屋の中を歩きはじめた。部屋の端まで行くと、リーアに背を向けたまま立ち止まり、窓の鎧戸を見つめた。

リーアは離れたところから彼の苦悩を見守った。同情しないわけではない。わたしだって、真実を知ったときは地獄の苦しみを味わった。でも、長いこと自分の感情を押さえこんできたいま、伯爵の感情をまざまざと見せられるのは居心地が悪い。

伯爵は、体を支えきれないかのように両手を壁についてうなだれた。

リーアはいったん目をそらしたが、また彼のほうに視線が引き寄せられた。真実を話して、これまで誰にも打ち明けたことのない秘密に彼を引きこんでしまったのは間違いだったのかもしれない。かすかに震える伯爵の肩を見るだけで、苦労して慎重に縫いあわせた傷口がふたたび開くのを感じた。

リーアはソファから立ち上がり、またしてもヴェールが顔を隠してくれていることに感謝しながら立ち上がった。「もうこれで失礼して――」

「だめだ」伯爵は即座に振り返った。その顔に浮かんでいるのは、悲しみではなく怒りだった。「まだ行かないでくれ」

リーアは思わず背筋を伸ばした。「閣下？」

伯爵は近づいてきた。「ふたりの関係を知ったときに、すぐに話してほしかった。ぼくにだって知る権利があったはずだ」

「なんと申し上げればよかったのでしょう？　失礼ですがライオスリー卿、あなたの奥さまがわたしの夫のあれを気に入られたようですので、ぜひご自分のベッドに連れ戻してくださいとでも言えばよかったのですか？」

伯爵が凍りついた。彼はじっとこちらを見つめている。

リーアは目をぱちくりさせた。なんてことを言ってしまったのかしら。

恥ずかしさに襲われ、謝罪の言葉が飛び出しそうになったが、唇をぎゅっと閉じた。ささやかな反抗に喜びを感じているのが自分でも意外だった。険悪な表情で目を細めたライオスリー卿に向かって、リーアは顎を上げた。長いことふたりはただ見つめあっていた。リーアはあの言葉をもう一度言って、彼の反応を見たくなった。

「イアンのほうから誘ったのは間違いないね？」やがて伯爵は吐き捨てるように言った。リーアの肩のあたりに視線を据え、目を合わせようとしない。

「ええ、もちろん」濃い緑の瞳と薄いまつげに気をとられながらリーアは答えた。伯爵夫人のことはいまでも恨んでいるが、彼女が結婚の誓いを破ったのもわかる気がした。イアンの光り輝くような魅力と比べると、伯爵の魅力といえば、地味な顔にわずかに色を添えるあの瞳くらいだった。

「ふたりのあいだに何があったかとか、真実を知ったときにぼくに知らせるべきだったということとは別に、あなたに頼みがあって来たのです」

「なんでしょう？」

伯爵は帽子を手に取った。「ふたりがハンプシャーに向かっていたのは、アンジェラが病気だったからだと誰もが信じている」

「わたしもその話は聞きました。信頼する親友に、自分の代わりに奥さまを送るよう頼むとはお見事でしたわ、閣下。それに、伯爵夫人を送り届けたあとイアンがウィルトシャーのわたしたちの屋敷に行くことにしていたのも好都合でしたわね」リーアはいったん言葉を切ってから辛辣な口調を抑え、静かに言った。「奥さまを心から愛していらっしゃったんですね。

いまでも奥さまの名に傷がつかないようにするなんて」

ライオスリー伯爵は、帽子についた黒いリボンを親指と人差し指で引っ張った。「あなたも話を合わせてほしい。あなたが付き添わずイアンがアンジェラを送ったのは――」

「わたしの頭痛のせいです。心配なさらないで。いままでずっと、彼らの秘密を守ってきたんです。あなたの秘密をばらそうなんて思いませんわ」

伯爵はリーアの目をじっと見つめた。「それでも、きちんと約束してほしい」

リーアは小さく笑った。「信じてくださらないんですか?」

「お願いだ」

「わかりました、約束します。誰かにあの日のことを根掘り葉掘り聞かれても、あなたの話と矛盾しないように答えます。うちの召使いたちにもそう伝えます」

「ありがとう、ミセス・ジョージ」

「どういたしまして」

そしてリーアがこの部屋に入ってきたときと同様、ライオスリー卿が頭をさげた。リーアは膝を曲げてお辞儀をした。伯爵は帽子をかぶって短くうなずくと戸口に向かったが、すぐに足を止めて振り返った。

「ところで、家の中では未亡人用の帽子をかぶることをお勧めしますよ。ヴェールははずしたほうがいい。何も隠してくれないから」

そう言ってもう一度うなずくと、彼は背を向けて部屋を出ていった。

正直に言います。レディ・ワディントンの音楽室は、わたしにとって特別な部屋になりました。

3

二カ月後、リーアはライオスリー伯爵の忠告をいまいましく思った。それを受け入れた自分のことも腹立たしかった。いくら家の中でヴェールを着けるのが不自然だとしても、ヴェール越しなら母から真実を隠すのはもっとずっと簡単だっただろう。

未亡人用の帽子のリボンが顔の前で揺れた。リーアはやつれたふりをする一方で、母の訪問を歓迎しているよう装いながら、母と妹のベアトリスに紅茶を注いだ。三日前にロンドンに帰ってくる前から、ふたりの訪問を恐れていた。母は娘がすっかり落ちこんでいるものと思っていて、リーアはそんな母の期待どおりにふるまおうとしたが、しばらく社交界から遠ざかっていたせいか、嘆き悲しむ未亡人の役割を続けるのはなかなか難しかった。

リーアはトレーにティーポットをのせた。陶器のぶつかりあう耳障りな音が、静寂の中で大きく響く。母も妹も席についたときからずっと黙りこんでいる。リーアの心臓が早鐘を打ち、全身の神経が張りつめた。これまでずっとそうしてきたように、リーアは母が口を開くまで待った。

アデレード・ハートウェルはため息をつき、居間を見まわしてから視線を娘に戻した。

「ロンドンの家とリンリー・パークにいていいと子爵が言ってくださるのはありがたいことだけれど、あなたにはうちに帰ってきてほしいの。たったひとりで彼の思い出とともに暮らすなんて、心配なのよ。わたしたちと一緒に帰れば、少なくとも食事はちゃんととらせてあげられるわ。悲しいと食欲がなくなるのはわかるけれど……」アデレードがパンケーキやビスケットがのった皿を手で示した。リーアはまだ手をつけていない。

さあ、はじまったわ。まずは母親らしい気遣いを見せる。いつもの手だ。アデレードとベアトリスは豊かな胸と張り出した腰、それに完璧な卵形の顔を持つ絵に描いたような典型的な英国美人だが、リーアは違う。痩せていて、ふっくらとしたところがほとんどない。

リーアは目を伏せて、ふたりのカップに砂糖を入れてかきまぜた。「お葬式のあと、三キロぐらい太ったのよ」

アデレードはカップと受け皿を受け取りながらかすかに眉をひそめた。「それで当然よ。あなたは昔から細すぎるから、もっと太ったほうがいいわ。喪服を着ていると、おなかをすかせたカラスみたいに見えるもの。ビスケットを召しあがれ。一枚でいいから。お願いよ」

リーアはベアトリスを見た。いつものように妹が同情してくれるのではないかと期待していた。リーアより三歳年下で一七歳のベアトリスは、青い瞳と女らしい体型をのぞけば、顔も、両親にあれこれ指図されることにうんざりしている点もリーアに似ていた。だが、ベアトリスはリーアと目を合わせるのを避け、紅茶を飲んだ。居間に入ってから、ひと言も発していない。リーアは母を見てから、ふたたびベアトリスに視線を戻した。無理もない。リーアが社交界を避けているあいだ、ベアトリスは二カ月も母とふたりきりでロンドンにいたのだ。ほんの一時間でも母の批判の矛先がリーアに向かい、ほっとしているのだろう。

「リーア」

警告とも命令ともつかない母の声を聞けば、顔を見なくても、険しく目を細め、口を厳しく引き結んでいるのがわかる。

鞭で打たれたかのように、リーアは反射的にビスケットの皿に手を伸ばした。従順な娘らしい素直な行動だった。つらい結婚生活に耐えられる自分に疑問を感じていたが、リーアは昔から従順な娘だったのだ。

だがビスケットに指を伸ばした瞬間、リーアはためらった。

イアンの両親の相手を終えてウィルトシャーに戻り、リンリー・パークにあるジョージ家の領地にこもっているうちに、自分の気持ちに従うことに慣れていった。目立たないように働く使用人が数人いるだけの屋敷では、嘆き悲しむふりを続ける必要もなかった。

日中は気ままに過ごし、好きなときに好きなものを食べる。イアンの好みの献立を考える必要も、彼が食事の時間に帰ってくるかどうかを気にする必要もない。午後いっぱい窓際の椅子に座りこんで本を読んでもいいし、白亜の丘を目的もなく歩きまわってもいい。社交上のつきあいはなくなったから、おしゃべりしたり、適当なときに微笑んだり、イアン・ジョージと結婚できて幸運だという周りの言葉にうなずいたりする必要もない。リンリー・パークでリーアが微笑むのは、本当に微笑みたいときだけだった。誰かの期待にそう必要もなく、笑ったり眉をひそめたり怒ったり不機嫌になったりできる。イアンの浮気を知ってからの孤独感を、しばらくのあいだ忘れることができる。

そして夜は……夜こそ真の喜びを感じられるときだった。ロンドンのタウンハウスのあの忌まわしい天蓋から、そしてイアンの肌に残る彼女の香水から解放された。いまでは天蓋といえば頭上に広がる星空であり、あたりに漂うのはヒナギクの甘い香りとなった。リーアはよく庭に座って、夜の時間を過ごす。ときには冷たい風から肩を守るためにショールを巻くこともあれば、春の霧雨に顔を濡らすこともある。生まれてはじめて、自分の幸せにひたる喜びを覚えた。

こうしてロンドンで母のとりとめない小言を浴びると、一度知った気ままな生活を捨てることなどできないと悟った。

喪中らしく控えめな笑みを浮かべると、リーアは皿に伸ばしかけた手を引っこめた。「いらないわ。おなかは空いていないから」

紅茶のトレーの向こうで、ベアトリスが目を丸くして口を開きかけた。ビスケットを食べたらどうかとでも言おうとしたのだろう。

アデレードは眉を上げただけで動じた様子もなく、砂糖をもう一杯足すために手を伸ばした。「喪服をクレープ地にしたのは何か理由があるの？　あなたのおじいさまが亡くなったとき、わたしはクレープよりボンバジンを着たものよ」

「どっちも持っているわ」

アデレードはスプーンを置き、カップと受け皿を手に取った。「あら、そうなの」ひと口飲んで言った。「でも、そのクレープのしわはひどいわね」

リーアは深いため息をついた。星空の天蓋が懐かしい。「わたしをロンドンに呼び戻したのはなぜなの？」

「あら、手紙に書いたでしょう？　あなたに会いたかったたし、心配だったのよ。未亡人になってしまったから、導いてくれる人も、必要なものを与えてくれる人もいなくなって――」

「レンネル子爵が生活の面倒を見てくださるし、このタウンハウスとリンリー・パークにいつまででもいていいと言ってくださっているのよ。前からわたしをとても気に入ってくださっているわ」

「知っているわ。でも、それがいつまでも続くわけじゃないでしょう。子爵はあなたが再婚すると思っていらっしゃるか、あるいはあなたのおなかに……」そう言いながら、アデレードはそちらに目をやった。

リーアはつばをのみこみ、平らなおなかを思わず押さえた。そして、ベアトリスをちらりと見てから咳払いをした。「可能性はなくはないけれど、まだわからないわ」月のものは遅れずに来ているものの、極端に期間が短いうえに、二カ月で三キロ太ったという事実もある。

ロンドンに来たのは母に言われたからでもあるが、レンネル卿が医師の診察を受ける手はずを整えてくれたからでもあった。

診察は明日だ。明日になれば、妊娠しているかどうかがわかる。イアンがベッドに来るのを待ち、彼の愛撫に耐えたあの日々で子どもを授かったかどうかが。

「跡取りね」アデレードがささやいた。

赤ちゃんよ。リーアは心の中で訂正した。愛し、慈しむべき存在であるわたしの子ども。「赤ちゃんができていたら、なおさらわたしたちと一緒に帰るべきだわ。ひとりで暮らすことなんて考えないで。あなたは若すぎるし、弱い立場なのよ。イアンが生きているときは、彼が守ってくれた。そして、もちろんあなたも彼を愛していた。でも、イアンは亡くなったのよ。一緒に帰りましょう。夫がいなければ、あなたは――」

「やめて」リーアは肩を震わせ、ドレスをきつく握りしめた。手のひらに爪の食いこんだ跡が残った。

アデレードは口をなかば開いたまま黙った。顔をしかめているせいで、いつも必死に消そうとしている目じりと口元のしわがいっそう目立つ。「リーア……」

「やめて」リーアは震える声で静かに言いながら、相変わらずおとなしくて上品なネズミみたいに母を喜ばせようとする自分に腹が立った。「夫はいらないわ」さっきよりも強い口調で続けた。「夫などいなくてもうまくやっていけると思うの。それから、悪いけれど、お母さまにいちいち食べものや着るもののことを指図される必要もないわ!」リーアの怒りは甲高い声となって、あたりを満たした。

アデレードはリーアをにらみ、ベアトリスの目はこれ以上ないほど大きく見開かれた。帽子留めのピンで刺された頭がずきずきするが、それでもリーアは満足感に震えた。母を見つめ返し、確信に満ちた落ち着いた声で言った。「わたしはまだ二〇年しか生きていないけれど、もう無垢な子どもじゃないのよ。未亡人なの。結婚してひとつ学んだことがあるとしたら、自分の力で生きていけるということよ」

リーアは息を詰めて母の反応を待った。アデレードは穏やかな表情に戻った。カップと受け皿をゆっくりテーブルに置くと、立ち上がった。

「行きましょう、ベアトリス。あまり遅くなると、お父さまに何かあったのかと思われてしまうわ」

そう言ってドアのほうを向いた母の背筋は、何年も前にリーアに体得させたように、まっすぐに伸びていた。ベアトリスはすぐさま母に従った。

リーアはかたく口を結んで部屋の反対側を見つめた。耳を澄ませていると、階下の玄関広間に向かうふたりの足音が聞こえ、さらに馬車の音が聞こえるまでしばらく待った。

母はリーアが追いかけていって許しを乞うだろうと期待していたに違いない。

馬のひづめの音が、石畳を進みはじめた。リーアは帽子を頭からはぎ取った。

夫の裏切りを知ったあとも含め、二年近くのあいだ従順な妻を演じてきた。そろそろ、従順な娘を演じるのもやめてもいい頃だろう。

翌日、リーアは医師から診察結果を聞いた。妊娠はしていなかった。

それから一週間以上ものあいだ、リーアは悲しみにひたる未亡人を苦労せずに演じた。

セバスチャンはドアをノックしてから一歩うしろにさがった。イアンがいないと知っていながらジョージ家を訪ねるのはどうも妙だった。リーア・ジョージが自分を呼んだのも妙だったが、とにかくセバスチャンはここにやってきた。家にいるのがいやだったのだ。

アンジェラが亡くなって三カ月が経つが、いまだにヘンリーは母親に会いたがる。アンジェラの死は乳母から伝えてもらったが、ヘンリーはまだ理解できていないようだ。一歳半の子どもなら、これぐらい時が経てば忘れるだろうと思っていたが、セバスチャンが子ども部屋に入るたびに、ヘンリーはおもちゃから顔を上げてにっこりしてから、父のうしろに母がいないか捜すのだった。

従僕がドアを大きく開けて招き入れた。セバスチャンは名刺を渡して言った。「ミセス・ジョージに呼ばれて来たのだが」

従僕はお辞儀をした。「はい、閣下。どうぞこちらへ」

改まった客間に通されるだろうという予想に反し、従僕は寝室のある三階に向かった。階段をのぼりきると、リーアの力強くはっきりとした声が聞こえてきた。やさしくて甘いアンジェラの声とはまったく違う。

「それは寄付に回すわ。ストライプのじゃないわよ。そっちは先に従僕たちに見てもらいましょう。それから帽子。そう、赤い帯のついた帽子よ。まったく、こんなに帽子があるなんて」

従僕は主寝室の前で足を止めた。「ライオスリー伯爵がお見えです」

寝室のリーアの声が途切れた。ぼくに伝言を送ったことを忘れたのだろうか？　やがて声が聞こえてきた。「どうぞお入りになって。すぐに終わりますから」

セバスチャンは戸口から中を見た。かつては寝室の役割を与えられていたであろう部屋が、まるで物置のようになっている。ベストやジャケット、シルクハット、ズボン——あらゆる紳士服がベッドや暖炉の前の椅子、そして床に積み上げられている。従僕やメイドたちが、さらに服を抱えて衣装室から出てくる。それらは部屋の中で唯一空いているベッドの足元に置かれた。

最後に、うずたかく積まれた帽子用の箱を抱え、その脇から頭をのぞかせながらリーアが出てきた。新たな服の山の真ん中に箱をおろすと、両手のほこりを払い、振り返ってお辞儀をした。「閣下」

ヴェールをはずせなどと言わなければよかった。彼女の瞳はきらめいていると言っていいほど明るく、頬は赤く染まって、口角は常に微笑んでいるように上がっている。

泣いていてくれたほうがいい。それも激しく。

「未亡人用の帽子をかぶっていないのですね」

リーアは顔をしかめた。「言いたいことがおありなのは当然ですわ」そして背後で服を選《え》り分けている使用人たちのほうを示した。「わたしには必要のないものだとわかったんです。服だけで喪中であることはわかるし、帽子をかぶると、目隠しをつけられた牝馬《ひんば》みたいな気分になるものですから。それに、自宅にいるときにはわたしを見るのは使用人だけですし。それとあなたですわね」彼女は言葉を切った。またしても口角が上がり、セバスチャンをいらだたせる。「お気を悪くされないといいんですけれど」

もちろん、心からの言葉ではない。彼女の様子や口調からは、ぼくがどう思うかを気にしているとはとうてい思えない。

彼女は幸せなのだ。幸せ――この三カ月間のぼくのみじめな生活に、なんとそぐわない言葉だろう。召使いも弟も、貴族院の同僚議員たちも、セバスチャンの周りでは忍び足で歩き、大声で話したり笑ったりしないよう気をつかっている。遠慮なく笑いかけてくるのはヘンリーだけで、その無邪気さが、家じゅうを包みこんでいる絶望を忘れさせてくれる。

だが、リーア・ジョージは事情のわからない子どもではない。それに、何カ月も前からイアンの浮気を知っていたにしても、そしてイアンを憎んでいたにしても、彼女だって悲しむぐらいの良識があってもいいのではないか。イアンの死を悲しまないまでも、裏切られたことを、生活が突然変わってしまったことを悲しむべきだ。さらに、そもそも出席するべきでもないが、舞踏会や夜会、音楽会に黒しか着られなくなったことを。そのほかなんでもいいから、とにかく、あんなふうに微笑むのだけはやめてほしい。

セバスチャンは眉をひそめて、彼女の肩の向こうを見ながら言った。「掃除中のようだな」

アンジェラの部屋には、メイドをひとりとして入れていないし、自分も入っていない。何ごともなかったように彼女の香りに包まれて座り、彼女がドアから入ってくるのを待ちたいという思いが強すぎて、入る気になれないのだ。一方で、何もかも壊して彼女の思い出を焼き払いたいという思いもあった。

だが、リーア・ジョージは前に進むことになんの葛藤《かっとう》も感じないようだ。

彼女はセバスチャンの視線をたどって肩をすくめた。「リンリー・パークに帰る準備をしているんです。虫やネズミの餌になるぐらいなら、使用人にあげたり寄付に回したりしたほうがずっといいと思って。どうぞこちらへいらして」脇のドアに向かいながらさらに続けた。「なぜお呼びしたか、早くお知りになりたいでしょうから」

セバスチャンは黙ったままリーアについて隣の寝室——彼女の寝室——に入った。ダークブルーのカーテンに覆われた天蓋つきの大きなベッド以外は、女性らしい部屋だった。アンジェラが好んだ薔薇色やクリーム色ではなく、明るい青と黄色を多用している。官能的ではないが心が休まる部屋で、家具や生地類は贅沢というより実用性を重視している。それでも、セバスチャンは落ち着かなかった。見たくもない彼女の私室を見せられても困るだけだった。

セバスチャンは、部屋の奥に積まれたがらくたの山にかがみこんでいるリーアに目をやった。この部屋には使用人も行き来していない。開いたドアの向こうから聞こえてくる話し声だけが、彼女とふたりきりになるのを防いでくれている。

セバスチャンは肩越しにちらりと見てからリーアに近づき、彼女だけに聞こえる声で言った。「約束したはずだが」

リーアは、がらくたに向かって伸ばしていた手を止めて見上げた。まるでセバスチャンの価値をはかるかのように目を細めて上から下まで見つめてから、またがらくたに向き直った。

「覚えています。誰にも話していませんわ」

「本当に？　自分の召使いを、目も見えず耳も聞こえないと思っているんじゃないんですか？　夫が亡くなってやっと三カ月だというのに、あなたは不自然なほど幸せそうだ。ひとりのときに何を着ようと何を言おうと、どんなふるまいをしようとかまわない。だが、他人の目があるときぐらいは礼儀を見せてもいいんじゃないですか？　そうしないと――」

「ありがとうございます」リーアは目も上げずにさえぎった。「おっしゃっていることはわかります」

「そうしないと、周囲の人間がいぶかしく思い、あなたが夫の死を悼んでいない理由を探ろうとしはじめる。ふたりが死んだ状況を考えれば、真実に気づかれるのも時間の問題です」

「閣下」リーアは立ち上がりながら叫んだ。「以前からそんなに横柄でいらしたかしら？」

彼女がこちらに向き直り、セバスチャンは口を閉じた。リーアのすべてがアンジェラを思い出させ、それがセバスチャンには腹立たしかった。似ているからではなく、正反対だからこそ妻を思い出させるのだ。声も内装の趣味も、そしてこれだけ近づいたのでわかったが、香りも違う。ラベンダーとバニラの情熱的な香りではなく、飾りけのない石鹸の香りがする。

かすかに潮のにおいがまじる自然で繊細な香りだった。

セバスチャンは彼女から離れ、がらくたの山をはさんで向きあった。「頑固で思慮分別がない人間を相手にしたときだけだ」

本当なら悔いるべきなのだろう。女性に対してこんなふうに敬意の欠けた話し方をしたことは、これまで一度もない。だが、なんの罪悪感にも襲われなかった。失ったものの大きさを痛感させる相手を前にして感じるのは、怒りといらだち、そしてただここから逃げたいという思いだった。

リーアは笑った。それにもセバスチャンは腹が立った。

「わたしを頑固だと思っていらっしゃるの？」

「ああ」

「そして思慮分別がないと？」

セバスチャンはためらった。返事を聞いて彼女の笑みがさらに大きくなったからだ。これ以上彼女を幸せにするようなことはしたくない。だが、自分の言葉を取り消すつもりはなかった。セバスチャンは用心深くうなずいた。

リーアの顔は太陽の光もかすむほどの喜びをたたえていた。

セバスチャンは顔をしかめた。「ひねくれ者だな」

「あら、ライオスリー卿」リーアは床に膝をつきながら言った。「頑固で思慮分別がないほうが、おとなしくてみじめでいるよりずっとよくありません？」

「思慮分別がないと、みじめになることもある」

リーアは上目づかいに彼を見た。アンジェラがすると魅惑的なしぐさも、彼女がすると何か裏があるようにしか見えない。

「さっきも言ったが、ひとりのときにあなたが何をしようとかまいません。だが人目があるときには、真実が明らかにならないよう、社会のしきたりに従ってほしい」

「秘密はもらさないと約束したはずです」リーアは山の中から、革装の小さな本を手に取った。「でも、ひとりのときにどんなことをすれば、あなたに思慮分別がないと思われるのか、興味があるわ。さかさまに刺繍すること？　それとも、お風呂の中で聖書を読むことですか？」

「なぜそんなことを聞くのです？　自分でやってみようと思ってるんじゃないですか？」

またしてもリーアは微笑んだ。「ご覧になって」そう言って本を差し出した。

セバスチャンは受け取った。「イアンのものですか？」

「ちょっとしか読んでいないけれど、昔の日記みたいです。お送りするかどうか迷ったんですけど、あなたがお決めになることだと思って。そこにあなたのことが書いてあります」

セバスチャンは茶色の表紙を見つめた。ところどころ色あせ、縁がすり切れている。

「それから、イートンのバッジにあなたの議会に関する記事。この奇妙な石はいらないでしょうね？」

彼女は黒い手袋をはめた手のひらに、一部が茶色くなった灰色の石をのせて差し出した。

昔、イアンがふざけて拾った石だった。その日、セバスチャンとイアンは卒業祝いと称して酒を飲み、千鳥足でケンブリッジの路地を歩いていた。途中、壁に向かって用を足したあと、イアンが石につまずいた。ふらふらしながら何度もつかみそこねたあげくに、イアンはやっとのことでその石を拾い、自分の墓石だと言った。彼もセバスチャンも、酔っ払って朦《もう》朧《ろう》としながら、気の利いた思いつきだと悦に入った。

「ええ。どれもいりません」日記を返して背を向けた。時間とともに薄れ、葬られた思い出など欲しくない。セバスチャンは振り返った。「こんなことをして楽しいのか？　あなたはぼくが本当に――」

「閣下」リーアは静かにさえぎると、首を傾けて、開いているドアのほうを示した。隣の部屋からは、イアンの服や装飾品を選り分けている使用人たちの声が聞こえてくる。「あなたはイアンの一番の親友でしたから、せめてあなたにうかがってから――」

「それだけか？」セバスチャンは声をひそめて尋ねた。「そのためにぼくを呼んだのですか？」

　リーアは立ち上がり、スカートのしわを伸ばした。唇の右端を軽くかんだまま、じっとセバスチャンを見つめる。とうとう彼女の顔から笑みが消えた。

「ミセス・ジョージ？」セバスチャンは歯を食いしばりながら言った。

「いいえ。それだけじゃありません」彼女はベッドの向こうにある書き物机に近づき、一番上の引き出しを開けた。そして、気が進まない様子でのろのろと戻ってきた。セバスチャンの前に立つと、彼女は目をそらした。「イアンの寝室で、これも見つけました。あなたがお持ちになりたいのではないかと思って」

ピンクのリボンでまとめてある手紙の束を差し出されて、セバスチャンはたじろいだ。ラベンダーとバニラの香りがあたりに漂う。手紙のほかに、ダイヤで囲まれた金のロケットがリーアの指のあいだから揺れている。

「彼女の肖像画です」

息苦しくなって、セバスチャンは必死に鼻から肺に酸素を取りこもうとした。言葉に詰まりながら尋ねる。「手紙を読んだんですか?」

リーアは首を横に振り、セバスチャンの目を見つめた。

「なぜ?」

「あなたの奥さまです。あなたが先にお読みになるべきだわ」

セバスチャンはリーアの手を払った。その拍子に、彼女の手から手紙とロケットが落ちた。リボンはほどけ、手紙は床の上でばらばらになった。

セバスチャンはしばらく見つめてから、自分がしてしまったことに気づいた。目を丸くしているリーアを見て、ようやく罪悪感を覚えた。

「全部燃やしてください」そう言って、部屋を出た。

わたしのところにいらして。セバスチャンは舞踏会に出かけ、わたしはまた具合の悪いふりをしました。メアリーに、書斎の窓から入れてもらってちょうだい。

4

リーアは膝をついて、床に散らばった手紙を拾い集めた。読まずに部屋を出ていけるライオスリー伯爵がうらやましかった。あの強さがわたしにも欲しい。イアンの懐中時計やタイピンと一緒にしまわれていた手紙を見つけたとたん、読みたくてたまらなくなった。読めばまた傷つくのがわかっているのに。

片手にリボンとロケットを、もう一方の手に手紙を持ってベッドの端に座る。手紙は一一通あった。これまで読んではいけない理由を自分に言い聞かせながら、何度も数えた。

それも終わりだ。イアンとアンジェラは亡くなり、ふたりの関係は終わった。耳を澄ましてイアンの帰りを待つのも、彼に抱かれながら心をからっぽにしようと努めるのも、緊張のなかで妊娠の兆しが現れるのを彼とともに待つのももうおしまいだ。手紙を読んでなんになるというの？　心の傷と幻滅がよみがえるだけだ。自分の無知と愚かさを思い知って、またもがき苦しみたいの？

顔を上げて、正面の壁の青い花柄と黄色の縁取りを見つめた。続いて、ベージュと金の絨毯、そして紫檀《したん》にダマスク織の椅子に目をやる。この部屋も、ここで自分がしてきたことも大嫌いだった。真夏だというのに、暖炉の火が小さく燃えていてもなお空気は冷たい。結婚したばかりの四カ月間の思い出が頭から離れない。

リーアがあの椅子に座ると、イアンはいつもそっと部屋着を脱がせた。あの壁に背中を押しつけ、イアンの腰に脚を回して彼と結ばれた。あの床ではよつんばいになった。そうすると、自分がひどく罪深くて蠱惑《こわく》的になった気がした。

リーアは目を閉じた。

その後、イアンとアンジェラが一緒にいるところを目撃してからは、このベッドの上でイアンの手と口がもたらす快感を無視しようと努めた。うめき声がもれないよう、血が出るほど強く唇をかんだものだ。そして彼に体を許した。何度も何度も。

自分は魂のないぬけがらになってしまったと感じた。何もできず力もないぬけがらに。イアンがアンジェラといるところを見て以来、二度とイアンに自分の心を渡すまいと誓った。だが結局、自分でも気づかないうちにすべてを彼に渡していたのだ。

ライオスリー卿はわたしの態度が理解できず、世間の期待に合わせて嘆き悲しみ、かつてのように従順にふるまうことを求めている。でも、わたしにはそんなことはできない。過去に、良き妻、良き娘になろうとして自分自身を見失った。そしてイアンが亡くなったいま、やっと手に入れた自由を失ったら、生きていけるかどうかわからない。

リーアは自分の両手を見つめてから体の脇におろし、ロケットとリボンと一通の手紙を落とした。ライオスリー卿の言うとおりだ。手紙は燃やすのが一番だ。

リーアはジョージ家のタウンハウスのドアを開けてくれた従僕に向かってうなずいた。疲れた笑みが口元に浮かぶ。昨夜は夕食会で客をもてなし、今朝は母と朝食をとるために早起きしたせいで、目の下にくまができているはずだ。

母のことに思いが及ぶと、思わず肩がこわばった。リーアは体の力を抜いて頭を左右に曲げてこりをほぐした。今朝母は、ほかにも人がいる前で何度もリーアの話をさえぎって、それとなく侮辱した。でも、もうそんなことは気にならない。我が家に帰ってきたのだから。ベッドがわたしを待っている。

でも、まずはイアンに会いたい。

疲れた笑みは、幸せな笑みに変わった。

イアン。書類仕事があるから、今日は家にいると彼は言っていた。そう言いながら口をとがらせたイアンは、まるで外で泥だらけになって遊んでいたのに教室へ入るよう怒られてすねている少年のようだった。リーアは書斎のドアをノックしたが、返事はなかった。中をのぞくと、誰もいない。まるで直す間も惜しんで出ていったかのように、机の前の椅子が横を向いたままになっている。

「ロバーツ」リーアは戸口にいる従僕に声をかけた。「だんなさまは出かけたの？　いつ戻るかわかる？」

「だんなさまは二階においでです。レディ・ライオスリーがゆうべ忘れていかれたショールを取りにいらしたので、顔を出しに行かれたのです」ロバーツはリーアの頭の向こうを見つめ、目を合わせないようにしている。リーアは背伸びして、従僕の注意を自分に向けたくなった。

もちろんそんなことはせず、礼を言ってから階段をのぼり、居間に向かった。昨夜客が帰ったあと、アンジェラの深紅のショールを見つけた。やわらかいウールのショールが手袋と袖のあいだの地肌に触れたとき、一瞬だがリーアは、アンジェラのように美しければいいのにと思った。顔立ちや髪や顔色についてこれ以上母に何か言われたくないし、肌がくすんで見える心配などせずに紫色の服を着たい。誰からも美しいと認められる女性の自信を、わたしも身につけたい。

だが、すぐにそんな思いを追い払い、つかのまの嫉妬心を恥じた。アンジェラをねたむならば、太陽のように人々を惹きつけるその正直でやさしい性格をうらやむべきだ。自分も人を惹きつけられるようになりたいが、実のところ、正直でやさしい性格になりたいとは思えなかった。アンジェラと違って、未婚のミス・ヨークのだらだらと続く愚痴に耳を傾けるのも、苦しそうに息をしながらちらちらと胸を見るドーブリー卿の隣でじっと座っているのもごめんだ。リーアの胸はそんなに大きくないが、ドーブリー卿は女性の胸でさえあれば大きさは気にならないらしい。

アンジェラはまるで天使のようだ。美しさやさしさといったあらゆる美点のおかげで、ライオスリー卿と結婚した。一方リーアは平凡で、やさしいというよりは皮肉屋だ。それでも、幸運にも親の取り決めによってイアン・ジョージを夫にすることができた。そしてイアンに愛されている。

居間に近づきながら、リーアは微笑んだ。実のところ、アンジェラをうらやむ理由など何ひとつないのだ。

半分開いたドアからアンジェラの声が聞こえて、リーアは部屋に入りながら明るく呼びかけた。「こんにちは」

そう言うつもりだったが、リーアの言葉は喉の奥で引っかかった。リーアは何も知らずに愛を、友情を、そしてこの世の正義を信じきっていた。

リーアは夫を見つめた。夫は金色の頭をアンジェラの胸にうずめ、唇と舌で愛撫していた。アンジェラの胴着《ボディス》はウエストまでさげられていて、指はイアンの金髪をつかみ、顔は快感にゆがんでいる。ほかの女性なら、顔をしかめているとしか見えないだろう。だがアンジェラだと、その表情が彼女を天使から生身の魅力的な女性に変えるのだ。

妙な話かもしれないが、リーアがまず考えたのは、母ならどうするだろうということだった。きっと母は音をたてずに背を向けて、何ごともなかったかのようにこの場を去るに違いない。

でも、リーアにはそんなことはできない。その場に立ちすくみ、口に手を当てた。もちろん大きなショックを受けた。目を見開き、涙を浮かべているのはそのせいだ。喉に詰まった〝こんにちは〟の代わりに〝なんてことをしているのよ！〟とか〝ひどいわ！〟と叫ぼうとした。

チューリップをいけた花瓶か、炉棚の時計をふたりの頭目がけて投げつけ、部屋の中を走りまわり、力いっぱい金切り声をあげたい。

そんな光景がリーアの頭に浮かぶなか、イアンはアンジェラのもう一方の胸を愛撫してから、喉に唇をつけた。そのあいだじゅう、リーアの頬には涙が伝い続けた。口からもれたのは、罵倒でも怒りの言葉でもなく、ふたりに聞こえたのが意外なほど小さなささやきだった。ふたりははっとして振り返った。このときのイアンの顔は、一生忘れられないだろう。悦びの表情が一瞬にして消え、目には罪悪感が浮かんだ。

「どうして……」リーアは消え入りそうな声でもう一度言った。

アンジェラがあわててリーアから目をそらし、喉から顔まで真っ赤にしながら体を隠した。そしてイアンは――リーアの愛するイアンは、アンジェラの前に進み出た。リーアの視線から彼女を守るように。

「すまない」彼は言った。

リーアの心に怒りはなかった。ただ、自分が弱く小さく感じられる。イアンに愛されていると信じるとは、なんてばかだったのかしら。苦悩の声をあげ、リーアはきびすを返して居間から逃げ出した。

「何かお探しですか?」

ドレスの見本帳をなぞっていたリーアは手を引っこめて、お針子を見つめた。「喪服のデザインを見せていただきたいの」

助手はお辞儀をしてから店の奥に消えた。リーアの視線は、目の前のカウンターに並んだ見本帳のドレスに戻った。お茶の時間用のドレスに舞踏服、乗馬用ドレス。モスリンやベルベット、シルクやタフタで作られ、蝶結びにしたリボンやひだ飾りがついている。心の中で自分を責めながらも、白いレースで縁どられた黄色いドレスを指でたどらずにはいられない。リーアの心臓が小さく跳ねた。こんなきれいなドレスは、来年の春まで着られない。

「喪服はこれですべてです」戻ってきた助手の声に、リーアはあわてて手を離した。ビスケットを盗もうとしたところを捕まった子どもみたいだ。

「どうもありがとう」うしろめたさを隠すために微笑んだ。

ライオスリー卿が訪ねてきてから一週間が過ぎていた。だがこの一週間、リーアはふたたび寂しさを覚えていた。妊娠していないと医師に告げられたときから感じてはいたが、イアンの遺品の整理に追われているあいだは、なんとか忘れることができた。けれども今週は息苦しいほどの孤独感にさいなまれ、とうとうタウンハウスにこもっているのが耐えられなくなった。

リーアは渡された喪服の見本帳を見ていった。どれも変わり映えしない。めくってもめくっても、出てくるのはボンバジンとクレープばかりだ。真っ黒で地味で、縁飾りひとつついていない。一年のあいだ、イアンの妻でありながら、絶望の中で行動を慎み、感情を封じこめて暮らした。いまだに彼に対する義務感から逃れられず、彼をしのんで黒ずくめで過ごさなければならないなんて。

リーアは見本帳を閉じて目を上げた。笑みを浮かべたが、お針子と目が合ったとたんに真顔に戻った。

微笑んだのは一瞬だけだ。でも、ただ微笑むことすら、未亡人には許されない。リーアは母からあらゆる心得を教えこまれた。秘密を守りたければ、女性は微笑むべきではない。ライオスリー卿もそう言ったではないか。さまざまなしきたりや制約を背負わされ、まっすぐ立っていられるのが不思議なほどだった。

「今日は欲しいものがないわ」

リーアのあいまいな答えに警戒したのだろう、お針子は眉をひそめて答えた。「お気に召しませんか?」

「生地を見せてちょうだい。もちろん黒のね。でも、クレープとボンバジン以外がいいわ」

お針子は目を伏せて考えこんだ。「少しお待ちください」

待つあいだ、リーアは店内を見まわした。テーブル、淡いピンクの布張りの椅子、カウンターの端に積まれた見本帳。壁紙は青と白の東洋風で、きれいだが合わせ目がはがれている。こつこつという音が耳に入ったので見おろすと、いつのまにかいらだたしげに指でカウンターを叩いていた。リーアは息を吸って指の動きを止め、店の奥とを仕切るカーテンが開くまで待っていた。

お針子が黒いオーガンジーを抱えて戻ってきた。光の中でかすかにきらめいて、濃いブルーにも見える。「舞踏会用のドレスをお作りするために用意したんですが、そのレディは別の生地を使うことになったんです」

胸がときめくなんてありえないはずだった。たかが生地で、しかも黒なのだ。これにリボンやビーズをつけることはできないし、流行のデザインにすることもできない。わたしが着るとしたら、なんの面白みもない未亡人にふさわしい喪服にするしかないだろう。

それでも、なでたときに黒い子山羊革の手袋にざらざらと引っかかる生地の感触がたまらなかった。ささやかな抵抗だが、これでも充分だ。

「気が変わったわ」青みがかった黒い生地から目を離せないまま、リーアは言った。「やっぱりドレスを作ってちょうだい」

「どのデザインになさいますか?」

リーアは見本帳を開き、すでにたくさん持っている喪服と同じようなデザインを適当に選び出した。「これでいいわ」

「すぐに寸法をお測りしましょうか?」

「ええ」リーアはまっすぐ立った。「いつできあがるかしら?」そう言ってから思わず笑いそうになった。まるで自宅以外の場所で着る予定があるみたいじゃないの。夫を亡くして日が浅いから、舞踏会や夕食会の招待はまったく来ない。母とベアトリスもしばらくは訪ねてこないだろう。かつてお茶に呼んでくれた友人たちはみなイアンの崇拝者で、彼の死後お悔やみのカードは送ってきたものの、もうリーアには用がないようだった。

それでも、お針子に「一週間でよろしいでしょうか?」と聞かれたとき、リーアはその場でくるりと回った。いまの自分にふさわしいかどうか、どんな波紋を呼ぶか、母にどう思われるか、あるいは夫の名にどう影響するか、そんなことはいっさい考えず、ただ回った。お針子に見つめられているのに気づくと、リーアはヴェールの陰で微笑んだ。

今日一日で微笑み、くるりと回って、黒いオーガンジーのドレスを注文した。でもこれは、自立するためのちょっとした練習にすぎない。これからはもっと大胆になるのだ。

その晩、リーアは部屋から部屋へと歩きまわっていた。本を読もうとしたが、サッカレーの小説にも集中できなかった。ピアノも試してみたものの、少し弾いたあとは、ぼんやり鍵盤の上に手を置いたまま座っているだけだった。一階から二階、三階へと落ち着きなく動きまわる彼女の足音に、しまいには使用人たちが好奇の目を向けてきた。

リーアは生まれてからずっと母に、そして社交界の期待に縛られて生きてきた。しきたりに反抗することなど考えもせず、言われたとおりにふるまって満足していた。そのご褒美として、すてきな人――できれば自分を愛してくれる人――と結婚して子どもを産めるのだと思っていた。

だがこれまでのところ、その結果はみじめなものだ。

リーアは向きを変えた。その拍子にスカートが椅子に当たった。周囲の壁が迫ってくるような気がして、静けさに耐えられなくなってきた。彼女は長いあいだイアンの秘密をたったひとりで抱え、人と間近に接するのを避けていた。自分の目に浮かぶ真実を見られたくなかった。でも、イアンは亡くなった。これ以上孤独を受け入れる必要はない。未亡人だからといって、社交界ののけものにならなければいけないわけではない。誰からも招待状が来ないのは、悲しみに暮れていると思われているからだが、実際はそうではないのだ。

寝室を歩きまわりながら、壁や床、この部屋を飾るさまざまながらくたに目をやった。好きで置いたものではなく、レディの寝室らしく見せるために置いたものばかりだ。化粧テーブルに並んだ香水の瓶と、中央にまっすぐに置かれた櫛。スミレの咲く平和な牧草地を描いた風景画。自分の好みに従っていれば、ドラクロワかジェリコーの大胆な筆づかいの絵を飾っていただろう。おとなしい風景画ではなく、生命力に満ちあふれた絵を。

また向きを変え、反対側の壁際に置かれた書き物机を見つめた。中には、アンジェラがイアンに向けて書いた手紙がしまってある。何度も暖炉の火に投げこむつもりで手に取ったが、燃やすことはできなかった。そこに隠された秘密がそうさせないのだ。

リーアは引き出しを開け、ピンクのシルクのリボンで束ねられた手紙を手にした。バニラとラベンダーの香りは薄れてきたが、まだ消えてはいない。記憶がよみがえる。ベッドに入ってくるイアン。その彼から漂ってくるこの香り。胸を引き裂かれそうだ。

手がかすかに震え、束を放り出したくなる。それでも、さらにしっかりと手紙を握りしめ、暖炉のそばの椅子に向かった。こめかみに汗が一粒流れたが、誰かを呼んで火を消すよう言いつけはしなかった。

強く握りしめていたせいで手のひらも汗ばんで、手紙が湿ってくるのがわかった。リーアはゆっくり深呼吸をした。ついいましがた階段を駆けのぼってきたかのように息が切れている。

汗は頬から顎へ、そして首と鎖骨を伝ってスカーフの中へと流れこんだ。

震えの止まらない手でリボンをほどき、適当に一通引っ張り出した。最初の手紙かもしれないし最後の手紙かもしれないが、どうでもよかった。自分が何を探しているのか、なぜ読もうとしているのかもわからない。

残りを脇に置いて、その手紙を開いた。

湿ってよれた羊皮紙はすっかり薄くなっている。リーアは挨拶の文句から読みはじめた。

最愛のあなたへ

目に涙が浮かんで喉が痛くなるだろうと思って待ったが、そうはならなかった。よその女性のこんな呼びかけに、裏切られたという思いは否定できないが、うちのめされたわけでもなかった。もう簡単には傷つかなくなっていた。それを知って、リーアはほっとした。

お花をどうもありがとう。とてもきれいだったわ。蘭が好きだとお話ししたことすら忘れていました。寝室に飾っていて、見るたびにあなたのことを思って笑顔になってしまいます。

でもどうか、プレゼントを贈るのはもうおやめになって。わたしを元気づけようとしていとこのガートルードが送ってくれたのだとセバスチャンに説明しなければなりませんでした。彼に疑いを持たせたくないし、嘘をつきたくもないのです。ときどき、彼になんと話したか忘れてしまいます。二日前頭痛がすると言ったら、彼はまた医者を呼んでくれようとしました。そのちょっと前におなかが痛いと言ったから。こんなふうに仮病を使ってセバスチャンをだますのはやめたいけれど、これ以上彼に触れられることを思うと我慢できないのです。

リーアはいったん読むのをやめて、息を吸った。ライオスリー卿が手紙を読まなかったのは正解だわ。

先にあなたと出会っていたらよかった。あるいは、あなたが子爵ではなく伯爵家の生まれだったら。毎日そんなことを考えるけれど……だめね、考えてもどうにもならないわ。

愛しています。前にあなたに聞かれたときは答えなかったけれど、わたしは彼女に嫉妬しています。あなたと離れていると、あなたが彼女と一緒にいるところばかりを考えてしまうの。毎日あなたと会えるのがわたしだったらよかったのに。夜、本を読むあなたの横で静かに刺繍をする自分を想像します。とても家庭的な光景ね。足元には子どもたちが座り、あなたの言葉に耳を傾ける。あなたはその子たちを笑顔にし、ヘンリーを笑わせてくれるみたいに笑わせるの。そして夜が更けると、あなたはわたしの手を取って寝室に連れていく。

愛するイアン。もっと書きたいけれど……今度会うときまで言いたいことはとっておくわ。

あなたのいない日々はとても長く感じられます。

愛しているわ。

アンジェラ

リーアは息を詰めた。目の焦点が合わず、字がぼやけた。肩が落ち、指から手紙が離れた。手紙は見捨てられたかのように膝の上に落ちた。

ふたりは愛しあっていた。少なくとも、アンジェラはイアンを愛していた。

彼らのあいだに欲望と情熱があったことは想像していたが、まさか愛があったとは思わなかった。わたしがイアンを愛していたように彼女もイアンを愛していたとは。手紙には品のない情熱的な言葉が羅列されているに違いないとなかば思っていた。露骨な言葉を読むのは気持ちのいいものではないだろうが、それで彼らの裏切りに対する怒りやつらさを正当化できると思っていた。それなのに……。

あのふたりはすべてを失った。そうでしょう?

リーアは椅子から立ち上がった。手紙は床の上に落ちた。数歩進んでから思い出して振り返り、手紙の束をふたたびリボンで結んだ。

イアンとアンジェラは何も失っていないのかもしれない。一緒にいるために、自分たちにできることをしたのだ。ふたりは社交界の規定や道徳に支配されなかった。アンジェラの手紙には、イアンと離れているときのつらさや孤独感がにじんでいたが、それは、一緒にいるときの喜びがいかに大きいかを示しているとしか思えなかった。

リーアはふたたび引き出しを開けて手紙をしまった。バニラとラベンダーの香りも、もう不快ではなかった。逆に、励ましになった。大胆になれという励ましに。

わたしがどう感じているかわかっているなんて言わないで。あなたのそばにいるときわたしがどんなにうれしいか、そして離れているときどんなに寂しいか、あなたにわかりますか？　あなたにはわからないでしょう。わたしはたったひとりで苦しんでいるのです。

5

セバスチャンはゆっくり呼吸をしながら周囲を見まわした。古くさい称号とささやかな富のにおい、それに葉巻の煙が、息を吸うたびに肺を満たす。

「やっぱり来なければよかった」セバスチャンは弟に言った。アンジェラの死後、紳士クラブは避けてきた。人に会うのがいやだというわけではない。クラブを避ける理由は、夕食会や音楽会を避けるのと同じで、周りが何も変わっていないからだ。まるでイアンとアンジェラの死などなかったかのようだ。四カ月前、無情な現実の前にセバスチャンの生活はめちゃくちゃになったのに、紳士クラブは以前と何も変わっていない。

「兄さんは何をしたって後悔するだろうよ」中央のテーブルに向かいながらジェームズが言

った。「馬に縛りつけられてここまで引きずってこられなかっただけでも感謝してほしいね。ぼくはそうしたくてたまらなかったんだが」

周囲の会話はふだんどおりだった。天気から政治、大陸での戦争、それに何よりも盛り上がる女性の話題にも及んでいる。もっとかたい椅子で自分を罰したいのに、セバスチャンが座っている椅子はとてもやわらかかった。彼は軽く握った手を膝の上に置いて、ジェームズが給仕に酒を頼むのを見ていた。

ジェームズは向かい側に座り、片腕をテーブルにのせ、もう一方を体の脇におろして微笑んだ。「ひどいありさまだな」

「ぼくを侮辱するのが目的なら、なぜわざわざここまで連れてきた？」

「兄さんを侮辱するのがぼくの楽しみだからさ」

給仕が酒を運んできたので、セバスチャンは口をかたく閉じた。淡い金色のスコッチをちらりと見てから目をそらした。ジェームズは酒を飲みながら、ずっとここ数カ月してきたように、ときおり口元にいらだちを浮かべつつも辛抱強い顔で兄を見つめた。

セバスチャンの左では、ミスター・アルフレッド・ダンロップが若いクーパー＝ジャイルズ男爵と話していた。「行かなければ。不謹慎だろうとかまやしない。ウォルターの話だと、ミス・ペティグリューも来るらしい」

「銀行家の令嬢か？」クーパー＝ジャイルズが尋ねた。

「ああ」ミスター・ダンロップは答えた。「先週〈レイナード号〉の沈没で大損した。今週の終わりには、彼女にぼくのプロポーズを承諾させてみせる」

セバスチャンが反対側に目をやると、そちらではデリーハウ卿が濃い葦毛《あしげ》の新しいサラブレッドの話をしていた。テーブルの向かい側からジェームズのため息が聞こえ、セバスチャンは弟に目を向けてちらりと微笑んだ。練習をするうちに、だんだん微笑むのが容易になってくる。

「ぼくに必要なのは女性らしいな」セバスチャンは言った。

「女性？」

「ああ」

「ベッドをともにする女性かい？」

セバスチャンはうなずいた。

「女性と寝たいのか？」信じられないという弟の口調に、セバスチャンは顔をしかめた。前からこんなにたやすくぼくの心を読めただろうか？

そう、何も考えずに誰かと体を重ね、アンジェラの思い出を消したかった。だが、そう考えると体が反抗した。筋肉がこわばり、肺がつぶれる気がする。呼吸が乱れ、彼女の名が無言のささやきとなってもれる。アンジェラ。

「忘れてくれ」セバスチャンはクーパーージャイルズとダンロップの向こうの通りに面した大きな窓を見た。いまふたりはハウスパーティーについて話している。

だがジェームズは話題を変えようとせず、愉快そうに言った。「今夜、兄さんのところに誰か送ろうか？　それとも、ここを出てレディ・キャロウェイを捜そうか？　昔、好きだったよね？」

「ジェームズ、もう……」そう言いかけたところで、隣のテーブルからある名前が聞こえてきて、セバスチャンはミスター・ダンロップを凝視した。

「もちろん、彼女は以前より少し年をとっている」ジェームズは続けた。「ぼくもそうだが、白髪に気勢をそがれる男もいるだろう」

セバスチャンは弟に黙るよう目配せしてから立ち上がり、隣のテーブルに近づいた。

ミスター・ダンロップは話を中断して顔を上げた。「ライオスリー卿」

「どうも」セバスチャンはふたりに順に頭をさげた。このような社交辞令も、何度か繰り返すうちに容易になった。数カ月前と比べ、怒り狂って何かを壊したいという衝動は弱まっている。椅子を壊したり窓を割ったり、壁をげんこつで殴ったりもした。アンジェラの肖像画を燃やしたい衝動を抑えるために火かき棒を投げたこともある。だが最近では、怒りを抑えられるようになってきた。毎朝、うまく結べず床に投げ捨てたクラヴァットの山だけが、紳士の外見の下に潜む怒りを表している。

セバスチャンはダンロップを見た。「ハウスパーティーの話をしていなかったか？」

ダンロップはきまり悪そうに男爵と目配せした。

その瞬間、セバスチャンは自分の聞き違いではなかったと悟った。「誰が開くのか、教えてもらえないか？」

ダンロップはセバスチャンと目を合わせずに言った。「ミセス・ジョージです、閣下。明日、ウィルトシャーに向かうつもりで……」ダンロップの声は次第に小さくなった。セバスチャンが怒り出すと思っているようだ。イアンとアンジェラの情事や、秘密にしておこうというセバスチャンとリーア・ジョージとの約束はダンロップには知るよしもないが、夫を亡くしたばかりの未亡人がパーティーを開くこと自体とんでもない愚行だ。しかも、亡くなったのはセバスチャンの親友なのだ。

アンジェラのことが頭から消え、代わりに茶色の髪を持つあの恥知らずな女性の笑顔が浮かんだ。三週間。たった三週間で、彼女は約束を破ったのだ。

「ああ、ミセス・ジョージのハウスパーティーのことか」セバスチャンは目の前のふたりがジョージ家の領地まで行くのにかかる時間を計算しながらうなずき、自分のテーブルに戻った。

「兄さん？」ジェームズがスコッチを飲みながら言った。「大丈夫か？　顔がきれいな赤に染まってるぞ」

「ミセス・ジョージがハウスパーティーを開くらしい」セバスチャンは静かに言った。指先でよく磨かれたテーブルの縁に触れる。つかむのではなくそっと触れているのは、感情を抑えている証拠だ。

「あれからまだ四カ月だ」ジェームズが言った。「ずいぶん早いな」

「ああ。噂になるのは間違いない。夫を亡くしたばかりのおとなしくて穏やかなミセス・ジヨージが、田舎でハウスパーティーを開くというのだからな」

光景が目に浮かぶ。リーア・ジョージは未亡人用の帽子もかぶらずに、ばかみたいに微笑みながら客を出迎えるだろう。もしかしたら、すでに喪服も脱いで、自由を手に入れた喜びを世間に見せつけるように明るい黄色や挑発的な深紅のドレスを着ているかもしれない。

思慮分別がない。

彼女はその言葉をうれしそうに口にしていた。ぼくが訪ねていったときは、すでにハウスパーティーを開くつもりだったのだろうか？　それとも、ぼくがあの言葉を使ったことでひらめいたのだろうか？

どちらでもいい。情事のことを誰にも話していないとしても、彼女の行動であらわになってしまう可能性がある。ぼくが妻を寝取られた間抜けな男だと思われるのはかまわない。そんな噂はいつか消えるだろうし、ぼくのプライドもいずれ回復するときが来るだろう。だが、どうしても我慢できないことがある。それはヘンリーが嫡出かどうか疑われることだった。

ヘンリーの髪が茶色で瞳が緑であれば。もっと成長して顔の丸みが消えていれば、ぼくの子だとわかる特徴や癖が出てくるのに。無垢でかわいらしい顔も髪の色も、アンジェラそっくりだ。そしてその髪の色は、イアンともそっくりだった。

胸の痛みを無視して、セバスチャンは椅子に腰をおろし、まだ飲んでいなかったスコッチのグラスに手を伸ばした。ふだんスコッチはあまり飲まないが、いまは力をつけるために必要だった。じきに広まるであろう噂に立ち向かう力を。

〝ミセス・ジョージはあれだけみんなから愛されたご主人を亡くしたのに、なぜ悲しまないのだろう？　そこまで嫌われるとは、ご主人はいったい何をしたのだろう？〟

真実以外、その疑問の答えはないだろう。

テーブルの向こうでジェームズが眉をつり上げた。「そのハウスパーティーはいつからはじまるんだ？」

「二日後だ」

彼女は準備のためにすでにロンドンを発っているはずだ。ウィルトシャーまで行って招待を撤回するよう説得するには時間が足りない。たとえいますぐリンリー・パークに行けたとしても、セバスチャンにできることはない。すでに噂は立ちはじめているのだから。

静かにグラスを置いたので、内心の動揺は隠せた。ぼくがハウスパーティーを認めないのは彼女だってわかっていたはずだ。それがぼくの耳に入るのも。思慮分別がないと言って非難したのを、彼女は本気とは思わなかったのだろう。

気の毒だが、リーア・ジョージはそろそろ自分の失敗から学ぶべきだ。

ハウスパーティーがはじまってまだ六時間も経っていないというのに、リーアは手当たり次第に知人を招いて好奇の目にさらされることにしたのをすでに後悔していた。もちろん、客はみなあからさまではなく、リーアが顔を向ければ、さりげなく目をそらす。それでもリーアは全員を追い出すよう執事に命じたい衝動に駆られた。

これほど注目されることに慣れていなかった。以前から、人を招いても客を楽しませるのはいつもイアンだった。未亡人として四カ月も孤独な日々を過ごしたあげくに危険を冒してハウスパーティーを開いてはみたものの、反抗心からはじめたこの試みをあきらめて、簡素でひっそりとした生活に戻りたいと切に思った。

ダイニングテーブルの両側に向かって、リーアは微笑んだ。「殿方には申し訳ありませんが、今夜は葉巻をお控えください。代わりに、客間に移りませんか？　今夜のお楽しみをお伝えする前に、みなさんに発表したいことがあるんです」

怪訝《けげん》そうに眉を上げたり視線を交わしたりしながら、客は椅子から立ち上がった。リーアは先頭に立ち、誰にエスコートされることもなく階段をのぼった。三〇通を超す招待状を送ったが、やってきたのは八人だけだった。それでも、本当を言えばリーアの予想よりも八人多かった。

客間に入ると、リーアは客が腰をおろすまで待った。知っている顔ばかりだが、イアンにとってもリーアにとっても親友と言える顔ぶれではなかった。スキャンダルを求めて来た客もいれば、社交界の片隅に属していて、招待状を受け取ったこと自体がうれしくて来た客もいる。彼らはリーアのことを噂したり非難したりするだろう。だが、イアンをよく知っている友人や、厄介な質問をしそうな人は、はじめから招待しなかった。

鼓動が速くなり、手のひらは汗ばんできたが、この人たちは楽しむためにやってきたのだと自分に言い聞かせた。リーアは深く息を吸うと、廊下から運びこんでおいたイアンの大きな肖像画を指し示した。「お越しいただいてありがとうございます」客のささやき声を静めるために言った。「わたしは――」

戸口で執事のヘロッドが何か言いたそうなそぶりを見せた。「ちょっと失礼します」リーアはそう断って部屋から出た。邪魔が入ったのをありがたく思った。

「お話し中に申し訳ありませんが、ライオスリー伯爵がお見えになりました。いますぐお目にかかりたいとのことです」

ライオスリー。リーアはハウスパーティーが終わるまで彼の耳に入らないよう願っていた。やめさせようとするに違いないと思ったからだ。でも彼はやってきた。わたしを非難し、論し、自分と同じようにみじめにさせるために。

リーアのいらだちはすぐにおさまり、鼓動も呼吸も落ち着いた。ほかの人々の前では最善の姿を見せられなかったかもしれないが、相手がライオスリー卿だと話は別だ。彼はわたしがどこまで自立し自由にしているのか確かめにきたのだ。イアンの死後わたしがどんなに強くなったか、想像もつかないだろうが。

「ありがとう、ヘロッド。ほかのお客さまをお願いね」そして、大急ぎで階段をおりた。

ライオスリー卿に会うのが楽しみだった。真緑の瞳に厳しく陰鬱な顔をした伯爵に会うのが楽しみになってきた。彼の要求に今回はどう応じるか、どう勇気を奮い起こして彼に立ち向かうか、自分でも興味があった。

ある意味では、彼に同情している。リーア自身はイアンと結婚していた頃の自分を捨てて前に進もうとしているものの、タウンハウスを訪ねてきたときの伯爵の苦悩は忘れられない。そしてアンジェラの手紙を払い落としたときの怒りも。リーアは自分のみじめな状況から逃れようと手を尽くしているが、ライオスリー伯爵はそれにしがみついている。

わたしに同情されていると知ったら、伯爵はどんなに驚愕するだろう。彼のおかげで、わたしの決意がさらにかたまったと知ったら、なおさら驚くはずだ。今夜なんと言われようと、従うつもりはない。いくら相手が伯爵でも。そして、いくら彼の目に浮かぶ絶望を見るたびに心が沈んでも。

ライオスリーは両脇に旅行かばんを置いて、玄関を入ったところに立っていた。いつものように顔をしかめている。自分が近づくとさらにしかめつらになるのを見て、リーアは屈折した喜びを感じた。笑みが浮かびかけたが、それを抑えてお辞儀した。

「ライオスリー卿。いらっしゃるとは思いませんでしたわ。ハウスパーティーはもうはじまっていて、いまは――」

「ぼくが来たのは、きみが原因を作った噂に対する返答だと思ってくれ」彼は、体の前で組みあわせていたリーアの手をわざわざ片方だけ取ると、唇をつけた。動作は儀礼的だが、熱い鉄のような手でしっかりとリーアの手を握り、唇はやわらかいがゆえに危険を感じさせた。彼を包んでいたみじめさは消えて、怒りだけが伝わってくる。

知りあって三年が経つが、ライオスリー卿がはじめてわたしを見たとリーアは思った。社交界の一員でも、イアンの妻でもなく、リーア・ジョージ個人として見た。完璧なレディ・

アンジェラ・ライオスリー以外のその他大勢の女性ではなく、憎むべき敵、リーア・ジョージとして。

彼に同情したのは間違いだったかもしれない。

ライオスリーはリーアの手を放した。「きみに悪いことをしてしまったようだな、ミセス・ジョージ。もっと賢い人だと買いかぶっていた」

リーアは指を曲げ伸ばししながら顔をしかめた。強く握りすぎたことを彼は謝りもしなかった。この瞬間は悲しみが消え去り、リーアに怒りをぶつけることしか考えていないようだ。

リーアは首を傾けた。「夕食に遅れたからご機嫌が悪いのかしら?」

「スキャンダルを避けてほしいとはっきり伝えたはずだ。それなのにこんなことをするとは実に迷惑だ」

「ええ」リーアはつぶやいた。「迷惑とおっしゃるけれど、あなたには招待状を送っていません」

「きみがいまも喪服と未亡人用の帽子を身に着けているのを喜ぶべきだろうね」

「シルクのナイトドレスは真夜中の密会用に取っておこうと思って」

「それに、笑いながら歩きまわったりしていないことも……」

ライオスリーは突然言葉を切って、にっこり微笑んだリーアを憎々しげににらんだ。リーアは手を伸ばして、こわばっている彼の顎に触れた。無意識の行為だったが、その瞬間後悔した。とはいっても、いまさら手を引っこめることはできなかった。

「お気の毒なライオスリー卿。あなたを苦しめたりしてすみません。どうぞいらして。ちょうど、わたしたちのお客さまに発表しようとしていたことがあるんです」

「わたしたちの？」彼は先に歩きはじめたリーアに聞き返した。

リーアは背筋を伸ばして階段をのぼりながら、彼の足音が聞こえないかと耳を澄ました。リーアが半分までのぼっても、まだライオスリー卿は動かなかった。

「わたしたちの客だって？」リーアがちょうど階段をのぼりきったとき、ライオスリー卿はふたたび言った。彼の声はさっきよりも近くから聞こえた。

リーアはそんなことは言っていないと否定して、ついてくるよううながそうと、振り返った。

ライオスリーは手すりを握って階段の下に立っていた。口は何か問いたげだ。彼を見ると、まるで母を見ているような気がする。独善的で気が短く、社会の規範からはずれることを嫌う。だが、事故の前の彼はそうではなかった。タウンハウスでイアンと一緒に笑っている彼の声。ひそかにイアンと視線を交わす妻に向ける愛情とやさしさに満ちたまなざし。ヘンリーを客にお披露目するときのうれしそうな顔。ヘンリーがはじめてリーアのお辞儀に応えてちょこんと頭をさげたときの父親らしい満足げな顔もよく覚えている。

彼もわたしも、裏切りにあって変わった。まだ心の痛みは残っているとはいえ、わたしはいい教訓になったと考えたい。伯爵を苦しめることなく自分の力で生き、彼を助けられるかもしれない。

リーアはため息をついて、彼のもとまで戻った。数段上で止まったので、目の高さが同じになった。「わたしのせいでイアンとアンジェラのことが噂になってしまうのではないかと心配で、ここまでいらしたのはわかります。お客さまを送り返してほしいのでしょう？　そうすれば、あなたはこの数カ月身をまかせてきたみじめさの中に戻っていけるから。でも、このハウスパーティーをもう一度人生を楽しむチャンスだと考えて、わたしに手助けさせてくださるなら、きっとあなたにもわかっていただけると思うの、わたしが——」

「きみの手助けはいらない」伯爵はうなるように言った。

リーアは何も言うべきではなかったのだ。彼が干渉されたがっていないのはわかりきっていたはずなのに。だが、言ってしまったのだからしかたない。「そうかもしれませんけれど、でも……」

敵意に満ちた目を向けられて、リーアは口ごもった。「彼がきみにそうしていたのか？」伯爵は尋ねた。

リーアは眉をひそめた。「どういう意味でしょう？」

「イアンだよ。彼もそうやってきみにあらゆる手助けをしてきたのか？　子どものように扱っていたのか？」まるで、彼のほうがリーアに同情しているかのような、やさしくて悲しげな声だった。リーアは黙ったまま立ち尽くした。この会話はどこに向かうのだろうと思いながら、彼の冷酷な唇から目が離せなかった。

「かわいそうなミセス・ジョージ」伯爵はそうつぶやきながら、指の背でリーアの頰をなでた。

さっきのわたしの行為をまねてからかっているんだわ。それはわかっていたが、リーアは頬をなでる革の手袋の感触に、まるで愛撫されているような気分になった。その手から逃れることもできなければ、顔が赤くなるのを止めることもできなかった。

彼の手はリーアの顎をたどり、顔を上に向けさせた。その目に浮かぶ挑発的な色を見て、リーアは彼の指にかみつくのを思いとどまった。

「きみは最初からずっとイアンに付き従っていた。違うか？　イアンの言葉や行動をそのままねることで満足していた。きみは彼をよく観察していた。もっとも、きみのそういうところは、見ているこっちにすれば退屈だったがね。ぼくは子どもではないんだ。きみの手助けは必要ない」

「そんなつもりはありません。イアンがあんな死に方をしなければ、あなたとは関わりもなくなったはずです。もうお帰りになったほうがいいですわ。いらしてくださいとあなたに頼んだわけじゃありませんから」

そして地獄で朽ち果てればいいんだわ。

ライオスリーは手をおろした。「これ以上きみを放っておくことは考えられない。それに、客を追い返すつもりもない。いまそんなことをすれば、さらに噂の種になるだけだからな。ハウスパーティーは続けてくれ。スキャンダルをできるだけ避けるように」

「わたしに指図できると思っていらっしゃるのね」リーアは腕を組んだが、子どもっぽい仕草に思えてすぐにほどいた。この人が相手だと、なぜこんなに簡単に弱くなってしまうのかしら?

伯爵はリーアの横を回って階段をのぼりはじめた。「どんな手を使ってでも指図するさ」

リーアは離れたテーブルに置かれたパンジーの花瓶を階段から見つめながら、握っていた手をゆっくり開いた。どんなに深呼吸をしても、落ち着きを取り戻せそうにない。玄関のあたりで何かが動いたのでそちらに目をやると、召使いが伯爵のかばんのそばに立って指示を待っていた。

「閣下のお荷物を青の部屋に運んでちょうだい」本当は、ばらばらにしてしまってちょうだいと言いたかったが。

客間に戻ったリーアは、左右を見ずにまっすぐ肖像画に向かった。肖像画の中のイアンは口元に笑みを浮かべて、こちらを見つめている。この数カ月、リーアは彼のその笑みを恩着せがましく感じてきた。それはおそらく、輝く彼の鎧がリーアの目には錆びて傷だらけの錫《すず》に見えるようになったからだろう。だが、たとえリーアを見下していたとしても、あるいはリーアが傷つき、怒る原因をたくさん作ったとしても、彼が故意にリーアを侮辱したことは一度もなかった。

ライオスリー卿とは正反対だわ。リーアは暗い気持ちで思った。

客に配られたワインを自分にも持ってくるよう召使いに合図してから、客のほうに顔を向けて静かになるのを待った。またしても心臓が激しく鼓動しはじめたが、今回は不安のせいではなかった。部屋を見まわすと、伯爵はウィリアム・メイヤーとクーパー－ジャイルズ男爵のそばに座っていた。警告するようにうなずく彼に向かって、リーアはグラスを持ち上げた。室内の全員が見ているのを意識していた。

「お集まりのみなさま、夫が亡くなってほどなくしてハウスパーティーを開くのがふつうではないのは、わたしも充分承知しています。不謹慎だと言う人もいるでしょう」眉を上げ、視線をライオスリーからほかの人々に向ける。「でもイアンをご存知のみなさまでしたら、涙や悲しみが似合う人ではなかったこともまたご存知でしょう。彼はわたしを含め、多くの人がうらやむような生き方をしていました。笑うのも踊るのも、政治を語るのも本を朗読するのも、すべて情熱を持ってやってきました。ひとりの人間にあれほどの情熱があるとは信じがたいほどです」

リーアはイアンの肖像画を見やった。感動的な場面であり、リーアが感極まって話を続けられなくなると誰もが考えたに違いない。涙は出なかったが、イアンの記憶はリーアの心にしっかり残っている。あっという間に彼に恋したことも、かつては彼も自分を愛してくれていると思っていたことも。

リーアは目を上げてレディ・エリオットの頭のあたりを見つめながら先を続けた。

「これから一週間は、悲しみに暮れる代わりにイアンの人生を祝っていただきたいのです。食事は彼の好物を用意しますし、彼が特に好きだった娯楽も楽しんでいただくつもりです。イアンの親友、ライオスリー伯爵も——」リーアは笑みも隠さずに彼のほうを示した。「いらしているので、どんなことをしたらいいか提案してくださるでしょう。まずは乾杯しましょう。わたしの愛する夫であり友人であり、これまで出会った中でも最高の男性――イアン・ジョージに」

部屋のあちこちでグラスが掲げられた。「イアンに」客はそう唱えてからワインを飲んだ。リーアはライオスリーを見た。唇をグラスに当てているが、中の酒は揺れていない。表情もまた揺らいでいなかった。青白く上品な顔だが、リーアに向ける鋭い視線だけが、驚きと報復の決意を表している。

リーアは満足しながらもうひと口ワインを飲むと、ヘロッドに合図した。「そして、お約束どおり特別なお客さまをご紹介します。イアンの好きだった歌を歌ってくださるミス・ヴィクトリア・リンドです」

興奮した客の声が静まってオペラ歌手が一曲めを歌いはじめると、セバスチャンはグラスを傾けてワインを飲んだ。イアンではなく、残された妻に乾杯したい気分だ。酒はリーア・ジョージを思わせた。一瞬やさしく感じられるが、その繊細さと純粋さの中に力強さを隠し持っていた。

部屋の奥で歌うミス・リンドに目を向けながら、リーアを視界に入れておくのは難しい。それでも、左肩の向こうに、その存在が感じられる。もはやセバスチャンも彼女を見くびるつもりはなかった。

リーア・ジョージのことは、突然手に入れた自由をどんな無茶をしてでも楽しもうとする若い未亡人だと考えていた。気持ちを引きつけておくべき夫がいなくなり、自由奔放にふるまって、大勢の男を愛人にしそうだと思った。分別がなく無責任でも、その行動は彼にも理解できる。しらふのしっかりした状態で観察していれば、次に彼女がとる行動も予見できるし、ばかげた計画を阻止する方法も見つかるはずだった。

とはいえ、思っていた以上に彼女は狡猾だった。彼女の行動の理由もわかっていたつもりでいたが、すべてはセバスチャンの勝手な憶測にすぎなかった。ハウスパーティーを開きはしたものの、リーアは帽子も含めて未亡人の服装に徹しているし、独身男性だけでなく夫婦や付き添い女性《コンパニオン》を連れた若い女性も招いている。道徳に反するようなことはしていない。それどころか、すべてをイアンの思い出に捧げる形にして、スキャンダルをはねのけてみせた。あの感動的なスピーチで、亡き夫に対する深い愛情は全員の記憶に焼きついたはずだ。

いまのところスキャンダルになりそうなのは、このハウスパーティーが開催されたという事実そのものぐらいだろう。とはいえ、まだ安心はできない。自分はリーア・ジョージの思惑も行動の理由も正しく理解できていないかもしれない。しかし、彼女が見た目ほど無欲ではないのはたしかだ。彼女の賢さや反抗的な態度の理由を見誤った。同じ間違いを繰り返すつもりはない。

歌手が一曲めを歌い終わり、客が拍手をした。セバスチャンは振り返って、こちらを見ているリーア・ジョージに微笑みかけた。彼女が顎を上げたのは、その笑みの意味を察したせいだろう。楽しんでいるのでも満足しているのでもなく、警告しているのだということを。

もう一度言ってください。あと一〇〇〇回でも一〇〇〇〇回でも。あなたがはじめてわたしの耳元でささやいてくれたことは一生忘れないでしょう。何度聞いてもまだ足りません。言ってちょうだい、わたしを愛していると。

6

すばらしい一日にふさわしい美しい風景だった。昼近くの太陽は頭上でさんさんと輝いている。真っ白い雲がゆっくりと空を流れていった。木々の葉を揺らす初秋の風が、湖面をかすかに波立たせ、セバスチャンの髪をそっとなびかせる。

セバスチャンの目に映る風景を汚す黒い人影がなければ、すばらしい一日になっていただろう。かつては気にも留めなかったリーア・ジョージが、いまでは疫病神のように思われる。

黒い日傘のてっぺんから黒いスカートのすそに至るまで、なんと純真に見えることだろう。拍手喝采したいくらいだ。未亡人用のヴェールで、見事に清廉潔白さを強調している。クレープ地のドレスで厳粛な雰囲気を作りながら、彼女は次から次へと嘘を繰り出している。

「……リンリー・パークでは舟遊びが彼のお気に入りの……」

「……姿を消したと思ったら、湖で半日過ごしていたこともありました……」

リーアが示した先には、四艘の舟が湖に浮かんでいた。客の世話をするために屋敷から何人か男性使用人が駆り出され、舟が岸から離れないように綱を握っている。

「亡くなったあと、彼がここで書いたと思われる詩が何編か見つかりました。舳先《へさき》に止まる鳥や季節ごとに変わる水の色のこと、それに湖にひとりでいるときの心の平安について書いています」

セバスチャンは信じられない思いでリーアを振り返った。嘘と、とんでもない想像の飛躍だ。イアンが詩や文学を朗読するのは知られていたかもしれないが、それは単に女性の気を引くためだった。イアンが書いた詩でセバスチャンが唯一知っているのは、水兵の情婦と木製の男性自身を詠《よ》んだ五行戯詩だけだ。

「なんてすてきなんでしょう」ミセス・メイヤーが言い、ほかの女性たちも賛同した。「今夜朗読してくださらない？」

「わたし……」リーアは口ごもった。ほかの客は彼女が感情的になって声を詰まらせたと思ったようだが、セバスチャンにはそうは思えなかった。「ええ、そうですね。もしかしたら。おしゃべりが長すぎましたわ。舟は四艘ですから、ふたりのグループふたつと、三人のグループふたつに分かれましょう。漕ぐのは男性方におまかせします」

日傘で顔がほとんど隠れていても、彼女が首を曲げて、どのようにグループ分けするか考えているのがわかった。どのグループに入れられようと、セバスチャンは彼女の指示には従うまいと決めていた。あの想像力は興味深いが、嘘をついたという事実で、彼女の下したどんな判断も信用できないのがはっきりした。

舟遊びがイアンのお気に入りだった？　あきれたものだ。

「ミス・ペティグリューとミセス・トンプソンはミスター・ダンロップとご一緒されてはどうかしら？」リーアは指示した。「エリオット卿とミセス・メイヤーは次の舟に。その次が、ミスター・メイヤー、レディ・エリオット、ライオスリー卿。そうなると、最後はわたしとクーパー＝ジャイルズ卿になります」彼女が日傘を動かすと、ヴェールで隠した顔に日差しが当たり、男爵に向けた笑みが見えた。「イアンの思い出話にしばらく我慢していただけるかしら？」

「もちろんですよ、マダム」男爵は答えた。「喜んで聞かせていただきます」

セバスチャンは両腕を組んで眉をひそめた。独身のクーパー＝ジャイルズが、リーア・ジョージの堕落とスキャンダルを招く悪党だからではない。この年若い男爵は、噂好きではあるかもしれないが、誰よりも道徳心を持ち合わせている。心配なのは彼女のほうだった。いくら本人が取り繕っても、ものの五分もしないうちに、彼女が夫の死を喜んでいるとクーパー＝ジャイルズに悟られるだろう。

「ミセス・ジョージ、すまない」セバスチャンは前に進み出て言った。「舟遊びのことを知っていれば、先に言っていたのだが。ぼくは舟に乗れない。酔いやすいのだ。ひとりでここから見ているよ。それだけでも充分楽しめる」

リーアはゆっくり顎を上げた。太陽の光が、口の端と頬の曲線を照らす。「まあ、ライオスリー卿、お気の毒に。船酔いはおつらいでしょうね」

「ああ、そうなんだ」

「いとこのハーバートも同じですのよ」ミセス・メイヤーが言い、セバスチャンは彼女に向かって微笑んだ。

「そうなんですの？」リーアが言った。「実を言うと、海で酔う人の話は聞いたことがありますけれど、湖というのははじめて聞きました」

「ほんの小さな波でも具合が悪くなってしまうのよ」

「まあ、大変ですわね」リーアはそう言ってからセバスチャンを見た。「わかりましたわ、ライオスリー卿。でも、このままひとりで待っていてくださいとは言いません。舟遊びが終わるまで家の中でお待ちになってはいかがですか？」

セバスチャンは手を振った。「いいや、湖に出ないかぎりは大丈夫だ」ほかの客を見まわしながら言い添えた。「どうぞ楽しんできてください。ぼくはここで待っています」

ミス・ペティグリューがためらうようにリーアとセバスチャンを見た。「よろしければ、ミセス・トンプソンとわたしがおつきあいしますわ」

ミス・ペティグリューとそのコンパニオンと一緒に舟に乗ることになっていたミスター・ダンロップが、すかさず言った。「それではぼくも残ろう」

セバスチャンは片方の眉を上げた。ミスター・ダンロップはミス・ペティグリューに気があるのを隠そうともしない。セバスチャンはため息をついて首を振った。「きみたちの一日を台無しにするつもりはない。ミセス・ジョージは湖での舟遊びを楽しんでもらいたいと思っているだろうから……イアンがそうだったように」

ミセス・メイヤーが何か言おうとして口を開き、セバスチャンは全員が屋敷に戻ることになるのではないかと思った。リーアが亡くなった夫のことをどんなに巧みに話そうと、人々は子爵の子息の未亡人より、地位の高い伯爵のご機嫌をとりたがるものだ。

だが、リーアが口をはさんだ。「わたしがあなたと一緒に残りますわ、ライオスリー卿。ミス・ペティグリューとミセス・トンプソンとミスター・ダンロップは最初に決めたとおり舟にお乗りになって。エリオット卿と、ミスター・メイヤーとミセス・メイヤーが次の舟で、三艘めにクーパー・ジャイルズ卿とレディ・エリオットがお乗りになってください」

セバスチャンはうなずいた。「ご親切にありがとう、ミセス・ジョージ」

「どういたしまして。あなたはイアンの大切な親友ですもの。放っておくことなんてできませんわ。イアンに、あなたの友情を裏切ったと思われてしまいます」

セバスチャンは身をこわばらせた。なんとうまい攻撃だろう。いまの言葉はイアンの裏切りだけでなく、数日続くハウスパーティーの期間中、彼女の存在に耐えなければならない理由をセバスチャンに思い出させる。つまり、友人と妻の不実を隠さなければならないということを。セバスチャンを傷つけるための一撃は、見事に的に当たった。

リーアの言葉にひるんだものの、彼はほかの人々の前で礼儀正しい表情を崩さないよう努めた。みなが湖に向かうと、セバスチャンはリーアのあとから、イチイの木の下のベンチに向かった。彼女の日傘に目をつつかれそうな気がして——これは思い過ごしではないだろうと考えながら——首をすくめてよけた。ほかの客たちは使用人の手を借りて舟に乗りこんでいる。クーパー＝ジャイルズ男爵はリーアにイアンの思い出話を聞かされずにすんでほっとしているようだ。

隣でリーアが咳払いをしてから静かに言った。「わたしは謝るべきなんでしょうね」

セバスチャンは使用人が三艘めの舟を湖に押し出す様子を見つめていた。

「舟遊びをとても楽しみにしていたの。あなたに邪魔されるとは思わなかったわ」

「ベッドで彼を満足させることができなかったのか？」セバスチャンは唐突に尋ねた。何かのせいにしたかった。彼女にも、自分と同じように傷ついてほしかった。

リーアの体がこわばり、日傘を持つ手に力が入るのが目の端に映った。「彼がレディ・ライオスリーに惹かれた理由がそれだと言いたいの？」

「そうだ」こんなに近くに座るべきではなかった。セバスチャンは石鹸のようなあの清潔な香りを嗅《か》ぎ取った。「子どもができなかったのだから、そう考えても不思議ではないだろう？彼はきみに触れる気になれなかったのか？ きみは彼女のように美人でもないし、やさしくもなければ女らしくもない。それに声が大きいし、香りだって女性らしくない。アンジェラは——」

「彼女がどんなに理想的な妻だったか説明しようとしているの？ 美徳の鑑《かがみ》だと言いたい

の?」

「彼女は……」セバスチャンは歯を食いしばった。

いつになったら、ぼくはアンジェラを自分の望みどおりの女性ではなかったと認められるのだろう?

リーア・ジョージのほうを見なかったが、その視線を頬に痛いほど感じた。こんなに簡単にぼくに恥ずかしい思いをさせるのは、彼女しかいない。だが考えてみれば、自分のしたことを悔やんだのもこれがはじめてだった。彼女は謝るつもりでいたのに、ぼくはそれすらも許さなかった。彼女の前では、怒りを抑えることも、紳士らしくふるまうことも忘れてしまう。

「わたしからも、レディ・ライオスリーを満足させることができたのか尋ねてもいいんでしょうけれど」リーアは言った。「でも知りたくないの」

セバスチャンは櫂《かい》の動きを合わせようと四苦八苦しているミスター・メイヤーとエリオット卿を眺めた。

セバスチャンとリーアは石のベンチに並んで座っていた。頭上の枝の隙間から、太陽の光がやわらかい金色のまだら模様を地面に投げかけている。時間が経つにつれ、彼女の息づかいが意識下に入りこんでくる気がして、ゆったりしたその呼吸の間隔まで予測できるようになっていた。

湖では、ミス・ペティグリューがミスター・ダンロップの言葉に笑い声をあげている。

イチイの木の下で続く沈黙に、セバスチャンは落ち着かなくなってきた。湖からの笑い声が消えると、静けさがよけいに強調される。リーア・ジョージとの距離が近すぎる。彼女がこのようなことをする動機や理由を探り、これ以上愚かなまねをさせないつもりではいるが、こんな形で彼女を知りたくはなかった。彼女の香りや息づかいなど知りたくなかったし、理不尽な攻撃に応じるときの穏やかだが威厳に満ちた態度も知りたくなかった。

先に口を開いたのはリーアだった。その声は明るく皮肉がこめられていて、まるでふつうの会話を交わしているかのようだった。「船酔いするなら、イアンとあまり舟遊びをしなかったんでしょうね」

セバスチャンはリーアのほうを向き、緊張を解いて小さく微笑んだ。「ああ、そうだ」

リーアもセバスチャンを見た。これだけ近いと、ヴェールに覆われた彼女の顔もよく見える。明るい茶色の瞳。ほっそりした鼻の先。ふっくらした唇は、彼女の体に女性らしい曲線を与えなかった神がうしろめたく思った証のようだ。

リーア・ジョージをじっくり観察している自分に顔をしかめながら、セバスチャンはふたたび彼女の目に注意を向けた。平凡な茶色の目に。「イアンと舟遊びをしたことはないし、舟に乗る彼を見たこともない。それどころか子どもの頃におぼれかけて以来、小川よりも広い水場が怖いと彼が言っていたのを覚えている」

リーアは瞬きをした。「そうなの。それは残念ね」

「残念というのは、イアンが舟遊びを好きじゃなかったことか？　それとも嘘をついているのがばれたことか？」

「もちろん最初のほうよ。そんなことを知っているのは、ここではあなただけよ。イアンとそれほど親しくなかった人にしか招待状を送っていないの。そしてわたし自身も、思っていたほど彼のことを知らなかったみたいね。何が怖いかなんて、打ち明けてくれたこともなかったもの」

セバスチャンの知るかぎり、イアンは誰にも話していないはずだ。セバスチャンに打ち明けたのも、イートンで全校を挙げての水泳大会が開かれたときに、震えて泣いているところを見られたからだ。

「それに詩も――」

リーアは首を傾けて日傘をゆっくり回した。「わたしったら調子に乗りすぎたみたいね」そう言うと、誘いかけるように微笑んだ。リーア・ジョージがこんな笑みを浮かべられることに戸惑いながら、セバスチャンは彼女を見つめていた。

リーアは肩をすくめてから湖に目を戻した。「さっきも言ったように、わたしが舟に乗りたかったの」

「なるほど。次は何が待っているんだ？　イアンが好きだったのはなんだ？　編み物か？　水彩画か？　それとも賛美歌の作曲か？」

リーアはヴェールの陰から横目でセバスチャンを見た。「タロットカードよ。彼はタロット占いが好きだったわ」

セバスチャンはうめき、リーアは笑った。

「でも、あなたはイアンの一番の親友だったから、ぜひ彼の好きだったことを教えてちょうだい」

イアンの好きだったこと……。釣りと狩猟だ。それにダンスとトランプ。そして、ぼくの妻を寝取ること。

「やめておこう」セバスチャンは答えた。

リーアはほかの客を見ながらうなずいた。「ミス・ペティグリューとミスター・ダンロップはいい感じね。そう思わない？」

ミス・ペティグリューとその崇拝者のことなどどうでもよかった。突然、アンジェラを愛撫するイアンや、身をそらして彼の動きに応じるアンジェラがセバスチャンの脳裏に浮かび、それどころではなくなった。いい気分にひたりたかったのに、それもすっかり消えてしまった。「教えてくれ。舟遊びがしたいなら、なぜしなかった？　使用人をつきあわせればいいじゃないか。なぜハウスパーティーなど開いて、噂の種を作る？　なぜぼくの頼みを無視するんだ？」

彼女は黙っていた。

「ぼくは無視されることに慣れていない」

リーアは不意に立ち上がって、ベンチを離れた。セバスチャンはあとを追った。もう一度問い詰めようと口を開いたとき、彼女が振り返った。

「ごめんなさい、閣下。舟遊びはそろそろ終わりみたいだから、次はピクニックよ」リーアは深く息を吸いこんでから微笑んだ。儀礼的な小さな笑みだ。セバスチャンもこのときばかりは、彼女の唇がみだらなほど大きく開いて笑うところを見たいと思った。「楽しんでいただけるといいのだけれど」そう言うと、リーアは背中を向けた。

リンリー・パークのこちら側は木が少ない。白亜の丘近辺はほとんどが牧草地で、ところどころに樫やイチイの木が生えているぐらいだ。

ピクニックのあいだ客を日差しから守るため、使用人たちの手で天幕が張られ、その下のテーブルに料理が並べられた。ロブスター、ゆで鶏、冷やしたシャンパン、ベリーのタルト、プリン、そのほかにもいろいろある。リーアは出来栄えに満足して使用人をさがらせ、数メートル先の湖に戻った。

舟からおりるレディ・エリオットとクーパー＝ジャイルズ男爵に、ライオスリーが手を貸していた。あとの二艘も岸に近づいている。リーアがじっと待つあいだ、そよ風がヴェールのすそを揺らした。心臓は激しく鼓動している。

ハウスパーティーを開いた理由を伯爵に説明するのは難しくない。アンジェラと比較されてあそこまで侮辱されたあとだけに、寂しいからだと正直に説明したとしても、もはやこれ以上プライドが傷つくことはないはずだ。きちんと耳を傾ければ、彼だってスキャンダルにならないようわたしが細心の注意を払っていると認めてくれただろう。あらかじめレンネル子爵に手紙を書いて、許しを得る努力までしているのだ。たしかに、自分が好きな遊びを企画することだってできただろうが、客はみな、わたしがイアンをしのぶためにやっていると思っている。非難されるような行いをしていると伯爵は言うが、体面を汚したり、情事に関する疑いを招いたりといったことはまだしていない。

真実を打ち明ければ伯爵の怒りがやわらぐとわかっていても、自分を完全にさらけ出す気にはなれなかった。二年間、わたしはイアンに与え続けるだけだった。自分の感情を隠してうわべだけの礼儀正しさで接するよう努めたこともあったが、うしろめたそうな彼の目や丹念な愛撫から、彼にすべての感情を悟られているのがわかった。怒りも悲しみも、いつか情事を終えて自分のもとに戻ってきてくれるかもしれないという淡い期待も、全部悟られていたのだ。いま感じているのが寂しさだけだとしても、それを隠しておく権利はあるはずだ。

「なんてすてきな思いつきなんでしょう」レディ・エリオットがリーアを見つけて叫んだ。「ミスター・ジョージがここでの舟遊びが好きだった理由がよくわかるわ」

ライオスリーに向けたのと同じ笑みを見せながら、リーアは天幕を指し示した。「気に入っていただけてうれしいですわ。いいお天気なので、ピクニックの用意もしているんです」

詮索好きな中年のレディ・エリオットは、口の端に皮肉な笑みを浮かべながら身を寄せて言った。「ミセス・ジョージ、正直に言っていいかしら」

「どうぞ」そう答えたが、リーアの肩がこわばった。今日は、どれだけ正直な意見を聞かされなければならないのかしら?

「あなたは、わたしが思っていたほど非常識な人ではなかったわ」

リーアの笑みは本物に変わった。ライオスリーに聞こえるぐらい大きな声で言ってくれればいいのに。「がっかりさせてしまってごめんなさい」

「ええ、まあ……」レディ・エリオットはスカートをなで、リーアと並んで天幕に向かいながら言った。「こういう楽しみを期待していたわけではないけれど、亡くなったご主人への愛情には感動したわ。エリオット卿も、わたしが先に逝ったら同じようにしてくれればいいんだけれど、せいぜい、わたしに捧げる乾杯をしてウイスキーを飲むぐらいでしょうね。葉巻も吸うかも。それとも、メイドのひとりを押し倒すかしら？」

リーアは息をのんだ。「そんなことは絶対に――」

レディ・エリオットは笑いながら手を振った。「もちろんしないわよ。わたしが幽霊になって出てくるのが怖くてできないでしょうね。とにかく、これだけは言わせて。あなたのおかげで、わたしも愛というものをもう一度信じられるかもしれないわ」

「夫はとても……特別な人でした」リーアは地面に目を落としながら言った。どういうわけか客とふたりきりになると、嘘は簡単には口から転がり出なくなる。ほかに誰か会話に加わってくれないかと思って振り返った。

ライオスリー卿がメイヤー夫妻とエリオット卿と一緒にうしろを歩いていた。彼はまっすぐリーアを見つめていた。

リーアは真っ赤になって前に向き直った。母の批判は簡単にはねつけられるのに、ライオスリーの怒りに触れると、なぜか自分が悪いと思ってしまう。いまだって、彼がすぐそばにいて見つめていることを知ると、細い肩から幅のない腰に至るまで、丸みのない自分の体をいやというほど意識させられる。

イアンも、伯爵同様わたしを地味な女だと考えていたのかもしれないが、わたしにはそうではないと思わせてくれた。言葉だけでなく、まなざしや触れ方で、自分を美しいと思わせてくれた。完全にだまされていたのだとわたしが悟るまでは。

ありがたいことに、イアンのことでこれ以上嘘を重ねざるをえなくなる前に天幕に着いた。じきに、女性たちはみな敷物の上に落ち着いた。男性は料理を取ってきたり、シャンパンを注いだり、風で湖のほうに飛ばされたミセス・トンプソンの日傘を追いかけたりした。

ライオスリーが敷物の離れたところに座ったので、リーアはほっとした。伯爵とのあいだにミスター・メイヤーとクーパー＝ジャイルズ卿がいるおかげで、彼の顔を見ずに過ごせそうだ。

「これからはたびたびウィルトシャーに来たいわ」ミセス・メイヤーが言った。「ノーサンバランドよりもずっと気候がいいんですもの」

リーアはカスタードをひと口食べた。「四月にいらっしゃるといいですわ。屋敷の北西にある森全体に、何週間もラベンダーが咲き続けるんです」

ミセス・メイヤーは首を振った。「ノーサンバランドの四月は雪だらけよ」悲しげに言ってから身を乗り出した。「夫は首を縦に振らないけれど、いつか、一年じゅうロンドンにいようと説得するつもり。いやなにおいがするし暑いけれど、それでもノーサンバランドよりははるかにましだわ」

レディ・エリオットがシャンパンのグラスを振り、中身がこぼれそうになった。「夏のあいだは、短くても二、三週間は海に行くといいわ。バースはだめよ。昔と変わってしまったから。わたしたちは今年イタリアに行こうと思ったんだけど、革命以降まだ政情が安定していないと聞いてやめたの」

リーアはもうひと口カスタードを食べた。自分の意思で大陸を——いや、イングランド内でも充分だ——旅できるなんてどんなにすてきかしら。誰かがパーティーを開くからとか、おしゃれな人がみんな行くからではなく、行きたいところへ行って好きなことができたら。

このパーティーが終わったら、わたしもそれができるかもしれない。コーンウォールかサセックスか、あるいはノーサンバランドだってかまわない。アイルランドもそんなに遠くない。でも、アイルランドに行くなんて言ったら、母は卒中を起こすだろう。

ミセス・メイヤーの向こうでミセス・トンプソン、ミスター・ダンロップ、クーパー＝ジャイルズ男爵と話していたミス・ペティグリューが立ち上がった。「散歩してきますわ」男性ふたりがすぐに立ち上がったが、彼女はリーアを見た。「ミセス・ジョージ、一緒にいかがですか?」

クーパー＝ジャイルズが動いたので、リーアのところからライオスリー卿が見えるようになった。彼は両手をうしろについてエリオット卿とミスター・メイヤーとしゃべっていた。

話を続けながら、彼の目はまたリーアをとらえた。強い緑の光を放つ目がリーアの顔を観察している。まるで、わたしの考えや秘密を探ろうとしているみたいだわ。

リーアは少しよろめきながら立ち上がった。「ご一緒しますわ、ミス・ペティグリュー」天幕から離れるとき、ミス・ペティグリューは黙っていた。リーアとは二歳ほどしか違わないようだが、無垢な雰囲気を持つ彼女を大人の女性と見るのは難しかった。

しばらく歩くと、ミス・ペティグリューはかがみこんで花を摘んだ。「ハウスパーティーにお招きいただいたお礼を言いたかったんです。リンリー・パークはとても美しいところですわ」

「来ていただいてうれしいわ」

ふたりは湖のほとりを歩いた。「こんなことを言うのはなんですけれど、ハウスパーティーに招待されたのはこれがはじめてなんです」

「珍しいことじゃないわ。社交界にデビューして一年めなら――」

「三年めです」ミス・ペティグリューは小声で言った。

リーアは驚いた。同じ年だったなんて。

「ミセス・トンプソンならわたしをきちんとした貴婦人に変えてくれると思って父は彼女を雇いました。でも、上流社会のレディたちはみんな、わたしを銀行家の娘としか見ません。いくらお金があっても気に入られることはないんです。ミセス・トンプソンにさえ好かれていないのがわかります」

「そんなはずないわ」リーアは言った。「彼女とあなたが一緒にいるところを見たけれど、彼女は――」

「お芝居が上手なんです」ミス・ペティグリューは湖を見つめながら言った。「ふたりきりだと、わたしに話しかけるのもいやみたい」

「お気の毒に」リーアは言った。ミス・ペティグリューはおそらく、この状況を変えるためのアドバイスを求めているのだろう。なんといっても、わたしは二〇年間、きちんとしたレディになるように、そして貴族の立派な妻、望ましい女主人になるように教えこまれてきたのだから。ミス・ペティグリューがふたたびかがんで花を摘んだ。リーアは愉快に思っているのを隠そうとした。社交界なんてどうでもいいから、一緒にアイルランドに行きましょうよと言いたいところだ。

だがミス・ペティグリューはアドバイスを求めなかった。かすかにうなずいて、リーアの同情を受け入れただけだった。体を起こした彼女の青い瞳は熱っぽい輝きを帯びている。頬の白さと、そっと花を握る手とは対照的だ。「どうやらわたし、恋をしているみたいなんです、ミセス・ジョージ」

「あら」ずいぶん早く思いが通じたものだ。「ミスター・ダンロップね？」

「いいえ」

「クーパーｰジャイルズ男爵？」

「違います。まったくふさわしくない人なんです」ミス・ペティグリューは、湖の向こうの天幕に目をやった。リーアはその視線を追った。彼女が相手を明かそうとしないのが気になる。

ふさわしくない人。ふたりの独身者ではないとしたら、残りはミスター・メイヤーとエリオット卿の既婚者だけだ。たしかにふさわしくないが、ミス・ペティグリューがそのどちらかに惹かれるとはとても信じられない。ミスター・メイヤーはブロンドの髪がはげかけているうえに舌足らずな話し方をするし、エリオット卿はひどくおなかが出ている。

もちろん、妻を亡くしたばかりの男性もふさわしくないと言えるだろう……。

ライオスリー卿はイアンのように女性の胸をときめかせるハンサムではない。だが、あの目が女性をうっとりさせるのはリーアもよく知っている。まなざしと声だけで、彼と親密な関係にあるような錯覚を持たせる。そのせいで、彼が自分を敵と見ていることを忘れるから、さっきみたいなひどいことを言われるとよけいに悪意を感じてしまう。

「彼はまだ奥さまを愛しているはずよ」リーアは言った。

「どなた？」

「ライオスリー卿よ」

「あら、あの方でもありませんわ」ミス・ペティグリューは小さく笑いながら答えた。「それじゃ都合がよすぎます。ライオスリー卿なら、わたしの父が認めそうですもの。わたしの秘密をお話ししましょうか？　誰にも話さないと約束してくださいます？」

リーアは天幕から目を離して言った。「あなたがそうなさりたいなら……」

「名前はウィリアム・プライスと言います。父の銀行の従業員なんです」

「たしかにふさわしいとは言えないわね」

ミス・ペティグリューは悲しげに微笑んで、手に持った花を見つめた。しばらくしてからふたたび口を開いた。「あなたはどんなふうになさったの？」

ふたりはぬかるみにさしかかり、リーアはスカートを持ち上げながら歩いた。「どんなふうにって？」

「どうやってミスター・ジョージの心をつかんだんですか？　あなたに付き添いを頼んだのは、それを聞きたかったからなんです。そしてもちろん、招待してくださったことにお礼を言いたかったから。でも、あなた方の愛の深さは……。こんなことをなさる方がいるなんて、聞いたことがありません。とても深く愛していらっしゃったんでしょうね。どうやって結婚するよう彼を説得したんですか？」

「わたしは……」リーアは前を見た。ありがたいことに、天幕まではあと少しだ。「正直に言うと、彼と結婚したのはわたしの両親が望んだからなの。あちらの家族も同じだったはずよ」

「そうなんですか」ミス・ペティグリューはがっかりしたようにうなずいた。「厚かましく聞いてしまってすみません。ミセス・トンプソンが知ったらびっくりしそう」

「でも、彼を愛していたわ」リーアは言った。まるで一〇〇年ぐらい前の別の時代、別の自分のことみたいだ。でもたしかに愛していた。それは否定できない。彼は少女時代の夢を体現する存在だった。わたしを母や自分自身から救い出し、けっして一人前にはなれないという恐怖から逃れさせるために現れた王子さま。わたしは、自分を一人前にしてくれるから彼を愛した。そして、夢がすべて嘘でしかなかったことを明らかにしたから彼を憎んだ。

「彼もあなたを愛していた」ミス・ペティグリューは物憂いため息をつきながら言った。

それが質問ではなかったのが、リーアにはありがたかった。嘘をつくのにも慣れてきたが、こんなことを問いかけられても答えられそうにない。自分でも本当の答えがわからないのだから。

丘をのぼって天幕に戻ると、ミス・ペティグリューは摘んだ花を一輪手渡した。小さな桜色のつぼみがついていた。「わたしの秘密は誰にもお話しにならないでね、ミセス・ジョージ」

「ええ、約束するわ」

「ありがとう」

ミス・ペティグリューはミセス・トンプソンの隣に戻った。すぐにミスター・ダンロップとクーパー＝ジャイルズ卿が近づいていった。リーアはもらった花を手に持ったまま、冷えたシャンパンを取りに向かった。客の横を微笑みながら通り過ぎるとき、客もみな微笑みを返してくれた。ただひとりライオスリー卿を除いて。

彼はリーアが目をそらすまでじっと見つめていた。

セバスチャンは地球を模した重いガラスのペーパーウェイトを持ち上げると、片手からもう片方の手へと移してからイアンの机に戻した。

リンリー・パークには何度も訪れたが、イアンがこの書斎にいるところを見たことはなかった。彼が机の前に座って領地の会計報告やそのほかの書類に目を通している姿など、想像すらできない。父親の要望に応じて責務は果たしていたが、楽しんではいなかった。それよりも、ほかのことに心と自分の魅力を向けるのを好んだ。たとえば……。

セバスチャンは机から離れた。今夜はやめよう。この件についてはいやというほど悩んできた。今夜ぐらいはやめておこう。

眠れないのは、ヘンリーのことを考えていたからだ。自分でも意外だった。息子の顔を見たいとか、不在のあいだにどんな言葉を覚えたか知りたいと願うなんて思ってもいなかった。何週間もヘンリーに会わなかったことはこれまでだってあった。だが、アンジェラが死んでからははじめてだ。小さな子どもが一日じゅう乳母と過ごそうとなんの問題もないと思っていたが、いま、セバスチャンは乳母に嫉妬していた。ヘンリーと一緒に遊び、彼が首にしがみついてきたときに、この子はたしかに自分の子だと確信したかった。それなのに、ヘンリーのもとに帰る代わりにイアンの未亡人を見張っている。

書斎の外の廊下でかすかな光が揺れた。セバスチャンは、ドアをしっかり閉めようと戸口に向かった。すでに真夜中を過ぎている。誰かにイアンの書斎に入りこんでいる理由を尋ねられたくなかった。自分でも、なぜここに来たのかわからない。イアンが自分を裏切った理由を示す書類も手がかりもない。すべてがきっちり整頓され、ほとんど使われることのなかった部屋だ。

だが、セバスチャンはドアが完全に閉まる前に手を止めた。直観なのか、彼女特有の香りを感じたからなのかわからないが、ふたたびドアを開けて廊下に出た。リーア・ジョージが、すべきではないことをしているに違いない。

廊下をそっと進むと、前方の明かりも進んでいく。やがて、セバスチャンは明かりが壁に作る影の中にいた。階段をのぼる足音が聞こえたので角を曲がって見上げると、リーアがランプをさげて上の階に向かうところだった。

帽子もヴェールも着けておらず、黒ではなく紺のマントを着ているが、セバスチャンにはそれがリーアだとわかった。今日はじっくり観察して、彼女の秘密を暴こうとした。湖のほとりで、夕食の席で、そしてその後の退屈なゲームのあいだも観察を続けた。しまいには目をつぶっていても彼女の顔を思い描けるようになったし、不安になると右手の親指と中指をこすりあわせる癖があることもわかった。

そして真実を知った。イアンの葬儀後はじめて会ったときに気づくべきだった。彼女はぼくと会って喜んでいるようだった。あのときはイアンが死んでほっとしたのだと思っていたが。

イアンの遺品に目を通すようジョージ家のタウンハウスに呼ばれたあの日も、機嫌はよさそうだったが、ぼくを見るまでは微笑んでいなかった。

今日のピクニックだって、周りに座った女性たちとしゃべっているとき、楽しそうに顔を輝かせていた。冗談を言い、笑い、意見を述べ、イアンのお気に入りだったという歌をみんなと一緒に歌った。その合間にちらちらとこちらを見ては、ぼくがまだ見つめているか確かめていた。

たしかにセバスチャンは彼女を見つめていた――観察するために。そのかいあって、ゲームのとき、客に対する彼女の気づかいが以前と変わったことに気づいた。過去にパーティーやダンスのためにアンジェラと一緒にジョージ家を訪れたときには、リーア・ジョージはいつも控えめで、話しかけられないかぎり口を開かなかった。それがいまでは積極的に人と関わっているのだ。かつては壁の花だと思えなかった彼女が、磨かれたばかりの希少なダイヤのように輝いて見える。

なぜこれまで社交界のしきたりを守ってきた彼女が、急にそれを破ってスキャンダルを招くようなことをはじめたのだろう？　男に媚びたり常軌を逸した行動をしたりする代わりに、立派な紳士淑女をハウスパーティーに招いて、亡くなった夫をしのんでいるのはなぜだろう？

その答えははっきりしている。あとは彼女自身がそれを明らかにするまで待てばいい。

リーア・ジョージは孤独なのだ。

イアンとアンジェラの情事を一年間胸のうちにしまってきたうえに、未亡人として三カ月を過ごしたのだ。思慮分別のないことをしないでおとなしくしていろというぼくの説教を軽くいなしたのも不思議ではない。これまで社交界の期待に応えるためだけに自分を殺してきたのだ。

彼女の行動がぼくとヘンリーにとって脅威にならなければ同情を覚えただろうし、その勇気を称えもしただろう。だが彼女という人間を前よりも理解できるようになった。孤独感をやわらげる手助けができるなら、彼女をさらなるスキャンダルから守ることにもなるだろう。

ひとつだけ残る疑問は、なぜ彼女が自分の本当の姿をぼくに見せようとしないかだ。セバスチャンが階段の一段めに足をかけたと同時に、リーアは階段をのぼりきった。セバスチャンは彼女の名を呼ぼうとした。

だが、声は出なかった。いままでどこにいたのか、これからどこに行くのかも聞けないまだった。ついいましがた彼女が通ったばかりの空気に包まれて、階段の下で凍りついたように立ち尽くしていた。

息を吸ったが、石鹼の香りは感じられなかった。

もう一度吸うと……薔薇の香りがした。

7

彼女は何か言いましたか？　なぜ、彼女が彼に話さないと言いきれるの？

「昨日ライオスリー伯爵からうかがったのですが、伯爵も夫も絵を描くのが好きだったそうです。正確に言えば水彩画です」リーアは屋敷の東側に用意した五台のイーゼルを指し示した。「ここからだと、男性方は白亜の丘でもリンリー・パークの庭園でも、なんでも目につくものを描くことができます」

「男性方と言ったね？」ミスター・メイヤーが言った。「女性たちは何をするのかな？」

リーアは微笑んだ。「アーチェリーです」

エリオット卿が自分の耳を引っ張った。「申し訳ないが、わたしは絵が描けない。水彩画なんて――」

隣でレディ・エリオットが咳払いをした。

「ご心配には及びません」リーアは言った。「ライオスリー卿が助けてくださいますわ。そうですよね、閣下？」

伯爵に直接話しかけるのは、昨日湖で話して以降はじめてだった。客がほかに八人いるおかげでもある。これだけ人が多いと、ひと晩彼を避けていたからといって気にするものはいない。

ライオスリーは壁に寄りかかって腕を組み、けだるい様子でリーアを見た。「絵を教えるのはなんでもないが、女性たちだけでアーチェリーをするのはちょっと心配だな。誰もけがをしないといいが」

ミス・ペティグリューが抗議しようとしてミセス・トンプソンに止められた。リーアは言った。「あなたを見ているとイアンを思い出しますわ。彼も騎士道精神にあふれていましたから。ハイドパークを散歩中に、レディ・ライオスリーがつまずいて足をけがされたときのこと、覚えていらっしゃる？　イアンが――」

「覚えている」ライオスリーは鋭く言って壁から離れた。ヴェールをかぶっていても、彼の細めた目に警告の色が浮かんでいるのが見える。だが同時に、驚きも浮かんでいる。彼は、イアンとアンジェラのなにげないと思われるやりとりひとつひとつを、いまになって疑問に感じているのかしら？

ライオスリーの顔が苦しみにゆがむのを見たくなくて、リーアは女性たちのほうに向き直った。「それじゃあ、行きましょうか？」

「ぼくも一緒に行こうかな」リーアたちが歩きはじめると、背後でミスター・ダンロップの声が聞こえた。

「やめておけ」クーパー＝ジャイルズ卿が言った。「きみもわれわれと一緒に水彩画を描け」

女性たちは男性から見て南東の方向に丘を下った。下った先では、使用人たちが的の準備をしていた。

「アーチェリーなんてはじめてですわ」ミス・ペティグリューが言った。

「楽しいわよ」レディ・エリオットが言う。「的を嫌いな相手だと思えばいいのよ。そうすると、すばらしく命中率が高くなるんだから」

ミセス・メイヤーが笑いながらレディ・エリオットの肩をつついた。「それに、矢が夫のおでこを貫通するところを想像すれば、夫に我慢できるようになるわ」

「まあ、わたしたちったら血に飢えているのかしら?」リーアは微笑んだ。「あなたは誰を的にしますか、ミセス・トンプソン?」

この未亡人はリーアと一〇歳ほどしか違わないはずだが、厳しい表情のせいでミセス・メイヤーやレディ・エリオットと同じくらいの年齢に見える。ミセス・トンプソンが答えないので、リーアはミス・ペティグリューのほうを向いた。だがそのとき、ミセス・トンプソンは吐き捨てるように言った。「マッシー卿にします」

リーアはミセス・メイヤーとレディ・エリオットと目を見交わした。

だがミセス・トンプソンがそれ以上何も言おうとしないので、レディ・エリオットはリーアに向き直った。「それで、ミセス・ジョージ、あなたは? 誰を射るの?」

「みなさんと違って、わたしには的にしたい方などありませんの。純粋にゲームとしてアーチェリーを楽しむだけですわ」

「まあお上手」ミス・ペティグリューがつぶやいた。

「つまらないわ」レディ・エリオットは眉を上げた。「伯爵はどう?」

突然、リーアの心臓が言い訳のしようがないほど激しく鼓動しはじめた。「伯爵?」

「ライオスリー卿のことでしょう」ミセス・メイヤーが言った。

レディ・エリオットは日傘を一方の肩からもう一方に移した。「ええ。なんだか火花が散っているみたいだから」

どうやら伯爵を避けたことはリーアが思ったより目立っていたらしい。心臓が胸から飛び出しそうだと思いながら、リーアはため息をついて低い声で言った。「ライオスリー卿はわたしがハウスパーティーを開いていることに文句がおありなんです。彼はこんなふうにみなさんと一緒にではなく、ひとり静かにわたしの夫とレディ・ライオスリーの死を悼みたいんですわ」

それは真実だった。でももちろん、真実はそれだけではない。彼を怒らせて楽しむ一方で、やりすぎたと悟って動揺する――自分がそれを繰り返しているのは伏せておいた。間違いなく彼に嫌われていること、夫の死を嘆く未亡人らしくおとなしくしていてほしいという彼の頼みを断ったことも黙っていた。

「だったらなぜいらしたのかしら?」アーチェリーの用具が並べられたテーブルに近づきながら、ミス・ペティグリューが言った。

リーアは肩をすくめた。「自分の務めだと思われたんじゃないかしら?」

「伯爵を的にしたくないというなら、あなたもエリオット卿を的にしてくださっていいわよ」レディ・エリオットが言った。

「ご親切にどうも」

レディ・エリオットは片目をつぶってみせた。「いくらでもお貸しするわ」

笑い声があがり、一同は好みの弓と矢を選んでから、的の前に横に並んだ。数メートル向こうで、ミセス・メイヤーがミス・ペティグリューに矢のつがえ方を教えている。リーアはヴェールを頭の上まで上げ、的に向かって構えた。

「もう少し左だ」

指が滑り、矢は的から二、三メートル右に落ちた。

リーアは振り返ってライオスリーをにらんだ。彼は落ちた矢を顎で示して笑った。「もっと左を狙わなければ」彼は片方の眉を上げた。「弓の構え方を教わったほうがいいんじゃないか?」

リーアは愛想よく微笑んだ。「あなたが的の隣に立ってくだされば、どこを狙えばいいかわかるんですけど」

伯爵は笑った。昨日の彼の言葉にはまだ腹が立っているが、リーアは大満足だった。事故のあと彼の笑い声を聞いたのは、これがはじめてだ。

「絵は描かないの?」次の矢を取って振り向きながらリーアは言った。

「それが不思議なんだ」ライオスリーはリーアの肩のそばでゆっくり言った。彼がすぐ近くにいるせいで、リーアはうまく矢をつがえることができなかった。「水彩画の描き方がまったく思い浮かばない。ぼくが教えても、できあがったみんなの絵は何を描いているのかわからないし、絵の具は全部まざって、まるで泥みたいな色になってしまう。イアンとは楽しく絵を描いたはずなのに、おかしな話だと思わないか？」

リーアは弓を引きしぼった。ライオスリーの胴に肘が触れ、リーアはあわてて横にどいたが、少なくとも一〇秒のあいだ、体が凍りついたようにこわばった。

リーアは目をすがめて的に集中した。「あなたがこんなにあっさり降参するなら――」

「降参？」ライオスリーはリーアの脇に近づいて、矢をつかんだ。「これは勝負なのか？」

リーアは眉を上げた。「そんなことを言った覚えは――」

「これが勝負なら、ぼくはすべてに勝つ。舟遊びでも水彩画でも、きみが計画しているものがなんであれ。きみは自分が未亡人だということを忘れているみたいだが、ぼくは忘れていない。悪いが、きみが妙なまねをしないよう、ほかの客といるときには見張らせてもらう」

「わたしは六歳のときに乳母から卒業したのよ。もう子守をしてもらう必要はないわ」

ライオスリーは何か言おうと口を開いたが、また閉じた。微笑んでから、矢をつかんでいた手を離してうしろにさがった。「じゃあ、敵だと思ってくれればいい」そう言うと、小さくお辞儀をしてから背中を向けたが、ふたたび振り返った。「そうだ、ミセス・ジョージ」

「何？」

「二度と、イアンとアンジェラのことを持ち出してぼくを脅そうとするな。その勝負も、勝つのはぼくだからな」

彼は去っていった。リーアは二本めの矢を放ち、一本めのそばに落ちると歯ぎしりした。落ちた矢を従僕が拾いに行くあいだ、ミス・ペティグリューとミセス・メイヤーに近づくライオスリーの姿がリーアの視界の端に映った。

会話の内容までは聞こえないが、ミス・ペティグリューの顔が明るくなったところを見ると、ライオスリーは何かうっとりさせるようなことを言ったらしい。

彼は次にレディ・エリオットに、ついでミセス・トンプソンに近づいた。矢を選んでいるミセス・トンプソンに体を寄せるようにして彼が何か言うと、おかたい彼女ですら笑った。

そして彼はリーアを振り返ることなくイーゼルのほうに戻っていった。

女性たちがリーアの周りに集まってきた。

「じゃあ、戻りましょうか？」レディ・エリオットが言った。

ミス・ペティグリューはコンパニオンを見た。「ミセス・トンプソン、どう思う？」

「いいんじゃないかしら。彼の提案に不作法なところはありませんからね」

リーアは眉をひそめた。「ライオスリー卿はなんて言ったんですの？」

ミセス・メイヤーが男性たちのほうに目を向けて微笑んだ。「あの人たち、風景よりももっと絵心を刺激されるものを描きたいんですって。わたしたちを描きたいというのよ」

「まあ……すてきですわね」リーアは愛想よく聞こえるように答えた。ライオスリーは女性陣の虚栄心をくすぐって、またしてもわたしの計画を台無しにしてくれた。立派な女主人役でいたいと思ったら、ここでアーチェリーを続けるわけにはいかない。「お断りできませんわね。的を狙うのはまた今度にしましょう」

丘をのぼりながら、ミス・ペティグリューがミセス・トンプソンに尋ねている。「ミスター・ダンロップがわたしを指名なさったんですって。うれしいことよね？」

「ええ。わたしはクーパー＝ジャイルズ卿のモデルを務めるらしいわ」ミセス・トンプソンは答えた。「わたしに近づこうとするなんて、男爵もあなたに興味があるのね」

丘をのぼりきったリーアの目に、イーゼルの前にいるライオスリーが映った。両手をうしろで組み、微笑みながら脚を開いて立っている。わたしたちを待っていたのだ。来るとわかっていたんだわ。いまいましい。

「何が目当てか知らないけれど、エリオット卿はわたしを描きたいらしいわ」レディ・エリオットはそう言ってから、もっと小さな声で言い足した。「まったく何を考えているんだか」

リーアの足取りが重くなった。独身のふたりがミス・ペティグリューの気を引こうと競いあうのは予想していたことだ。完璧な血筋というわけではないが、濃い色の巻き毛に大きなブルーの瞳を持つ彼女はとても美しい。それに、どんな男性でも見逃せないほどの資産家の跡取り娘だ。だがふつう、こういうときに夫婦同士を組みあわせたりはしないものだ。

「すてきじゃないの」ミセス・メイヤーがレディ・エリオットに言ってから、満足げにため息をついた。

「あなたはどなたのモデルを務めるんですか、ミセス・メイヤー？」リーアは尋ねた。

「もちろんミスター・メイヤーよ」うれしそうな答えが返ってきた。

リーアはライオスリーを見た。彼は得意げに見つめ返した。リーアが苦手とする彼の欠点のひとつだ。リーアは顔をしかめて言った。「そうですの」


「にらむのはやめてくれ、ミセス・ジョージ」セバスチャンはなだめるように言って彼女の右頬の曲線を描いているところで鉛筆を止め、スケッチを見おろした。「きみがそんな顔を続けているかぎり、絵なんて描けやしない」

屋敷の東側に散らばっているほかの客たちと同様、セバスチャンは空よりもふさわしい背景を選んだ。リーアは庭の塀の前で、白い花を咲かせている月桂樹の茂みとヒイラギに囲まれて座っていた。背景は美しいが、その中心にいる未亡人はいまひとつだった。

イーゼルの手前側でセバスチャンは微笑んだ。「もう少し眉を上げてくれないか？　それから唇をそんなにとがらせないで――」

「これでどう？」

セバスチャンがイーゼルの横からのぞくと、彼女はヴェールをおろしていた。顔の造作は隠れ、ヴェールの陰の白い肌しかわからない。

イーゼルの脇を鉛筆で叩きながらセバスチャンは言った。「もしかしてミセス・ジョージ、きみは肖像画を描かれるのがいやなんじゃないか？」

ているだけ。わたしはただ、あなたがわたしの顔を見て不快になるんじゃないかと思っているだけ。わたしが一時間ここにじっと座ったからって、あなたが描くのが奥さまじゃなくてわたしの肖像画だという保証もないでしょう？　これからも絶世の美女と比べられるとわかっていながらこうして長い時間座っているのはつらいものよ」

「そうか」昨日の会話がセバスチャンの記憶によみがえってきた。ひと晩じゅう忘れようとしてきたことだった。「ぼくに謝ってほしいのか？」

「いいえ。不作法なのはあなたの持って生まれた性格なのよ。ほかの欠点と同じで、自分で直せるものじゃないんだわ」

鉛筆を置くと、セバスチャンはリーアの顔がよく見えるように、座ったままスツールごとうしろにさがった。彼女のヴェールをはずしたくてたまらない。さっきまでむっつりしていた口元が、自分の機知に満足して笑みを浮かべていないか確認したかった。「ほかの欠点？」

「欠点がいくつもあると言われて驚いた？」

「そんなものはひとつもないと思っていた」

リーアが鼻を鳴らし、セバスチャンは笑いたくなるのをなんとかこらえて言った。「ほかの欠点を教えてくれ」だが、すぐに片手を上げた。「いや、待ってくれ。欠点が多すぎて、数えあげるのに時間がかかるか？」

リーアは顔を傾けた。ヴェールが揺れる。「さあ、どうかしら。いま全部思い出すことはできないかも」

「まあ、やってみてくれ」

彼女はうなずいた。

「ぼくは絵を描くよ」セバスチャンは立ち上がり、砂利を踏みしめながら庭の小道を横切ってリーアに近づいた。ヴェールに包まれた彼女の目の高さに合わせてかがんだ。手を伸ばしてヴェールのすそに指をかけて上げた。特にためらう理由もないが、ゆっくりとした動きになった。ほっそりしたボディスの胸元、白い喉、ついで唇があらわになると、一度ヴェールを放しそうになったふりをして手を止めた。そして唇のカーブを見つめた。上唇の中央のくぼみが見えないほどふっくらとしている。

アンジェラの唇にこんなふうにうっとりしたことはない。それはリーア・ジョージにはけっして話すまい。

クレープ地のヴェールをしっかりつまんで、鼻と優美な頬をあらわにする。目と目が合い、セバスチャンはこれ以上、彼女の瞳を地味で平凡な茶色だと自分に言い聞かせることができなくなった。こうして間近で見ると、黄褐色の中に琥珀《こはく》色の線が入っている。色の濃い豊かなまつげが瞳の色を際だたせている。彼女の吐息が目に見えないキスのように唇をなで、セバスチャンは震えた。手袋をはめた指で彼女の額に触れながら、ヴェールを頭の上まで上げた。

セバスチャンはすぐに向きを変え、リーアの用心深い視線から逃れてイーゼルの前に戻った。息が荒く、脈が速い。リーア・ジョージのヴェールをはずしたことで気持ちが高ぶってしまった自分に動揺していた。

「あなたはわたしのことを、自分が監視していないとお客さまによけいな話をするんじゃないかと疑うばかりか、ひとりでヴェールも上げられない女だと思っているのね？」好奇心のまじった声でリーアが言う。イーゼルの陰に隠れても、彼女がこちらを見ているのがセバスチャンにはわかった。

「それもぼくの欠点のひとつだと思ってくれ」気詰まりな瞬間などなかったかのように、なにげない様子を装って言った。「ひとつずつ挙げてくれるんだろう？」

「ああ、そうね。まずひとつめは……支配的」

セバスチャンはスケッチを見つめた。葉、塀の上端、彼女の顔の輪郭。顔の細かい部分はまだ描いていないが、頑固な顎から額まで、その詳細を思い浮かべることができる。彼女の顔のすべてが、驚くほどはっきりと心に刻みこまれている。

何か言うんだ。彼は自分に命じた。リーアは黙ったまま、返事を待っている。

「ぼくを支配的だというなら、きみの思慮分別がない行動に対抗するためだ」

「思慮分別がない？」イーゼルの正面から彼女の声が聞こえてくる。「舟遊びやアーチェリーをしたいと思うことが？」

「ハウスパーティーのことだ。不適切だとわかっているはずだろう？」

「そうかもしれないわね」

肩をすくめる彼女が目に見えるようだ。だが、セバスチャンはいまイーゼルの脇から彼女を見る気にはなれなかった。肉体的に惹かれていると認めるぐらいなら、彼女の姿は見えないほうがいい。煉瓦の塀の線を描くことに神経を集中させた。

「わかったわ――」しばらくしてリーアは言った。「あなたはとても気が短いわ」

「ふだんはそうでもない」答えながら眉をひそめてスケッチを見る。「相手はきみだけだし」

「だめよ。自分の欠点をわたしのせいにしないで」

「だが、ぼくの欠点を引き出すのはきみだけだ」セバスチャンは塀を描き終えると、彼女の右の茂みの葉に取りかかった。

「ああ、そう。自分の態度に対して責任をとらないというわけね。じゃあ、次の欠点は臆病ということになるかしら」

彼女がわざと怒らせようとしているのだとわかっていても、肩がこわばってしまう。「いつになったら、きみの欠点を挙げさせてくれるんだ？」肖像画のまだ何も描いていない彼女の顔のあたりを見ながら言った。

リーアは静かに笑い、セバスチャンは目を閉じた。ぼくはここにいるべきではないのだ。ロンドンにいるか、あるいはもう八月だからハンプシャーの領地にいるべきだ。リーア・ジョージと一緒にウィルトシャーにいて、彼女の秘密を聞き出そうとしたり、控えめだが楽しそうな笑い声に耳を傾けたり、平凡に見えた外見に意外にも魅力を覚えたりしている場合ではない。

「そうしたいならどうぞ」彼女のおどけた口調から、その目にも明るい光が浮かんでいるのが想像できた。「でも、どれもわたしは充分自覚していると思うわ」

セバスチャンは深く息を吸ってふたたび鉛筆を手に取ると、手早く茂みを描き終えて次の茂みに移った。「ぼくときみには違う点がある。ぼくは自分の過ちから学んできた。きみはぼくの欠点をためらいなくあげつらうが、ぼくはそうしたくても、礼儀を知っているからしない」

セバスチャンはしばらく待ったが、彼女が何も答えないのでほくそ笑んだ。彼女を言い負かしていい気分だ。

「ひとりよがりね」

鉛筆の先が一度紙に引っかかったあと、長い線でスケッチを汚した。

「それもあなたの欠点よ。支配的で短気で臆病でひとりよがり」

線を消しながら、なぜかセバスチャンはさらに微笑んでいた。「そうか？」

「あと、不作法というのを忘れていたわ。もともと、この会話もそこからはじまったでしょう？」

セバスチャンは微笑みながら最初の絵の具を選んだ。「聞きたいんだが、ぼくにいいところはないのか？」

またしてもリーアは答えない。

「こういうときに、きみの得意な嘘がものをいうんじゃないか？」

さらに沈黙が流れた。「目がすてきだわ」気の進まない調子で、ようやくリーアが答えた。

「それはどうも。だが、目は性格とは関係ない」

「でも思いつくのはそれだけだわ。あなたにはいらいらさせられることがほとんどだから」

セバスチャンは思わずイーゼルの横から身を乗り出してリーアを見た。「それを聞いてほっとしたよ。ぼくもきみにはあまり関心がないからな」

これは間違いだった。リーアと目が合って彼女の笑みにためらいを見た瞬間、セバスチャンは顔のない肖像画を描くのが愚かな行為だとはっきり悟った。彼女の顔はまだ心に焼きついている。セバスチャンの予想もしなかった彼女への思いはいまも消えていない。

「お互い好きじゃないと認めあったわけだ。きみはこれからも自分の好きなようにして、ぼくもこれまでどおり、きみの言動が真実を暴くことにならないよう見張る。敵同士ということだな」

リーアはうなずいた。笑みが消え、彼女はセバスチャンを見据えて言った。「ええ。敵同士ね」

今夜のことは失敗だったわ。もしF卿が夕食のときにシェリーを三杯も飲んでいなかったら、間違いなく隠れているわたしたちに気づいたでしょう。こんなふうにこそこそ会うのは本当にいや。でも、隠れてあなたと会える時間は、何百ものスキャンダルに値します。

8

その晩、夕食を終えてホイストを三ゲーム楽しみ、全員が部屋に戻ったあと、リーアは横になったまま眠れなかった。この三時間、庭でヴェールを上げたときのライオスリー卿のまなざしを忘れようとしてきたが、どうしても忘れられなかった。あのとき見たものには確信が持てないし、わたしの間違いかもしれない——そう自分に言い聞かせようとした。何よりも、自分も同じように彼を意識しているなんて、絶対にない。

何度めかの寝返りを打とうとしたとき、ドアを静かにノックする音がした。リーアは喜んで応じた。

執事のヘロッドだった。ランプの明かりが、険しい口元と垂れさがった顎の肉を照らしている。「おやすみのところ申し訳ありません。お客さまのひとりが、書斎でミスター・ジョージのブランデーを飲んでいらっしゃいます。お部屋に戻られるよう申し上げたところ、ご機嫌が悪くなりまして。放っておいたほうがよろしいでしょうか？」

リーアはガウンをしっかり体に巻きつけた。「どなたなの？」うすうすわかってはいたが、尋ねた。

「ライオスリー卿です」

リーアはうなずくと、書き物机からランプを取り上げてすぐに部屋を出ようとしたが、考え直した。「さがっていいわ、ヘロッド。すぐに行くから」

「承知いたしました」

リーアはドアを閉めてランプを置いてから、ガウンの上から着るマントと靴を捜し、ピンで髪をまとめた。

鏡の前で身なりを点検してから、ふたたびランプを手に取って階下の書斎に向かった。

ライオスリーは暖炉の前のソファに座っていて、ドアの開く音に振り向いた。自分が何を言うつもりだったのかわからないが、彼の熱っぽい目と赤い頬を見てリーアはたじろいだ。

「ライオスリー卿？」

答えはなかった。

「大丈夫？　あなたがここにいるとヘロッドに聞いたの」

リーアはソファに近づいた。炎と影が彼の瞳に映り、そのまなざしに邪悪な光を投げているのを見て、落ち着かなかった。この沈黙を破ってくれるなら、彼の説教でも歓迎したい気分だ。だが彼は黙ったまま、ただこちらを見つめるだけだった。

リーアはソファの脇で足を止めた。「従僕を呼んできましょうか？　あなたが部屋に戻る手助けを――」

「もっとこっちに来てくれ」

低いが、思ったよりはっきりした声だった。リーアは彼が手に持っているブランデーのデキャンターともう一方の手のグラスをちらりと見た。デキャンターの中身は三分の一ほどに減っている。

「さあ、ミセス・ジョージ、用心深い捨て犬みたいにふるまうのはやめろ。きみを待っていたんだ」

リーアはその場から動かなかった。ふだんならライオスリーを危険だとは思わないが、いまの彼を見ると、今夜は用心したほうがよさそうだ。寝室に引き返して、悲しみと怒りで酒におぼれる彼を放っておくべきなのかもしれない。だが、それ以上近づくことも、後退することもしなかった。

「なぜわたしを待っていたの？」彼の視線を避けるように、体の前で腕を組んだ。未亡人という立場に縛られるのは嫌いだが、いまはヴェールが欲しかった。ヴェールをかぶっていれば、その陰に隠れられるのに。

ライオスリーは目を細くしたが、やがて肩をすくめてブランデーを注ぎ足し、頭をのけぞらせてひと口で飲み干した。暖炉の火が喉の筋肉を照らす。

リーアは彼から目をそらして、左右に揺れるデキャンターの液体がゆっくり止まるのに注意を向けた。グラスがライオスリーの膝に置かれたデキャンターの隣におろされたとき、ふたたび彼を見た。

彼は微笑んでいるが、本物の笑みではなかった。唇の片端だけ持ち上がり、面白がっているというより挑発しているように見える。「こっちへ来てくれ、ミセス・ジョージ」彼はもう一度言った。「きみの香りを楽しみたい」

酔っているんだわ。その判断に背中を押されて、リーアは笑いながら組んでいた腕をほどいた。そして、ソファの肘掛けに体を預けて尋ねた。「香りを楽しむ？　わたしからは女性らしい香りがしないと言っていたじゃないの。わざわざそんなことをする理由など――」

ライオスリーはデキャンターを振ってリーアを黙らせた。「今日、きみと庭にいるときにどんな香りがしたか覚えていないんだ。また薔薇の香水をつけているのか知りたい」

リーアは首を振った。「あなた、酔っているのね。何を言っているのかわからないわ」

「ゆうべ、きみを見たんだ。そのマントを着て階段をのぼっていた。薔薇の香りがしたから、ぼくはてっきり――」眉根を寄せ、彼は暖炉の火に目を向けた。

「花園にいたのよ」

「そうだったのか」

「薔薇が満開なの」

ライオスリーはうなずいてから、またブランデーを注いだ。

「でも……」リーアは信じられない思いで笑った。「わたしが薔薇の香水をつけていると思ったのね？　あなたにあんなことを言われたから？」

彼はふたたびグラスの中身を飲み干した。

「欠点のリストに傲慢《ごうまん》というのもつけ足さないといけないみたいね」

ブランデーを見つめながらライオスリーは言った。「酒は好きじゃない」

「ええ、わかるわ」リーアは冷ややかに答えた。彼に近づき、グラスとデキャンターを取り上げて炉棚に置いた。「誰か呼んで、二階に上がるのを手伝ってもらいましょう」

「やめてくれ。ここにいたいんだ。きみと……話がしたい」

リーアは呼び鈴の引き綱に近づいた。「もう二時過ぎだし――」

「手紙になんて書いてあった？」

リーアは引き綱をつかんだまま凍りついた。肩越しに振り返る。

急な動きに髪を留めていたピンが一本はずれ、ひと房の髪がうなじに落ちた。

ライオスリーは片腕をソファの背に、もう片方を下に垂らしてソファに身を横たえていた。脚を大きく開き、頭を革のクッションに預けて天井を見つめている。彼のこんな姿を見たのははじめてだった。

「読んだんだろう？」

リーアはとっさに否定しようとしたが、彼の静かな口調が、口から出かかった嘘を止めた。

「ミセス・ジョージ？」

「ええ、読んだわよ。全部じゃなくて一部だけれど」

「そのあと燃やしたか？」

「いいえ。まだ持っているわ」

ライオスリーは息をついた。「やっぱりそうか」

「わたしの机に入っているから取ってきましょうか？　よかったら読んであげるわよ」

「いいや」彼は片方の腕を目の上に置いた。「だが、話してくれ」

リーアは彼に近づき、ソファの反対端に座って両手を膝に置いた。暖炉のほうを向いた拍子にもう一本ピンがはずれ、リーアは黙ったまま髪をまとめ直そうとした。

「話してくれないのか？」

「ちょっと待って」いくら頑張っても髪は落ちてくる。うまくまとめないと、じきに全部ほどけてしまうだろう。いくら自由に生きていきたいからといって、男性の前で髪をおろす行為は適切とは言えない。まして相手はライオスリーだ。

「ぼくにやらせてくれ」ライオスリーが動くとソファが沈み、リーアは彼のほうに体が傾きそうになって体勢を立て直した。彼がピンをはずすとき、その吐息がリーアの耳をなでた。

「自分でできるわ」反発するように言って彼を振り返ってから、あわてててまた背を向けた。鼻と鼻が触れあいそうなほど距離が近かったのだ。

「動くな。ピンできみを突き刺してしまうと困る。だいぶ酒を飲んでいるからな」

彼の指先がうなじに触れて、リーアは息を詰めた。暖炉に火が燃え、ライオスリーの体からも熱が伝わってくるというのに、ピンを挿す彼の手が頭に触れるとリーアは身震いした。彼は自分のしていることがわかっていないようだ。酔っていなければ、絶対にこんな大胆なまねはしないだろう。

まとめた髪を両側から軽く押さえると、彼はリーアから離れてもとの姿勢に戻り、腕をまた目の上に置いた。リーアはゆっくり息を吸って落ち着きを取り戻した。

「手紙の話を」ライオスリーは催促した。

リーアはまたそばに寄る口実を彼に与えないよう用心しながら彼に向き直った。「何を知りたいの？」

「ただの欲望だったと言ってほしい」

その率直な言葉と懇願するような静かな口調に、リーアは息をのんだ。嘘をつきたかった。そうするほうがずっと簡単だろう。だが、できなかった。「彼女はイアンを愛していたと思う」ライオスリーは何も言わなかった。「もちろんイアンの書いた手紙は一通も持っていないけれど、レディ・ライオスリーが書いていることから考えると……体だけの関係ではなかったみたい」

苦しむ動物のような声が、ライオスリーの喉からもれた。「愛しているとはっきり書いてあったのか？」彼は感情を交えずに言ったが、その声はひどくかすれていた。

「ええ」

「それだけではまだわからない」ライオスリーは頭を起こしてリーアの目を見た。「たとえ本気でなくても、恋人たちは愛を告白するものだ。ぼくだって、いまここできみを愛していると言って誘惑することができる」

「わたしはそんな言葉にだまされないわ。それに、あなたはわたしを誘惑などしない」イアン以外の誰かに触れられるなんて、考えたこともない。ライオスリーに触れられることを想像すると……心が騒いだ。庭でヴェールを上げられたとき、そしてピンで髪を留めてもらったときと同じようにリーアの息が詰まった。彼の顔にはそれなりに魅力があるかもしれないが、もう嘘はたくさんだ。イアンと長く続いた、魂のこもっていない体だけの関係でもうこりごりだ。

ライオスリーはリーアを見つめた。暖炉の火が彼の瞳に映っている。唇がかすかに笑みを浮かべた。「そう、そのつもりはない」

ひとつはっきりしていることがある。彼はわたしに、自分が魅力的でないと思わせる才能を持っている。

ライオスリーは頭を戻して言った。「ほかに何が書いてあった?」

リーアはためらった。「その目で証拠が見たかったら、自分で読んだほうがいいわ」

「悪い知らせをもたらすからといって、きみを憎んだりしないから心配しないでくれ。ただ、教えてくれればいいんだ」

リーアが答えずにいると、彼は手を振った。「さあ」

「彼女はあなたのもとを去りたかった」リーアは急いで言ってから反応を待った。彼は動かなかった。呼吸すらしていないかのようだった。「ふたりでイングランドから逃げる計画を立てていて――」

「行き先は？」

「フランスよ。まずはパリに行って、それから――」

「ばかだな。ぼくが追いかけただろうに」

「身を隠すつもりだったの」

ライオスリーは横になった姿勢からぎこちない動きで体を起こした。「見つけ出すさ」

リーアは両腕を大きく開いた。「さっきも言ったように、ふたりは愛しあっていたみたいなのよ」

「そのほうがましだと言いたいのか？」

リーアはうなずこうとしたが、ライオスリーの表情を見て思いとどまった。彼は真実を聞きたがっている。わたしも、ふたりの裏切りを知ったときの彼の悲しみと怒りが見たかった。自分がひとりぼっちではないことを確認したかったのだ。

リーアは目をそらした。「そうではないわ。ただ、自分には価値がないという思いが軽くなるような気がする」

沈黙が流れ、リーアはこちらを見ているライオスリーを意識した。「湖では失礼なことを言って悪かった」しばらくしてから彼は言った。「きみと彼女を比べるのは間違いだった。

本当は、きみはとてもきれいで――」

リーアは笑いながら彼に向き直った。「やめて。お世辞なんかいらないわ。価値がないって言ったのは、そういうことではないの」

この人は、わたしに自信を持たせなければならないと信じている。そう思うと、リーアは屈辱しか覚えなかった。

ライオスリーはどう答えようか思案するように唇をかたく閉じた。そしてソファから立ち上がった。「もう一杯必要だ」

「でも――」

「まだ真実を話してくれていないだろう、ミセス・ジョージ」

「真実って？」

ライオスリーはソファに戻り、グラスにブランデーを注いだ。だが今回は、目を閉じてゆっくり飲んだ。グラスをリーアのほうに差し出して言った。「なぜハウスパーティーを開こうと思ったんだ？」

リーアは首を振り、彼の手を押しやった。「言ったと思うけれど、あなたの手助けをするためよ」

「嘘だ。そんなことを本気で考えられるほどきみが思慮深いとは思えない。どういうわけか、きみのそういうところがぼくは一番気に入っているのだが」

リーアは顔を傾けて微笑んだ。「わたしたちはお互いに相手が嫌いなんだと思っていたわ」

「ああ、そうさ」もうひと口飲みながら彼は言った。「きみのことは何から何まで嫌いだ。微笑むときには特に」

リーアは唇を結んだ。「そうなの？」

ライオスリーはグラスを持った手でリーアのほうを指し示した。酒がこぼれて彼の腿を濡らした。リーアの視線はズボンの濡れた箇所に向いたが、すぐに、話し出した彼の顔に戻った。「それにきみはものすごく幸せそうだ。そこに腹が立つ」

「そう？」リーアは微笑まないようにしながら答えた。

「その態度だよ」ライオスリーは顔をしかめて残りのブランデーを飲んだ。「有能な女主人になりたかったら、みじめに見える努力をするものだ。きみがもう少し悲しそうにしていたら、ぼくはここまできみを嫌わない」

「そう」ライオスリーがデキャンターとグラスを床に置くあいだ、リーアは黙った。「時間が解決するわよ」

「楽観主義にも反対なんだ」

酔っ払ってのんきな様子のライオスリー卿に警戒を解いて、リーアは笑った。ブランデーがなければ、イアンが生きていた頃の彼に戻ったみたいだ。

「きみの膝を枕にしたい。部屋が回りはじめた。もう長いこと、女性の膝に頭をのせていない」

ライオスリーが体の向きを変えて倒れかかってこようとしたので、リーアは笑うのをやめた。「だめよ」止めようと伸ばした腕が彼の肩にのった。「セバスチャン！　やめて」

リーアが押しのけると、彼はうめいた。「ぼくの名前を忘れられたんじゃないかと思っていたよ。頼むから静かにしてくれ。ちょっとだけ」自分の頭のうしろに手を回してリーアの片手を取ると、口元に持ってきてキスをした。「少しのあいだだけだ。部屋が回らなくなるまで」

リーアは彼の唇の感触にいらだって、あわてて手を引っこめた。その機に乗じて、彼はリーアの膝に頭をのせた。

リーアは両手のやり場に困り、自分の胸に押し当てた。そして困惑して彼を見おろした。彼は暖炉のほうに顔を向けて、目を閉じた。「ありがとう」そう言って吐息をついた。「眠ってしまいそうだ」

「眠ったらここから放り出すわ」

ライオスリーは笑った。リーアは曲線を描いている唇を避けて、うっすらと伸びた無精髭を見つめた。

続いて、炉棚の時計に目をやった。「じゃあ五分だけ」

「親切だな、ミセス・ジョージ」

時間が進むあいだ、リーアは暖炉の火に集中しようと努めた。火はほとんど消え、小さな炎が炭をなめるだけだ。じきに燃えさしに変わり、夜明け前に召使いが来てふたたびかき起こしてくれるのを待つことになるのだろう。

だが、いくら火に集中しようとしても、自分の膝を枕にして眠っている男性につい目が行ってしまう。薄いまつげ、まっすぐな鼻。豊かな髪はこげ茶色で、きれいに切りそろえてある。

五分が経ったが、リーアは何も言わなかった。ゆっくり上下する胸から低い音が聞こえてくる。

しばらくそのままでいるうちに、片手が自然に動き、彼のなめらかな髪をすいていた。リーアは彼の耳から髪を払い、うなじに手を滑らせて親指でなでた。

ライオスリーが身じろぎでもしたら、夢だと思わせるためにあわてて手を引っこめていただろう。だが彼は目を覚まさなかったので、リーアはそのまま髪をすき続けた。手のひらに彼の髪が触れる感触に、官能的で満ち足りた思いを味わった。

そのうちに疲れてきたので腕をおろした。まぶたが重くなり、ひとり寝の夜が続いたあとだけに彼の体のぬくもりが心地よかったが、ここで眠るわけにはいかない。あと数時間で召使いが起きてくる。ライオスリーと一緒のところを彼らに見られたくない。何もないにせよ、ひと晩男性と寄り添って過ごすことで、よけいな親近感が生まれるのも避けたい。

「セバスチャン」リーアは小声で言って彼の肩に触れた。

彼の胸が上がったところでいったん止まり、大きくさがった。

「セバスチャン」今度は軽く彼を揺すった。「起きて」

彼は暖炉を向いていた顔を上に向けた。

「セバスチャン……」

彼の目がゆっくり開いてリーアの目を見た。深い森を思わせる緑の目は、いつまで見つめていても飽きないだろう。

そしてリーアは、必要以上に彼に惹かれている自分に気づいた。

ごめんなさい。最後の最後で彼の気が変わり、外出はとりやめになりました。今夜はわたしと一緒にいたかったんだそうです。心配しないで。彼はわたしに触れなかったから。あなたに会いたいわ。

9

　翌日の午後、客たちは絵画や芝居の名場面を再現する活人画――タブロー・ヴィヴァンのためのかつらや衣装、小道具を選んだ。そのあいだリーアは自分の部屋に退いて、届いた手紙に目を通すことにした。

　寝室に入るとまっさきに、小さな机の前に座って腕を組み、その上に顔を伏せた。昨夜はライオスリーが召使いの手を借りて自分の部屋へ戻るのを見送ったあともよく眠れなかった。いくら忘れようとしても、指に残る彼の髪の感触と、眠る彼を見つめながら膝を貸す心地よさが頭から離れない。ピンを直してくれるときに耳やうなじにかかった彼の吐息も、手に押しつけられた彼の唇のあたたかさも。酔ってはいても彼といるのが楽しかったばかりか、近くにいて触れられることに喜びを覚えた。それを考えると落ち着きを失い、何度も寝返りを打った。彼に対する自分の体の反応が怖かった。

結局、体が疲労に負け、彼のことが一時的に頭から消え去ったのは太陽がのぼってからだった。眠りに落ちてから五時間で、メイドに起こされたのだった。

朝食をとりそびれたが、伯爵も同様だったらしい。リーアとほかの客たちが午前の乗馬に出かけたときも、彼は加わらなかった。昼食にも姿を見せず、ノックにも応答がないと聞いて、まだ寝ているに違いないとリーアは思った。できれば一日じゅう寝室にこもっていてくれることをひそかに願った。

疲れたため息をつきながら体を起こし、机に置かれた手紙の一通めを手に取った。ひどく傾いた母の字が、封筒の表面を飾っていた。これはあとまわしにしてよさそうだ。わたしがハウスパーティーを開いていると聞きつけて、なぜ家族や親戚の名を汚すようなことをしたのか問い詰めているのだろう。

リーアが待っていたのは次の四通だった。ハウスパーティー最終日に催すディナーの招待に対する返事だ。ディナーのあとはダンスもある。今回のパーティーの中では数少ないイアンが本当に好きだったことだ。それはまた馬車の事故以来、リーアにとってはじめて踊る場であり、自分を試す場でもあった。

この四カ月、リーアは社交界の片隅でひっそりと過ごしてきた。これまでどんなにしきたりや義務に縛られてきたかを振り返り、自分の幸せのほうが大事だという結論にいたった。

それでも、喪に服している自分がここまでやっていいのかとためらう気持ちはある。何時間にもわたってコティヨンやカドリールやワルツを踊ると思うと期待に血が騒ぐが、ダンスは湖での舟遊びやアーチェリー、それに夫の死後すぐにハウスパーティーを主催するのとは全然違う。

ダンスのパートナーになってくれる男性はひとりもいないかもしれないが、スキャンダルは免れないだろう。本当にスキャンダルになってもいいのか、自分でもわからない。ライオスリー卿が怖いからでも、自分の行動でイアンとアンジェラの情事が明らかになるのが怖いからでもない。ただ、自由に好きなことをしたいと思う一方で、静かな傍観者という役割から、まだ自分を解放しきれていないからだ。ほかの人々がそれぞれの人生を生きているのを眺め、その言葉や行動の意味を分析し、アンジェラのような女性の快活さと魅力に感心しつつも自分は目立たなくていいと思っている傍観者――それがリーアだった。

ディナーは三日後だから、それまでに決めればいい。わたしが踊るにしろ踊らないにしろ、ほかの人たちは楽しめるだろうし、ハウスパーティーのしめくくりとしてもふさわしい。イアンをしのぶ最後の娯楽となる。

今朝届いた四通のうち、断ってきたのは一通だけだった。これで、いまいる客に加えて九名が出席することになる。多くは、貴族とともに過ごしたいと望む地元ウィルトシャーの名士たちだ。予想よりも出席の返事が多かった。

リーアは立ち上がり、ベッドに目をやった。立派な女主人なら、すぐに客のもとに戻るべきだ。すでに三〇分も客を放ったままにしている。これでは礼儀正しいとは言いがたい。

だが彼らは明日の活人画の準備に夢中だし、未亡人になったばかりのリーアが席をはずす口実はいくらでも見つかる。リーアはまだベッドで寝ているライオスリーに思いを馳せた。少なくとも、わたしのほうがずっと疲れているはずなのに。

リーアは召使いに客への伝言を頼むために、呼び鈴の引き綱に近づいた。

頭が痛い。セバスチャンは活人画で演じてほしい役を説明するミス・ペティグリューに向かってうなずきながら、顔をしかめた。ほかの客と違って、彼女は有名な絵画を選ばず、シエークスピアの『ジュリアス・シーザー』の一場面を選んだ。おかげでセバスチャンはクーパー＝ジャイルズ男爵とミスター・ダンロップに短剣で狙われながら床にひざまずくことになった。

まさに壮大で楽しいひとときだ。

それにしても、リーアはどこにいるのだろう？

この二時間、牧歌劇だの神の天罰の絵画だのに協力してほしいと、女性たちに薔薇の間をあちこち引きまわされた。男性用にかぎらず、いくつもかつらをかぶらされ、ガーターやストッキングをはかされたり、防具や弓矢を持たされたりした。見たところ、セバスチャンだけではなく、ほかの男性たちもみな同じ運命をたどっている。リーアはこの活人画を余興として企画したのだろうか？　それとも男性客を苦しめるためなのだろうか？

彼女は頭痛がするという話だった。セバスチャンが一階におりてすぐ、執事のヘロッドが一同にそう告げた。女性たちは、心配だと言いながら目を見あわせた。彼女たちが何を考えているかは火を見るより明らかだ。

〝ミセス・ジョージは、夫のことを思い出して苦しんでいるに違いないわ。かわいそうに〟

いや、本当はぼくを避けているのだろう――セバスチャンはそう思っていた。その理由は残念ながらわからない。昨夜イアンの書斎で何があったか、全部ではないが一部は覚えている。ブランデーを飲みすぎたこと、イアンとアンジェラについて話したこと、リーアのやわらかい髪に指を差し入れて、そのうなじに魅了されたことなどだ。

イアンとアンジェラの話は、ふたりが逃げようとしていたというリーアの言葉しか覚えていないし、自分がなぜリーアの髪に触ったのかも思い出せない。だが、そんなことよりもセバスチャンを動揺させているのは、自分が彼女の膝を枕にしたという記憶だった。それははっきりと心に残っている。

横になって彼女の腿のやわらかさを感じただけでなく、息づかいと、やさしく髪をなでられるうちにいつのまにか眠りに落ちたことも覚えている。かすかにいらだちのまじった低くかすれた声に起こされ、彼は疲れきった茶色の瞳を見つめながらこのまま動きたくないと思った。

頭痛のせいで彼女がしばらくおりてこられないと聞いたときにはほっとした。彼女に会いたくなかった。家の中では、ヴェールの代わりに未亡人用の帽子を着けるから、彼女の表情が簡単に読めてしまう。今朝、セバスチャンが目覚めたときに気づいた新たな認識を、彼女の目の中にも見たくなかった。ふたりのあいだには、イアンとアンジェラの秘密以外にも共有しているものがある。彼はその事実に気づいたのだ。

「どうぞ、ライオスリー卿」ミス・ペティグリューが草の冠らしきものを手してふたたび現れた。セバスチャンは緑の葉とヒイラギの実を表す赤いビーズのついた冠を見おろした。

「これをかぶっていただきたいんです」彼女は冠をかぶせようと手を伸ばした。

セバスチャンはその手を止めて冠を取り上げた。「ローマ人がかぶっていたのはこういうものではないと思うが」

ミス・ペティグリューは唇をかんで渋々うなずいた。「ええ。でも、ほかにいいものが見つからなくて」

「トーガ（古代ローマの外衣）を着ることは承知しただろう、ミス・ペティグリュー？」

彼女は微笑んだ。誠実で無邪気そのものの笑みだった。「どれだけお礼を言っても足りないぐらい――」

「トーガだけにしてくれ」

ミス・ペティグリューの笑みが消えた。「そうですわね」そう言ってセバスチャンの手から冠を受け取った。「これはやめましょう」

ミス・ペティグリューが背を向けると、セバスチャンは部屋の向こう端にいるエリオット卿を見た。茶色の長衣を着てでっぷりとした腹周りにベルトをしめ、右手には羊飼いの杖《つえ》に見立てた木の枝を持っている。すぐそばに立っているミスター・メイヤーは顔を伏せて、レディ・エリオットに頬を炭で黒く塗られている。セバスチャンはふたりに憐れみの目を向けた。楽しんでいるのはクーパー＝ジャイルズとダンロップだけのようだ。もっとも彼らが楽しんでいるのは、割り当てられた役ではなく、ミス・ペティグリューが投げかける満足げな笑みのほうらしい。

はじめにリーアが席をはずしていると知ったとき、セバスチャンはほっとしたが、それは二時間前の話だ。いまはいらだっていた。セバスチャンが待っていると、ミセス・メイヤーがサンダル代わりに使うらしい穴の開いた古い靴を持ってエリオット卿のもとに向かった。その後、衣装のほうに引き返す彼女を捕まえて、みんなから少し離れたところに引っ張っていった。

「ミセス・ジョージが心配になってきました」セバスチャンは低い声で言った。「頭痛がすると聞いたが、ぼくの知るかぎり、彼女がこんな形で客を無視したことは一度もなかった」

ミセス・メイヤーは体の前で両手を握りあわせて身を寄せると、小声で言った。「わたしは頭痛じゃないと思っていますのよ」

「頭痛じゃない？」

「今朝は顔色が悪くて疲れているようでしたわ。目も真っ赤でしたし」

セバスチャンは眉をひそめた。病気だろうか？

「きっと泣いていたんですよ」ミセス・メイヤーは言った。「まだ、ご主人を失った悲しみから抜け出せていないんじゃないかしら。ハウスパーティーを開いたり、ミスター・ジョージの好きだったことを話したりするのは負担が大きすぎたのでしょうね」

「なるほど。ありがとうございます、ミセス・メイヤー」

彼女は膝を曲げてお辞儀をしてから微笑んだ。「あのトーガ、とてもよくお似合いでしたわよ」

セバスチャンは戸惑いを隠して言った。「召使いに、ミセス・ジョージの様子を見に行かせます」そしてドアに向かった。

「でも、閣下……」ミセス・メイヤーの声が追いかけてきたが、廊下を歩くセバスチャンの足音にかき消された。

セバスチャンはメイドに尋ねてヘロッドを捜しあてた。「ミセス・ジョージに会いたいのだが」

「申し訳ありませんが、いまはご遠慮いただいております」執事は答えた。

「わかっている。だから会いたいのだ」こっちが活人画で衣装を着せられて人形みたいなまねをしなければならないのなら、リーアだって自分の寝室に閉じこもるのを許されていいはずがない。本当に病気でないならばの話だが。病気だというなら証拠が見たい。気の毒な未亡人のふりをするところは何度も見てきたのだから、セバスチャンも彼女の芝居のうまさは充分にわかっている。

だが、執事はただ辛抱強くセバスチャンを見つめるだけだった。「ミセス・ジョージはどなたにもお会いになりません」眼鏡の奥で、青い瞳が鋼鉄のように冷たくなった。

そう言いながらも階段に向かった。彼女がいまも女主人用の寝室を使っているかはわからないが、主人用の寝室の場所は知っているし、まずはその隣からはじめるのがいいだろう。ヘロッドがあとから階段をのぼってきた。

セバスチャンは廊下を右に曲がり、左側の五つめのドアを目指した。

「閣下」

セバスチャンはドアの前で足を止め、息を切らして追いかけてくるヘロッドを見つめた。

「閣下！」

「ぼくが入ろうか？　それとも、きみが先に彼女と話をするか？」

「どちらもだめです！」執事は怒りをあらわにしながらも声をひそめて言った。「ミセス・ジョージはいまおやすみになって――」

セバスチャンはドアを開けて中に入った。

「いらっしゃいます」ヘロッドはため息をつきながら言い終えた。

「やすんでいるって？」それは本当だった。リーアは部屋の奥に置かれたベッドの真ん中に横たわり、目を閉じていた。唇はわずかに開き、片手は上掛けの上に投げ出されている。セバスチャンは眉をひそめて執事を振り返った。「病気なのか？　医者は呼んだのか？」

これほど有無を言わさぬ目で相手をにらんだことはなかった。「ただお疲れになっただけだと思います」執事の声も表情も辛辣だった。「ゆうべ遅い時間に、お客さまのひとりが問題を起こされたものですから」

「ああ」セバスチャンは自分がろくでなしに思えてきた。

ヘロッドはうなずくと、廊下を手で示した。「どうか、わたくしとご一緒に……」

「わかった」

だがその場を去る前にリーアの声がして、セバスチャンは足を止めた。「セバスチャン？」

ライオスリー卿ではなく、セバスチャンと呼んだ。昨夜と同じ、低くかすれた声だった。

疲れているせいだと、いまならわかる。昨夜書斎で彼女の腿に頭をのせようとしたときにあの声で名前を呼ばれて不意を突かれたように、セバスチャンは思わず振り返った。

リーアは上掛けで体を隠して起き上がろうとしていた。「ここで何をしているの？」彼女の視線はセバスチャンのうしろに向けられた。ヘロッドを見ているのだろう。

「申し訳ありません、奥さま」執事は言った。「ちょうど、ライオスリー卿を部屋の外にお連れしようとしていたところです」

リーアは瞬きをしながら、髪を耳にかけて肩のうしろにやった。セバスチャンはその子どもっぽい仕草に魅入られた。徐々に眠りから覚めた目が細められ、彼女はこちらを見つめた。

「お客さまはみんな一階にいるわ。あなたはわたしがひとりで自分の寝室にいるときも信用できないの？」顎を上げて彼女は言った。「それとも、お昼に眠るのは思慮分別のない行動だと言いたいの？」

「奥さま」ヘロッドが、ふたたびセバスチャンのうしろから声をかけた。「ライオスリー卿とわたくしはいますぐここから――」

セバスチャンは微笑んでベッドの足元まで近づいた。「きみのことが心配だったと言ったら信じてくれるか？」

リーアは小さく鼻を鳴らした。「いいえ」そして、セバスチャンがすぐそばにいるのに自分がちゃんとした服も着ずにベッドにいることに急に気づいたのか、顔をしかめた。「あっちを向いて」

セバスチャンは彼女のまとめていない髪を見つめ、次に上掛けからのぞく寝間着の襟元や袖口のレースに目を向けた。そして最後に、胸からつま先までを覆う紫色の美しい飾りがついた上掛けを見た。「手遅れだ」ゆっくり言った。「もう見てしまった」

ヘロッドが戸口で咳払いした。

「なんて人」リーアは叫んでから、セバスチャンに枕を投げつけた。

「元気なきみを見て安心したよ」枕は三〇センチほど左にそれて床に落ちた。セバスチャンは枕を見てから、リーアに視線を戻した。「病気じゃないかと思っていたんだ」

彼女が歯をかみしめる音が、セバスチャンにも聞こえそうな気がした。「病気じゃないわ」

「たしかか？　顔が赤いぞ。熱がないか、おでこに触って確かめたほうが――」

「ヘロッド」リーアは執事に言ったが、怒りに満ちた目はセバスチャンだけを見ていた。セバスチャンにはそれがうれしかった。

「はい、奥さま」執事は言いながら、セバスチャンの腕を取った。

った。

「じゃあ、すぐにみんなのところへ来るな？」廊下に連れ出されながら、セバスチャンは言った。

ふたつめの枕がセバスチャンの膝の裏に当たった。

「さっきよりは狙いがたしかになった。どうやら回復に向かって――」

ヘロッドがドアを閉めてから彼の腕を放した。「薔薇の間までご案内いたしましょうか？」いくらていねいに言っても、不機嫌なのは隠せない。

「結構だ。ひとりで行ける」

執事は引きつった笑みを浮かべると、頭を傾けて階段を示した。「ではおひとりでどうぞ」

数歩うしろについているヘロッドを意識しながら、セバスチャンは廊下を進んだ。階段をおりていくと、メイドを連れてのぼってくるミセス・メイヤーとレディ・エリオットに出くわした。

「あら、ここにいらしたんですのね」ミセス・メイヤーが言った。「召使いはミセス・ジョージの様子を見に行きました？　大丈夫かしら？」

セバスチャンはまじめな顔でうなずいた。「まあまあです。あなたの言ったとおりでしたよ、ミセス・メイヤー。悲しみで――」

「まあ、お気の毒に」

レディ・エリオットが唇をすぼめて言った。

「薔薇の間に戻って活人画の準備を続けましょう」セバスチャンは言った。「そのうちミセス・ジョージも来るでしょう。進み具合を見てもらいたいものだ」

一同は階段をおりた。ミセス・メイヤーが小声で言った。「かわいそうなミセス・ジョージ」


数時間しか寝ていないというのに、ライオスリー卿の声で起こされたおかげでどういうわけかリーアの疲れはすっかり消え、その後は元気に過ごすことができた。夕食が終わって夜の娯楽の時間になると、リーアは客を玄関から芝生へ誘い出した。

丘の頂上では、召使いたちがすでに地面に敷物とクッションを並べていた。召使いのひとりが脇に残り、氷を入れたシャンパンクーラーのそばに控えている。反対側には低いテーブルが置かれており、その上に今夜の主役、望遠鏡がのっている。

ハウスパーティーの前にロンドンで買ってから、リーアはまだ数回しか使っていない。また星座を見るのが楽しみだった。望遠鏡の扱いにもっと慣れた客がいて、手を貸してくれればなおありがたい。

リーアは望遠鏡の隣にランプを置いてから、客のほうを向いた。ヴェールは着けていない。それでなくても、闇の中ではあたりが見えにくいのだ。遠く離れた屋敷から届くぼんやりした明かりや敷物の両脇に置かれたランプはあるが、漆黒のベルベットのような夜空の下では、客の姿もぼんやりとした輪郭しか見えない。

リーアは微笑んでランプの灯《ひ》を消した。明かりは向こう端にいる召使いが持っているランプだけになった。人々の真ん中あたりにいる誰かが悲鳴をあげた。おそらくミセス・メイヤーだろう。ミス・ペティグリューは無邪気そうに見えるが神経質ではないし、レディ・エリオットなら、たとえこうもりが飛んできて頭をかすめても叫ばないだろう。

闇の中からライオスリーのからかう声が聞こえた。「ああ、そうだ。イアンは天体に興味があった。星を眺めるのが好きだったのを忘れていたよ」

リーアは落ち着いて答えた。「彼は特に天体観察が好きでした」空を仰ぎながら、ゆっくりと円を描いて歩いた。「よくふたりでここに来て、何時間も草の上であおむけに寝転がったものです。イアンはひとつずつ星座の名前を挙げ、わたしが科学に隠された美を忘れないよう、それぞれにまつわる神話について語ってくれました」

これは、いまリーアが夢見ていることだった。ただし、空想の中で隣にいる男性は名前がなく、顔も闇にまぎれて見えない。ときおり、ほかの誰かなど現れるのだろうかと思うことがある。イアンの死後、男性を信じるのが難しくなっている。

「ミスター・ダンロップ、ミセス・トンプソン、最初にご覧になります？」

ほかの客はあたりに散らばった。シャンパンのグラスを持っている人もいる。望遠鏡をのぞきこむミスター・ダンロップとミセス・トンプソンの頭がぼんやり見えた。

リーアはスカートの下で脚を折り曲げて座り、クッションにもたれた。花園を除けば、夜のリンリー・パークでこれほど美しい場所はない。見おろせば、銀色の湖面に月と星が映っている。ロンドンの空は煙と霧でかすんでいるが、ここは空気が澄みきっていて、人間が作った道具など使わなくてもあらゆる星が見えそうなほどだ。

近くでは、エリオット夫妻が湖の上に白いサファイヤのように輝く星座の名前について仲よく議論している。リーアはシャンパンをひと口飲んで静かにため息をついた。

わたしはこれを求めていた。ハウスパーティーを開いたのもこのためだ。自分を幸せにしてくれるものをほかの人と分かちあうこと。孤独以外のわたしの感情には踏みこまずに、その孤独感を癒やしてくれる人々に囲まれること。ただ、単純に楽しむこと。亡くなった夫とのあいだに関わる後悔と暗い記憶に包まれながらも、これからどうしたいかを自分で選べること。それを求めていたのだ。

やがてミスター・ダンロップとミセス・トンプソンが腰をおろし、クーパー－ジャイルズ男爵とミス・ペティグリューが望遠鏡に近づいた。

リーアの隣に大きな人影が座った。暗闇に慣れた目に、それがライオスリー卿だとわかった。

「気分がよくなったようでよかった」彼はクッションを引き寄せてもたれかかり、脚を伸ばした。声をひそめて彼は続けた。「ただし、これからはドアに鍵をかけたほうがいい」

リーアは皮肉な笑みを向けた。「まあご親切にどうも。でも、招きもしないのに誰かが突然入ってくるとわかっていたら、ちゃんと鍵をかけたでしょうね」

ライオスリーはうなずいてから空を見上げた。リーアにはあまり注意を向けていないように見える。「これまでの中で一番いい思いつきだな。ぼくは子どもの頃、よく父に庭に連れ出されて星座の名前を言わされたよ。ぼくがちゃんと勉強に身を入れているか確かめたかったんだな」しばらく間を置いてから、彼は笑った。「もちろん、毎回ラテン語とフランス語、イタリア語で言うんだ。ぼくは小さな天文学者だったんだ」

リーアは彼を見た。「きっとそうなんでしょうね。あなたは……」

そのあとなんと続けようとしたのか自分でもわからなくなった。ランプの灯が彼の横顔を金色に照らしている。惹かれてはいけないとわかっていながら、空を見上げる懐かしそうな表情を見て、リーアは息ができなくなってしまった。視線が彼の顎から首へ、そして引き締まった胴へと移動したのは自然の流れに思われた。

「イアンも間違いなく楽しんだはずだ」リーアが見上げると同時に、彼は小さく微笑みながら振り返った。

リーアはあわてて彼から離れ、ミス・ペティグリューと男爵に目を向けた。「ええ。そう思ったからこれを選んだの」

「そうか」ライオスリーは考えこんでいるようでもあり、疑っているようでもあった。

リーアは体を起こした。彼からわずかに離れたものの、クッションにもたれかかるふたりの距離は近くてあまりに落ち着かない。しばらく待っても彼は何も言わなかったが、リーアはもう耐えられないと思った。

黙ったまま立ち上がり、伯爵を置いて望遠鏡に近づいた。

クーパー＝ジャイルズ卿が接眼レンズを調節していた。「どうぞ。これでもう一度のぞいてみてください」

ミス・ペティグリューがのぞきこんだ。「見えましたわ。オリオン座が見えます」彼女はリーアを見上げて言った。「ミセス・ジョージ、どうぞご覧になって。望遠鏡が動いてしまうと位置がわからなくなってしまいますわ」

ミス・ペティグリューが脇に退き、リーアは進み出た。「どうもありがとう」そして望遠鏡をのぞいた。「あら本当。見えるわ」実際は星座どころではなかった。こんなふうに感じる理由はどこにもないのに、一挙一動をライオスリーに観察されている気がする。リーアは望遠鏡を動かして星座と呼べそうなものを探したが、どちらの方角に向けても、目に映るものに集中できなかった。意識にあるのはすぐそばのライオスリーの存在と、彼がいま自分を見ているのかいないのかということだけだった。リーアはあきらめて望遠鏡から目を離し、ミス・ペティグリューに場所を譲った。

またしても、もっとも大事にしていた楽しみのひとつをライオスリー伯爵によって台無しにされてしまった。

セバスチャンは、寝室の暖炉の前で椅子に座っていた。星の観測は数時間前に終わり、本当ならとっくに眠っている時間だ。

眠ろうとはした。服を脱ぎ、ベッドにもぐった。目を閉じて、呼吸がゆっくりと落ち着くまで数えた。だが、リーアの姿が頭に何度も浮かんで、どうしても眠れなかった。

夜の丘で、彼女が逃げるように離れていったのを喜ぶべきだ。少なくとも、彼女はセバスチャンと友情をはぐくむ気も、ただの知りあい以上の関係になる気もないのだ。だが、その反応に満足して、彼女に惹かれる気持ちを忘れるべきだとわかっていても、あとを追いたくてたまらなかった。

リーア・ジョージの弱さを探り、ぼくをいらだたせる存在として切り捨てるべき彼女になぜ惹かれてしまうかを知りたい。一枚一枚皮をむくように彼女を知り、好奇心を満たしてから立ち去りたかった。

ここに座って、美しい唇の曲線をいつまでも思い描いていてはいけない。そして彼女に惹かれるあまり、三年以上愛してきたつもりだった妻のことを、自分が望みに合わせて作り出した美しい虚像にすぎなかったのではないかと疑ってはいけない。

セバスチャンが立ち上がった拍子に、椅子がひっくり返った。両手で顔をこすりあげ、そのまま髪をかき上げながら部屋の中を歩きまわった。

ぼくは自らの想像力が作り出した理想の女性ではなく、アンジェラ自身を愛していた。アンジェラそのものを。全身全霊でそう信じている。アンジェラを愛していたし、もし情事のことを知っていたら、自分を選んでもらうためにどんなことでもしたはずだ。どんな犠牲を払ってでも彼女を取り返しただろうし、そうしていれば彼女も死なずにすんだ。イアンも同じだ。そしてぼくとアンジェラとヘンリーは、イアンとリーアとは遠く離れたところで、家族一緒に過ごしていただろう。

夏の夜の湿気のせいで、額に汗が浮かんできた。セバスチャンは窓に向かい、ガラスに額を押しつけたが、たいして冷たくはなかった。小声で悪態をつきながら鍵をはずして窓を押し開いたとたん、眼下の花園の光景に目を引かれた。

リーアがベンチに座っていた。隣のテーブルに望遠鏡が置いてある。月と星の明かりが、空を仰ぐ彼女の顔をくっきりと浮かび上がらせた。マントのフードが脱げて、おろしたままの髪があらわになっている。

セバスチャンは口を引き結んで窓から離れた。結果がどうなろうとかまやしない。すぐに終わらせなければ。

10

あなたがくださった『ロミオとジュリエット』を毎日読んでいます。涙の跡がついてしまったんじゃないかしら。わたしも永遠にあなたのものよ。〝長い夜も短い昼も〟そして〝天国でも地上でも地獄でも〟

セバスチャンが近づいても、リーアはまだ空を見上げていた。なぜか、セバスチャンにはそれが腹立たしかった。田舎とはいえ、真夜中にランプの明かりだけを頼りに屋外にいて、重い真鍮《しんちゅう》の望遠鏡を除けば武器も持っていないだろう。近づいてきたのがぼくじゃなかったらどうするつもりだ？

ベンチから少し離れたところでリーアの正面に立ち、彼女が気づくまで待った。

リーアはセバスチャンを見てうなずくと、すぐそばの薔薇の茂みを指さした。「わたし、また薔薇の香りがするかもしれないわ」セバスチャンが答えずにいると、彼女はふたたび空を見上げて言った。「オリオン座を見つけたわ。うみへび座とカシオペア座と牡羊座も」

「きみがハウスパーティーを開いた理由は知っているよ」

「そう？　どんな理由だと思うの？」

セバスチャンは黙ったまま、彼女の白い喉と唇に見とれた。まるで天国からキスが降ってくるのを待っているみたいだ。

リーアはセバスチャンの目を見つめてぼんやり微笑んだ。「わたしが孤独だと決めつけているのね。あなたがここに来たのもそのため？」

セバスチャンは彼女の隣に座った。

「なぜここに来たの？」リーアはもう一度尋ねた。セバスチャンは彼女がベンチの端ににじり寄って、できるだけ自分から距離を置こうとしているのに気づいた。

「孤独なのか？」聞き返した。リーアが目に見えない鎧をまとったように思えて、しつこく聞く気にはなれなかった。彼女を前にすると、ついさっきまでのいらだちは影をひそめた。彼女の本心を少しずつ引き出したいが、無理に話をさせるのはやめよう。彼女に信頼されたいという思いが、彼女を理解したいという思いと同じくらい強くなった。

「いまはそうでもないわ。でもありがとう」その声はよそよそしくて、これまでなかったほどていねいだった。

セバスチャンはその言葉の意味を無視してその場にとどまった。「眠れないんだ」リーアのほうを向き、ベンチの肘掛けに背中を預けながら彼女の横顔を見つめた。そして空を見上げた。「カシオペア座を見つけたと言ったね？」

彼女の腕がセバスチャンの視界に入った。細い人差し指が空を指した。「あそこに。左のほうよ」

「ああ、わかった」

ふたりは長いこと黙ったまま星座を探し続けた。セバスチャンはそよ風に揺れる薔薇の葉ずれの音に耳を傾けた。うみへび座とオリオン座を見つけ、牡羊座を探しているときに、とうとうリーアが口を開いた。

「去年の四月九日よ。その日に、ふたりが一緒にいるところを見てしまったの」彼女は朗読するようにゆっくりと、一語一語をはっきりと言った。

「何があったか、きみは一度も話してくれなかった」セバスチャンは彼女を見つめた。「だが気にしないでくれ。知りたくないから」

リーアは望遠鏡に手を伸ばし、湾曲した脚に指を走らせた。「ときどき考えるのよ。あなたみたいに、あの事故が起きるまで何も知らずにいたかったって。そして、あなたみたいに怒りをぶつけたかった。それなら、そのあとイアンの死を悲しむこともできたと思うの。でも、去年の四月の数週間で、涙は涸《か》れてしまったのよ」

リーアはため息をついた。強がって感情を押し殺した声とは対照的に、ひどく寂しげに聞こえた。

「リーア……」セバスチャンは謝ろうとして口を開いた。いくらリーアが奥深くに隠している秘密を知りたいからといって、ぼくには彼女をここまで苦しめる権利はない。

だがリーアはさえぎった。「ええ、たしかに孤独だったわ。人前では泣けなかった。泣けばどうしたのかと聞かれるに決まっているから。そして、できるだけイアンを避けるようになった」

「面と向かって問い詰めたのか？」

リーアは首を横に振った。「わたしはふたりを見て、向こうもわたしを見たから、問い詰める必要もなかったわ」彼女の指が望遠鏡の上で止まった。「誰にも知られたくなかった。家族にも——特に母には。母はわたしのために最高の相手を見つけたと信じていたから。友だちにも知りあいにも話さなかった。どちらにしても、そのほとんどは彼の友人や知りあいだったけれど。みんながわたしをうらやみ、あのイアン・ジョージと結婚できるなんて世界一幸せな女だと信じていたわ。そしてあなたは——」

彼女は深く息を吸いこんで、ふたたび望遠鏡をなではじめた。セバスチャンは華奢《きやしゃ》で驚くほど優美な手を見つめた。

「たぶんあなたに話すべきだったんでしょうけれど、恥ずかしかったの。あのときは、いとも簡単に自分のせいだと思いこんでしまったから。わたしがいけなかったのだと思った。退屈すぎたのか、地味すぎたのか——」リーアは横目でセバスチャンを見てから、ふたたび目をそらし、膝の上で両手を組んだ。「あるいは、あなたの言うように……ベッドで満足させられなかったのかと」

セバスチャンは咳払いをして、彼女が先を続けてくれることをひそかに願った。あんな言葉を言ってしまったことにいまも罪悪感があるが、それとは別にイアンとリーアを夫婦として見るのが次第に難しくなってきた。これまでイアンとアンジェラが抱きあうところを想像してては苦しんできたが、いま考えてみると、むしろそのふたりのほうが似合っているように思える。イアンとリーアは……あまりに違いすぎる。彼女の髪は茶色で彼はブロンド。彼女は背が低く、彼は高かった。彼女は物静かだが、彼は思ったことを遠慮なく口にした。ふたりがかつて結ばれていたと誰が信じるだろうか。

「多くの人――使用人やイアンや社交界の人々に囲まれてはいたけれど、わたしはひとりぼっちだった。秘密を打ち明けられる人はいなかったし、どんなにつらいか話す相手もいなかった。そのうちイアンがそのことで話しあおうとしたものだから、さらに事態は悪くなったわ。わたしは放っておいてほしくて彼のことなどなんとも思っていないふりをしたのに、彼は無理やり自分と話をさせようとしたの」

リーアは黙りこんだ。一度口を開きかけて、また閉じた。

「それで？」セバスチャンは先をうながした。イアンは彼女を脅すか、怒鳴りつけるか、あるいは叩くかしたのだろう。セバスチャンは妻を奪われるとは夢にも思わなかった。結局イアンという人間をよくわかっていなかったのだ。彼がもっとひどいことをできる男だったとしても不思議はない。どのみちいまでは跡も消えているだろうが、リーアの体にあざの跡が残っていないかこの目で確かめたくなった。

だがリーアは先を続けようとはしなかった。「あなたにすべて話す必要はないわ」

「せめて、イアンに暴力をふるわれたかどうかだけでも教えてくれ」

リーアは目を丸くしてセバスチャンを見た。「まさか。イアンがそんなこと……。いいえ、そういうことはなかったわ」

セバスチャンはつばをのみ、大きく息をついた。

リーアはふたたび話しはじめた。今度は早口だった。「丸一年、わたしは誰にもふたりの情事について話さなかったわ。そこへあの事故が起きて、ついにあなたの知るところとなった。でももちろん、あなたも話したがらなかった。誰にも知られたくなかったから」

「ぼくがそう思う理由はきみだって理解できるはずだ」

「ええ。あなたを責めたりしないわ。わたしだって、自分の恥になるから誰にも知られたくなかったわけだし」

「ぼくは恥とは思っていない、リーア。ぼくは――」

リーアは向き直ると、手でセバスチャンの口をふさいだ。「最後まで言わせてくれる?」

唇に触れる彼女の手はやわらかくてあたたかかった。かすかに石鹸の香りがする。セバスチャンは目を閉じて彼女の手のひらにキスしたかったが、そうする代わりに黙ってうなずいた。リーアは手を引っこめた。

「わたしはこれ以上孤独な思いをしたくないと言いたかったの。あの事故でおしまいにしたかった。あなたがまだ怒っているのはわかるけれど、わたしはふたりのせいで、一年以上もみじめな思いをしてきた。あなたが言うとおり、舟遊びでもなんでもひとりで好きなことをすればいいのだけれど、したくないの。孤独を感じずに幸せになれるただひとつの方法が、まだイアンを愛しているふりをして彼をしのぶ茶番を演じることなのだとしたら、わたしはそれを実行するわ」

彼女は口をかすかに開いてふたたび星を見上げた。呼吸に合わせて胸がすばやく上下する。足元のランプの光に照らされて、喉元の脈が速まっているのもわかる。

「それで、目的は達成できたのか？」セバスチャンは尋ねた。

リーアは問いかけるように顔を向けた。

「こうしてパーティーを開いても、まだ寂しいかい？」

彼女はまつげを伏せてセバスチャンの視線を避けた。これが彼女の答えなのだろう。セバスチャンがもう一度尋ねようとしたとき、リーアは目を上げてからかうような笑みを浮かべた。「あなたといるときは寂しくないわ」

誘うような口調ではなく、むしろセバスチャンに孤独を癒やされるのは不本意だと渋々認めるようだった。それでも、セバスチャンはいつのまにかリーアのほうに身を寄せて、彼女の髪に手を伸ばしていた。

なんとやわらかい髪だろう。まるで指のあいだを水が流れるように細くなめらかだ。セバスチャンがその手を持ち上げてから放すと、髪はリーアの頰や喉に滝のように流れ落ちた。

彼女は小さな声をもらした。やめてほしいと言いたいのか？　それとも続けてほしいのか？　セバスチャンがのぞきこむと、リーアの目には警戒と不安が浮かんでいた。だがやがて、彼女は目を閉じた。これこそ、セバスチャンが求めていた許可の合図だった。

セバスチャンは手を彼女の頬に当てた。手のひらにほっそりした顎が触れる。セバスチャンはそのまま動かずに、ひんやりした喉と対照的な頬のぬくもりを感じ、みずみずしい肌の感触を楽しんだ。

それから、親指で唇の端にそっと触れた。ふっくらした上唇をなぞったとたん、セバスチャンは欲望に脈が速まるのを感じた。自分を抑えることができずに、彼女の唇を親指で愛撫し続けた。やがて彼女が唇を開き、熱くなめらかなピンクの舌の先が彼の親指に触れた。目を閉じ、膝の上で両手をしっかり組んだまま、彼女がためらいがちに一度ならず二度も舌で親指に触れる。セバスチャンは指を離して、彼女が目を開けるまで待った。これだけではまだ物足りないと認めさせたかった。

ついにリーアが目を開けた。セバスチャンは顔を近づけて彼女の目を見つめ、そっと顎を持ち上げると、キスをした。

唇にセバスチャンの唇が触れたとたん、リーアは体をこわばらせた。キスは、ただの愛撫や、舌で彼の指に触れるのとは違う。目を開けて、明るい緑色の瞳に燃える炎を見た瞬間、彼がキスをするつもりだとわかった。そして、彼が唇を重ねるのを許した。自分もこうしたいのだと思いこんだ。

最初、セバスチャンの口はゆっくり動き、次にリーアの唇を開かせようとした。唇の端を軽くかんだり、下唇を歯で引っ張ったり、舌で説き伏せようとしたりする。

もう充分だった。キスを返そうとしても返せない。リーアは目を開けて座ったまま、終わるまで待っていた。イアンを相手に毎晩したように。

だがセバスチャンはキスを続けた。彼の指がリーアの首をなではじめた。彼の愛撫はとても心地よかったが、抱きしめられて息が詰まり、逃げられなくなった。

リーアは彼を押しのけてぱっと立ち上がった。その拍子にランプが倒れて灯が消えた。ふたりは夜の闇と、頭上の月と星が作り出す影の中にいた。

リーアは彼を振り返った。腕と脚が震えている。「二度とわたしに手を触れないで」

セバスチャンが膝に手をついて身を乗り出すのが見えた。「リーア……」

リーアはつばをのむと、地面にかがんでランプを手探りした。しばらく爪で土や岩をひっかくうちにやっと探り当て、立ち上がった。

きびすを返して逃げ出そうかと思ったが、できなかった。リーアは闇の中でセバスチャンを見つめた。彼の表情は読めない。「なぜキスをしたの?」ささやくように尋ねた。〝わたしを欲しいなんて言わないで。わたしを求めているなんて言わないで。嘘はつかないで〟

延々と待ったが、彼は何も言わなかった。

「仕返ししたかったの?」

「どういう意味だ?」彼の声は冷たくてよそよそしかった。ふたりは配偶者同士が浮気していたというだけのただの知りあいに戻った。

「あなたはイアンとアンジェラに腹を立てている」リーアは静かに言った。「わたしを利用して仕返ししようとしたの？　ふたりがしたように、今度はあなたが裏切ることで――」

「もうたくさんだ、ミセス・ジョージ」

「教えて」リーアは粘った。早くこの場から消えてほしいと彼は願っている。こんなふうにぐずぐずしているのが自分でも愚かに思えた。わたしだってここから立ち去りたくてしかたがない。「あなたはわたしがなぜハウスパーティーを開いたか、なぜわたしが孤独だったかを聞いた。わたしは答えたでしょう？　それなのに、なぜキスをしたか教えてもらえないの？」ためらってからもう一度言った。「仕返ししたかったから？」

セバスチャンはベンチにもたれて、脚を組んで膝の上に足首をのせた。その動きに合わせて彼の影が動く。「そうだ」やがて彼は低い声でぞんざいに言った。「怒っていたからだ。仕返ししたくてきみにキスをした」

リーアはうなずいて望遠鏡に近づき、脇に抱えた。「二度とわたしに手を触れないで」

「さっき聞いた」

「でもあなたは――」

「ちゃんと聞こえた。怖がらなくていい、ミセス・ジョージ。二度とあんな間違いはしないから」

「ありがとう」リーアは庭の小道に向かった。「おやすみなさい、ライオスリー卿」そう言うと、望遠鏡を持って足早に屋敷に戻った。

11

二度とあんなこと言わないで。あの子とは離れられない。わたしは母親なんですもの。

翌朝、リーアはセバスチャンが夜明け前にリンリー・パークを発ったと聞かされるのではないかと期待して客間に入ったが、それはかなわなかった。彼はドアに背中を向けて窓辺でミスター・メイヤーたちと話をしていた。思っていた以上に脚が長く、肩幅が広く見える。ひと晩じゅう彼のことを頭から追い出そうとしたが、できなかった。彼の存在そのものが脅威であるうえに、キスの記憶が鮮やかすぎて怖かった。

無理に微笑みながら、部屋の真ん中のテーブルを囲んでいる女性たちに近づいた。「おはようございます」

「おはようございます」ミス・ペティグリューが答えた。「ご気分はよくなりました？　朝食にはいらっしゃいませんでしたけど」

セバスチャンがここに来た日から、リーアは朝食の席には顔を出していない。彼のことを考えると胃がしめつけられるようになり、朝の光が差すまで眠れなくなるのだ。もし母に瘦せすぎだと文句を言われたら、セバスチャンのせいだ。

「元気よ。でもご心配いただいてどうもありがとう。金曜日のディナーのことでいろいろと決めなければならないことがあって」レディ・エリオット、ミセス・トンプソン、ミセス・メイヤーに笑顔を見せてから、リーアは尋ねた。「今日の活動をはじめる準備はよろしくて？」

レディ・エリオットが立ち上がった。オレンジがかった茶色のドレスが、薄い赤の頰紅を強調している。若々しいというよりは、骨ばった輪郭と乾燥した肌を目立たせている。「ええ、いいわよ。一緒に殿方を呼びに行きましょう。あなたに、いとこのアンの最初の夫の話をしたいの。イアンとよく似ていたから」

レディ・エリオットと腕を組んで男性たちに近づきながら、リーアは彼女の話を聞いているふりをした。セバスチャンから目が離せなくて、話に集中できなかったのだ。彼はいま、こちらに横顔を見せて立っていた。ほかの男性たちより頭ひとつ分は背が高く、ひときわ自信たっぷりに見える。腰は細く、鼻はまっすぐで、上が薄く下が厚い唇は不機嫌そうとしか形容のしようがない。

キスをするための唇。あの唇と、わたしはキスをしたんだわ。

セバスチャンはクーパー－ジャイルズ男爵の質問に答えながらリーアのほうに顔を向けた。彼を見ていると、動物のジャガーを思い出す。こげ茶色の髪と緑の瞳に、つい魅入られてしまう。

「ミセス・ジョージ」

リーアはあわててレディ・エリオットに視線を戻した。彼女の目は警告していた。「感情をそんなにあからさまに表に出してはだめよ」

リーアは心臓がみぞおちまで沈みこんだようなショックを受けた。「なんておっしゃいました？　よくわからないんですが――」

「たしかにライオスリー卿は見た目はいいかもしれないけれど、そんなふうに彼を見つめるのはよくないわ」

リーアはごくりとつばをのみこんだ。「ライオスリー卿は夫の親友です。もちろん伯爵のことは尊敬していますけれど、あなたのおっしゃるような目ではけっして見ていません」

男性たちのいるところに到着しそうだったが、レディ・エリオットがリーアの腕を引っ張り、ふたりは向きを変えてふたたび女性たちの脇を通り過ぎた。「わたしたちはお互いによく知っているわけではないわね」レディ・エリオットは小声で言った。「それにあなたは社交界から非難を浴びる覚悟で、このハウスパーティーを開くぐらいだから、とても勇気のある人だと思うわ。でも言わせてもらえば、もう庭でライオスリー卿と会ってこれ以上のスキャンダルを招くようなことはしないほうがいいわ」

リーアは真っ青になった。自分でも顔から血の気が引くのがわかり、めまいを覚えた。これは恥じらいと当惑に襲われたせいだった。「ご覧になったんですね」喉が詰まって、低くかすれた声になった。

レディ・エリオットはリーアが失神してくずおれるのを恐れるように、組んでいた腕に力をこめた。「ええ、あなたが逃げるところを見たわ。ハワードのいびきで目を覚まさなければ、何も見なかったでしょうね。わたしは噂話が大好きなのよ、ミセス・ジョージ。あなたの秘密を友人たちに話したくてたまらない。でも、あなたのことも好きなの。これを警告だと思ってちょうだい。あなたの大胆さには感心するけれど、次回も自分の胸にしまっておけるかどうかは自信がないわ」

悪意のかけらもない愛想のいい口調だが、リーアはレディ・エリオットという女性を完璧に理解していた。彼女は望むとおりにふるまうだろう。自分の影響力を駆使して、気に入らない令嬢の結婚を阻止することも、壁の花を目も見張るような美女に仕立て上げることもできる女性だ。母を思い出させるが、レディ・エリオットは母よりもやわらかい言葉で、もっとはっきりと脅しをかける。リーアは他人に対して影響力を持ちたいとは思わないが、レディ・エリオットのように、自分が望むとおりにふるまうつもりだった。もはや自分の行動に恥じらいを感じたり当惑したりする理由もなくなった。

「ご心配ありがとうございます。もう一度申し上げますけれど、伯爵には興味ありません。でも、たとえ興味があって彼とこっそり会いたいと願っているとしても、それはそれでいいと思っています。わたしは未亡人ですし、いまとなっては世間の評判などわたしにはなんの役にも立ちませんもの」

レディ・エリオットは笑い声をあげた。面白がっているようでもあり、信じていないようでもあった。「女性はずっと自分の評判を守らなくてはならないの。わたしたちにあるのはそれだけだもの」

「申し訳ありませんけれど、それには同意できませんわ。自分の自由や幸せの障害になるようでしたら、わたしは喜んで評判を捨てます」

ふたたび男性たちのいる場所に近づきながら、レディ・エリオットは眉を上げた。「じゃあお捨てなさい。でも、そうする前にわたしに教えてね。わたしの口からみんなに知らせたいから」


何かをいらないと自分に言い聞かせるのが厄介なのは、それを繰り返せば繰り返すほど欲しくなってしまうことだ。セバスチャンはリーアに近づくなとひと晩じゅう自分に言い聞かせたが、翌日彼女を見たとたんに、なんとも思っていないというのが嘘だとはっきりした。

もしリーアもこちらを避けようとしていたら、セバスチャンも彼女の心情を思いやり、放っておいただろう。だが、彼女はそんな機会をくれなかった。避けるどころか、ほかの客に対するのと変わらぬ礼儀正しさで接した。話しかけ、一緒に笑ったばかりか、午後みんなで乗馬を楽しんだ際には障害物競走をしたらどうかとたきつけた。簡単に言えば、昨夜のキスも、そのあと逃げるように去っていったことも、まるでなかったかのようにふるまった。

たぶん彼女が必死にすべてを忘れようとしているからこそ、セバスチャンは忘れることができないのだろう。

その晩、夕食を知らせる鐘の音を聞くと、セバスチャンはリーアに向かって腕を差し出した。客の中で最高位の爵位を持つ自分には、彼女をエスコートする権利があった。よく観察していなければ彼も見過ごしていたかもしれないが、リーアは明るく礼儀正しい表情を浮かべる前に一瞬顔を赤らめた。

恐怖のせいではないし、セバスチャンを意識しているわけでもない。その中間なのだろう。

「やあ」今日、セバスチャンとリーアがふたりだけで話すのはこれがはじめてだった。ほかの客はうしろにいるので聞こえていない。

リーアはセバスチャンをちらりと見てから微笑んだ。唇を曲げただけの一瞬の笑みだった。

「こんばんは、閣下」これまで、彼女の頬がこんなふうに赤くなるのは見たことがなかった。白い肌に赤みが差すと、彼女は未亡人の喪服が似合わないほど若く、無邪気に見えた。

セバスチャンが口を開く前にリーアは歩き出し、ふたりは階段をおりて食堂に向かった。ふたりだけの時間を長引かせるためにゆっくりと歩きながら、彼はほくそ笑んでいた。何くわぬ顔をしているが、彼女も必死に昨夜のキスがなんでもなかったふりをしている。

「今夜の活人画が楽しみだ」セバスチャンはそう言ってから足を止めた。「『ジュリアス・シーザー』の場面では紙のナイフしか使わないように頼んでおかなければならないな。前にミスター・ダンロップがライフル銃を撃つのを見たことがあるが、ひどいものだった。ナイフでもあんな具合に的をはずすなら、こっちの命が危ない」

何か言うか、うなずくか、せめて鼻を鳴らすぐらいしてもよさそうなものだが、リーアは無反応だった。セバスチャンの腕にかけている手には、力がこもっていない。彼女は二度と手を触れるなと言った。ほかの人々の前で、礼儀としてぼくに触れなければならないのは、どんなに腹立たしいだろう。

セバスチャンはわずかに彼女のほうを向いて、耳元で言った。「ぼくを無視しているようだな、リーア」

リーアは肩をこわばらせ、セバスチャンの腕にかけていた手を引っこめた。このささやかな反応でぼくがどれだけ勇気づけられるか、彼女に伝えたいものだ。これは実に興味深い。かつてロンドン一の美女を手に入れた思慮深く穏やかな伯爵を演じているときにはなんの反応も見せなかった彼女が、いまのぼくに反応しているのだから。

リーア・ジョージはぼくの裏の顔を好んでいるのだ。低い声で情熱や快楽、ルール違反を語ることで挑発し、からかうぼくを。

「リーアと呼ばれるのが気に入らないか?」セバスチャンは彼女の横顔を見つめながら尋ねた。胸が大きく上下した以外に、彼女に変化は見られない。

「お好きなように呼んで、閣下」

「やっと口をきいてくれた」

「どうしようとわたしの勝手だわ。自分の舌をどう使うかも」

「ゆうべ、きみがどんな使い方をしたかはよく覚えているよ。しかし、そんなことを思い出させるとは意地が悪いな、ミセス・ジョージ」

リーアは鋭く息を吸い、ちらりとセバスチャンを見て唇をゆがめた。彼女に拒絶される前に、セバスチャンがほんの少しだけ味わったあの唇だ。

「きみがあんなにすぐに逃げていかなければ、その舌の使い方をもっとよく知ることができたのに」

今度はリーアもセバスチャンに勢いよく向き直り、揺れる帽子のリボンが頬にはね返った。彼女はむっとして肩をいからせた。「わたしは未亡人なのよ。お忘れかもしれないけれど、四カ月前に夫を亡くしたばかりなの」

セバスチャンの笑い声に、うしろの人々が静かになった。だが、彼は笑わずにはいられなかった。本気で言っているわけでもないのに、リーアの頬は真っ赤で、目には炎が燃えている。やがて周囲のおしゃべりが再開し、セバスチャンは笑みを抑えられないまま、リーアとともに階段の最後の一段をおりた。「悪かった。きみは、服や物腰で自分の立場を示そうとしているんだったね。許してくれ。それにしても、なんと美しい未亡人だ」

「からかうのはやめて」その声は穏やかだが、頬の赤みはさらに増している。「ただの気晴らしをしているみたいにふるまわないで」

「イアンをしのぶこの茶番や、スキャンダルぎりぎりのきみの言動が気晴らしじゃないなら、なんだっていうんだ？」

リーアはふたたびセバスチャンを見た。大きな琥珀色の瞳は知性にあふれて、抗《あらが》いがたい魅力を持っている。「選択よ」

「選択?」

「自分を試すための選択なのよ」

食堂に着くと、セバスチャンは会話を長引かせたくて、ふたたび足取りを遅くした。テーブルに着いてしまえば、ほかの客の手前、ふたりきりの会話はできなくなってしまう。

「で、どんなふうに試したい?」セバスチャンはリーアの耳元で尋ねた。やわらかい耳に唇をはわせたくてたまらない。昨夜のように逃げられるにしても、ありそうもないことだが身を寄せられるにしても、もう一度彼女から反応を引き出したかった。

だが、自分を試したくもあった。彼女への思い、ふたりのあいだに流れる肉体的な誘惑、それ以上のものがあるのかどうか。それに互いに認めようとはしないが、それぞれが抱いている親近感を試したい。

それなのにリーアがそのまま歩き続けるので、セバスチャンも椅子までエスコートしないわけにはいかなかった。「お料理を楽しんでください、閣下」彼女はほかの客にも聞こえるよう、明るい声で言った。

リーアはこういう自分の姿をセバスチャンに、そしてほかの客に見せたいのだ。だが彼はリーアの違う一面を見てしまった。もう、彼女が差し出す一部では満足できない。いまだにセバスチャンは信じられなかった。ほかの人たちと同様、彼はリーアが孤立し、イアンの行動を通してのみ息を吹き返す壁の花にすぎないと思いこんでいたのだから。

テーブルの上座はイアンをしのんで空席になっていた。リーアはその脇に座り、セバスチヤンは彼女の向かい側に座った。リーアはエリオット夫妻と話しはじめた。ハウスパーティーの期間中、彼女は少しずつ自分の本当の姿を周りに見せるようになったが、まだすべてを見せていない。やさしさや頭の回転の速さは誰もが気づいたはずだが、強さと弱さを見たのはセバスチャンだけだ。他人の秘密を守り、一方で相手にも自分の秘密を守ってもらうというのは面白い感覚だった。イアンとアンジェラの関係だけでなく、世間には隠している深い部分を理解しあっていることも、ふたりの秘密だ。セバスチャンは妻よりもリーアのほうをよく知っている気がした。そしてリーアもまた、誰にも明かしたくなかった彼の一面を知っている。怒りと悲しみ、不快感、絶望がもたらした恨みといった感情ばかりか、いまでは彼女に対する欲望も知っているだろう。

従僕がリーアのワインを注ぎ足そうと進み出た。彼女は膝の上で手を組んで、体をうしろに引いた。そのときにセバスチャンと目が合った。セバスチャンは自分のグラスを上げて無言で乾杯の合図をしてから、ワインを口に運んだ。従僕がテーブルから離れると、セバスチャンはグラスの縁からリーアを見つめた。その瞬間、すべてが変わった。

彼女の目を見てそれがわかった。隠しもせず、恐れる様子も見せず、彼女はその瞳に、本来なら隠すべき欲望を宿らせていた。

リーア・ジョージもまたぼくを求めている。

夕食が終わると、リーアは立ち上がって客に告げた。「ちょっと失礼しますが、すぐに戻りますので、みなさんは客間にいらしてください」

「どうかしたの？」レディ・エリオットがリーアからセバスチャンに視線を移しながら尋ねた。

「いいえ、ちょっと家の中のことで片づけなければならない用事があって」リーアは食堂から出ていく全員を笑顔で見送った。セバスチャンもそのひとりだ。

ほんの一瞬でいい。ほんの一瞬でいいから、一人になりたかった。そのあと、客間でふたたび自分のすべてを見通すようなセバスチャンのまなざしにさらされるのだ。リーアにとって、ハウスパーティーはもはや楽しいものではなくなっていた。いまは、とにかく彼に立ち去ってほしかった。これ以上そばにいたくない。ふたりのあいだに漂う無言の問いかけにも、彼が近づくたびに体がそちらに寄りかかるような気がすることにも、冷静で動じないふうを装うとき、それに反抗するかのように脈が速まることにも耐えられなかった。

ヘロッドに声をかけ、ミセス・ケンブルを呼びつけた。廊下を歩いてくる足音が聞こえたので、リーアは彼女と話すつもりで食堂を出た。

廊下にセバスチャンがいた。腕を組んで、少し離れたところで壁に寄りかかっている。リーアを待っていたのだ。

耳の奥で響く心臓の音を意識しながら、リーアはミセス・ケンブルに言った。「ディナーパーティーのメニューをひとつ変えなければならないのを思い出したの。鶉《うずら》をやめて家鴨《あひる》にするよう料理人に伝えてちょうだい」

「かしこまりました」ミセス・ケンブルは小さな手帳に走り書きをした。手帳はいつも持ち歩いているので、腰につけている鍵の束同様、彼女の一部になっている。

リーアはセバスチャンが視界に入らないよう、完全に背を向けた。だがそうしたところで、体はやはり彼の存在を意識し、視線を感じていた。顔がほてって赤くなる。「ああ、それからもうひとつ。デザートに、ブラックベリーのタルトを追加してちょうだい」

「ほかに何かございますか?」

リーアは落ち着きなく体を動かした。すべてのメニューを変更すると言えば、時間がかかるので、彼もあきらめて客間に行くかもしれない。「いいえ、これで全部よ」

「承知しました。では、すぐに料理人に伝えます。失礼します、マダム」お辞儀すると、ミセス・ケンブルは手帳を小脇にはさんで急いで退散した。

リーアは深く息を吸ってからセバスチャンを振り返った。何も言わずに横を通り抜けたかったが、いつものように礼儀正しく平静を装い、愛想よく微笑んだ。「みなさんがしびれを切らしたのかしら?　わたしを捜すように言われて来たの?」

セバスチャンは質問を無視して前に進み出た。リーアとの距離は三〇センチしかない。

「きみとふたりきりで話したかった」

リーアは眉を上げ、彼から離れて歩きはじめた。「今度にしましょう。みんなが待っているし、今日は長い夜になるわ。あなただってジュリアス・シーザーの衣装に着替えなければならないんでしょう?」

トーガを一枚まとっているだけのセバスチャンを想像したら、リーアは何も考えられなくなった。

「きみはぼくを避けている」彼が歩調を合わせたので、開いた距離を保とうとするリーアの試みは失敗に終わった。「残念だ。昼間はもっとうまくやっていたのに」低い声が嘲るように言った。

リーアはまっすぐ前を見つめていた。昨夜はっきりさせなかった？　わたしは彼を求めていない。「とんでもない。客間であなたと話すのは大歓迎よ。でも、ほかの人たちに失礼になるようなことは――」

階段の下まで来ると、セバスチャンはリーアの腕をつかんで自分のほうを向かせた。「ゆうべの過ちを謝りたいだけだ。ぼくを恐れることはない、リーア」

客間からの声が聞こえてくる。リーアは上階に目を向けてから、セバスチャンを見た。「わたしはあなたを恐れていないわ」二度と同じことを言わせないよう、彼の目をまっすぐ見つめて言った。

「だったらなぜ逃げた？」

「手を離していただける？」

セバスチャンは自分の手を見おろした。指がリーアの手首に巻きついていた。彼は手を離す代わりに、喪服の袖口から指をすべりこませて、やさしくなでた。

リーアは手を引っこめた。手首から胸へ、そして腿のあいだへと広がる炎を無視しようと努めた。「なんてことするの」そうささやいてから、背筋をまっすぐ伸ばし、優雅で落ち着いた足取りで階段をのぼった。堂々とした態度だが、実際はまたしてもセバスチャンから逃げている。それはふたりとも承知していた。

半分のぼったところで、セバスチャンの声が下から聞こえてきた。ひそめていても力強いその声に、リーアの体に震えが走った。「ゆうべ言ったことは嘘だ、ミセス・ジョージ」

リーアはスカートをしっかりつかんでのぼり続けた。

「きみにキスをしたのは、イアンやアンジェラに仕返ししたかったからじゃない」

リーアはドレスのすそを踏んで転びそうになった。手すりに手を伸ばしながら、階段の上に目を据えていた。そこにはイアンの曽祖母が描いたリンリー・パークの風景画がかけられ、薔薇柄の布張りの椅子が二脚置いてあった。

セバスチャンの容赦ない声が、挑むように追いかけてくる。「きみにキスをしたかったからだ。きみが欲しかったから」

リーアは震える脚で階段を最後まで駆けのぼった。客間のほうを向いたときには息が浅くなっていた。

「リーア」

名前を呼ぶ声に、ほんの一瞬だけセバスチャンを見おろし、ふたりの目が合った。彼の顔にはっきりと欲望が浮かんでいる。そしてリーアは小さくあえいで逃げた――セバスチャンから、そしてリーア自身の欲望を映し出す彼の表情から。

12

明日お返事を送ります。一昨日この一節に気づいて、あなたのことを考えました。何が起きようと、あなたを愛しています。〝与えたいと願うわたしの心は海のようにかぎりなく、愛は海のように深いのです。あなたに差し出せば差し出すほどわたしの愛は増します。どちらも尽きることがないのですから〟

翌日、リーアはハウスパーティーの内容を変えた。一緒に行動するのではなく、男性陣には釣りや狩りや乗馬といった田舎のハウスパーティーらしい昔ながらの娯楽を勧めた。何をするかは好きに選んでもらった。セバスチャンが近づいてこないかぎり、彼らが何をしようとかまわなかった。女性陣は主に屋内に残り、おしゃべりをしたり編み物をしたり、音楽室で楽器を演奏したりした。午後遅くなってからはじめて庭に出て、男性陣が来そうにない場所を散歩した。

夕食の席では、客の中でもひときわ話し好きなレディ・エリオットとミスター・ダンロップに、社交界シーズンの終わり頃に耳にした噂や、各所のハウスパーティーで語られている話題をみんなの前で披露するよううながした。

その後、トランプをするときも、リーアはセバスチャンの近くに座らなくてすむよう気をつけた。リーアが避けているのはお互いわかっているが、それでも彼が近づいてこようとしなかったことも、リーアがほかの客と話すところを見張ろうともしなかったことも、リーアにとっては予想外だった。どうやら彼はわたしを信用するようになったらしい。すぐにその過ちに気づくことになるでしょうけれど。

翌日はディナーパーティーの日であり、ハウスパーティーの最終日でもあった。この日ばかりは、リーアも早く起きて朝食の時間に間に合った。だが、自分の食事は用意させずに、テーブルの前に立って一同に告げた。

「申し訳ありませんがスウィンドンまで行かなければなりません。今夜のディナーパーティーでみなさんを驚かせるために用意していることがあるんです」

「驚かされるのは大好きよ」ミセス・メイヤーが夫を見ながら言った。ミスター・メイヤーもうなずいた。

「わたしは数時間留守にします」リーアはヘロッドを手招きした。そして、活人画の晩に書いたリストを渡した。それを書いていたおかげで、あの晩はセバスチャンの言葉について考えることも、ハンサムな悲劇の主人公、ジュリアス・シーザーに気をとられることもなかった。「でも、みなさんはいまわたしがヘロッドに渡したリストをご覧になってください。イアンが好きだった娯楽がまだいくつか書いてありますから」

一同の顔に好奇心が浮かんだが、誰もそれ以上の説明は求めなかった。セバスチャンすら何も聞いてこなかった。だが、こちらに向けられる彼の視線は、背中を向けて部屋を出るときにもはっきり感じられた。

馬車に乗りこむと、リーアは一時間以上かかる馬車の旅に備えて緊張を解こうとした。リーアの向かいの席に置かれた長方形の箱には、人目のあるところでは着るつもりのなかった黒いオーガンジーのドレスがきれいにたたまれて入っている。

未亡人になって間もないが、しきたりに反抗しようと決めている。だから今夜は踊ることにした。

自分を試すため。あの晩リーアはセバスチャンにそう言った。このハウスパーティーそのものが――開催を決め、招待状を送ったことから、自分だけが楽しめる娯楽を計画したことまで――すべてがこれからは好きなように生きるという決意を試すためだった。他人の期待にそうのではなく、イアンの死後手に入れた自由によって自分の幸せを見つけることが、リーアの選んだ道だった。

たとえ社交界の大半が喪中の未亡人にふさわしくないと眉をひそめても、ディナーパーティーで踊りたければ、踊ればいい。喪に服していることを茶化しているような黒いオーガンジーでドレスを作るだけでは飽き足らず、大胆なデザインに変えたいと思ったら、そうすればいい。すべては自分で決めたことだ。レディ・エリオットにも言ったように、この手で作り出した幸せのほうが、評判よりもずっと重要だ。

相応の結果を招くだろう。何ごともなく無事に終わると思うほど、おめでたくはない。だが生まれてはじめて、リーアはどんな結果になろうと怖くないと思った。

うしろに流れていく丘や灌木《かんぼく》を眺めながら、今夜ディナーのあとにダンスがあると伝えたらセバスチャンはどんな反応を見せるだろうかとぼんやり考えた。

本当は、今朝全員に告げるつもりだった。女性たちは大喜びしただろう。だが、庭でセバスチャンにキスをされ、彼との関係がぎくしゃくしたために考え直した。午後、客がディナーのための着替える前に告げることにした。それなら、近隣の自宅から来る客たちもそれぞれ家で支度をはじめる頃だから、セバスチャンがパーティーを中止にしようとしてもう遅い。

もっと興味深いのは、わたしが踊るつもりだと知ったときのセバスチャンの反応だった。それも大胆なドレスを着ると知ったら、彼は何をするだろうか。

怒り狂うだろう。それは間違いない。

セバスチャンがどんな反応を示そうと、踊るのもドレスを着るのも彼のためではない。庭であんなことがあってセバスチャンを避けてはいるが、まだ自分の中にイアンにとらわれている部分がある。今夜でそれを捨てて、本当に自由になるつもりだった。

馬車が大きく揺れながら角を曲がり、ドレスの箱が座席の上を滑った。リーアは箱が床に落ちないよう、自分の膝にのせた。そのままスウィンドンに着くまでしっかり抱えていた。

仕立て屋のミセス・ネヴィルは、店の入り口でリーアを迎えた。ロンドンの店と比べればかなり小さく、助手はひとりしかいない。リーアはミセス・ネヴィルに案内されて奥の部屋に入った。うつむいてスカートを縫っている助手の姿があった。

ミセス・ネヴィルはリーアのヴェールからほこりにまみれたスカートまで全身をじっくり眺めた。喪服を着ているので、怪しんでいるだろう。だがしばらくすると、彼女は両手を差し出した。「それが手紙でおっしゃっていたドレスですね？」

リーアはためらった。いまになって箱を渡したくなくなった。

「マダム？　夜までに直してほしいんですよね？」

目に見えない一線を越えたように感じながら、リーアはうなずいてミセス・ネヴィルの手の上に箱を置いた。「ええ」

「ヘレン」ミセス・ネヴィルは助手に声をかけた。「そのスカートはあとにして、ミセス・ジョージの着替えを手伝ってちょうだい」

助手はリーアのヴェールとボンネットをはずし、地味な黒いドレスのボタンをはずして頭から脱がせた。

近くのテーブルでは、ミセス・ネヴィルが箱を開けてドレスを取り出していた。彼女はリーアに意味ありげな笑みを向けると、ドレスをなでた。「どういうものをお望みなのか、わかってきた気がしますわ、ミセス・ジョージ」

ヘレンの手を借りて、リーアはオーガンジーのドレスを着た。まだ作り変える前なのに、向かいの壁の鏡に映った自分の姿を見て、うれしく思わずにはいられなかった。色は馬車の事故以来着続けてきた黒だが、立ち襟と袖口には喪服につきものの白い縁取りがない。この生地はボンバジンのようにかたくなく、クレープのようにしわも入っていない。明かりを受けて青みがかったきらめきを発するスカートは、指から流れるようにしなやかだ。対照的に、その下のペチコートはかたくてきつい。

ミセス・ネヴィルはリーアのウエストを測りはじめた。彼女が背後に回ると、その指が長く連なるパールのボタンをなぞるのがわかった。「これはどうしましょうか？　よろしければ縁につけかえますけれど？」

リーアは鏡に映る大胆な女を見た。ひるむことなく自分の目を見返したのは久しぶりだった。「ええ、そうしてちょうだい、ミセス・ネヴィル」

三〇分後、仕立て屋は胴まわりから肩幅まですべて測り終え、一歩さがった。「結構ですわ、ミセス・ジョージ。たいして時間はかかりません。六時までにはお届けします」

リーアはうなずいてから、もう一度鏡を見て微笑んだ。

「あれはいい馬だが、デリーハウ卿のほどじゃないね。デリーハウ卿の牝馬は去年アスコットで見た。最初のカーブを曲がった直後に左脚を痛めたが……」セバスチャンの次の言葉は、リーアが客間に入ってきた瞬間に消えた。

「でも、血筋はずっといいですよ。種馬は――」入ってきたばかりの美しい女性にまだ気づいていないらしいクーパーージャイルズ男爵の声を、セバスチャンは頭からしめ出した。

「ライオスリー卿？」

セバスチャンは部屋の入り口を示した。「ミセス・ジョージが今夜の準備から戻ったようだ」

朝から昼過ぎまで客を放っておかなければならなかったほどの準備だ。何をしていたかは彼にもわからない。だが、喪服に似合う厳かな態度を装ってはいるものの、リーアの目は喜びに輝いていた。セバスチャンは窓にもたれかかり、指でカーテンをもてあそびながら、首を巡らせて外を見た。昨日は彼女に近づかないよう努力したが、常にあの晩のキスと、彼女の目に浮かぶ欲望がよみがえってセバスチャンを悩ませた。彼はカーテンを放してリーアを見た。それとも、欲望が見えたと思ったのは気のせいだろうか？　あれ以来、一度もそんな兆候は見られない。

「これまで黙っていて申し訳ありませんが――」リーアが言った。「すべてがきちんと整うまで待ちたかったのです。今夜、ディナーのあとに楽団を呼んでいます。ディナーパーティーとハウスパーティーを、ダンスでしめくくりましょう」

リーアが客間に現れたときには夜への期待でざわめきが起こったが、ダンスのことを告げたとたん、みな静まりかえった。沈黙の中で全員の頭に浮かんだ疑問はただひとつだった。ミセス・ジョージも踊るのだろうか？

セバスチャンは歯を食いしばって、みなと一緒に彼女の答えを待ったが、すでに答えはわかっている気がした。自由になりたいというリーアの思いは理解しているし、ほかのやり方なら後押しもしたかもしれない。もし彼女が踊れば、噂は恐ろしい勢いで広まるだろう。イアンとアンジェラの関係やヘンリーの生まれにまでは疑いが及ばないかもしれない。でも、〝かもしれない〟では安心できなかった。

リーアが頭を傾けると、その動きに合わせて帽子のリボンが揺れた。彼女の姿勢、表情、動きのすべてが、つつましさとおとなしさを表している。セバスチャンは腕を組んで彼女を見つめ、何を考えているのか探ろうとした。

「前にも申し上げたように、これがふつうのハウスパーティーでないのはわたしもわかっています。でも最後の晩ですから、お越しいただいたみなさんに感謝の気持ちを伝えたかったんです。イアンはいつもダンスを楽しんでいました。今夜はみなさんにも楽しんでいただけたらと思います」

セバスチャンは眉をひそめた。リーアはみんなに楽しんでもらいたいと言ったが、自分が踊るかどうかは言っていない。

「あと一時間もすればほかのお客さまも到着すると思うので、わたしは失礼して夕食のために着替えてきます」

背中を向けて客間を出ていくリーアに、セバスチャンも感心せずにはいられなかった。彼女のほんのわずかな言葉で、みなの疑問はさらに深まった。彼女はディナーには現れるつもりだ。それだけははっきりしている。だが、ダンスは？　そして、参加するとしても見ているだけなのか、実際に踊るのかはわからない。

夜への期待を募らせるには最高のやり方だ。だがセバスチャンは夕食の前に彼女を問い詰めて真意を聞き出そうと心に決めた。

リーアが出ていくと、ほかの女性たちも着替えのために客間を出ていった。男性たちは部屋に戻る前に、馬のことやこれから訪れる狐狩りのシーズンについて話しはじめた。

ただし、セバスチャンは待たなかった。客間を出て、反対の翼棟に向かい、じきに女主人用の寝室を見つけた。廊下を見渡して、誰にも見られていないことを確かめると、ドアを一回、次に二回ノックした。

セバスチャンを苦しめるかのように、リーアが服を脱ぐ光景が頭に浮かぶ。

彼は顔をしかめてもう一度ノックした。ドアのすぐ向こうから足音が聞こえたので、脇に退いた。メイドのひとりかもしれないが、リーアが着替えているところを偶然目にしてしまう危険は避けたかった。もしかしたら、顔と手以外の肌を見てしまうかもしれない。

ドアのかちりという音がして、戸口から丸い顔がのぞいた。リーアの侍女は目をぱちくりさせた。「はい、閣下？　何かご用でしょうか？」

セバスチャンは壁から離れた。「ミセス・ジョージに伝えて――」

「ライオスリー卿なの？」部屋の中からリーアの声がした。

侍女は振り返った。「はい、奥さま」

衣《きぬ》ずれの音がして、侍女の顔が消えた。代わりに、クレープ地の喪服を着たリーアが現れた。だが、帽子はなく、髪はおろしている。メイドがこれから整えるのだろう。金色の琥珀のように輝く明るい茶色の髪が、肩や顔の横にかかっている。ほんの数日前の夜、セバスチャンが触れてしまったあの髪だ。

リーアはセバスチャンを見て微笑んだ。前に見せた弱さや不安は、笑みの裏に隠れている。手を伸ばしてまたあの髪に触れたい。唇を親指でなぞって、彼女の顔から偽りの表情が消えるところを見たい。そう思ったが、セバスチャンはこらえた。

「今夜、わたしが踊るかどうか知りたいんでしょう?」淡々とした調子でリーアは言った。

「ぼくの考えていることはお見通しか?」セバスチャンはリーアの顔を見つめながら、対照的なアンジェラの顔を思い浮かべようとした。ひとりでいるときにはアンジェラをはっきり思い出せる。記憶を振り払おうとしても、目を向けた先にいつも彼女の顔があった。壁紙の柄の中にアンジェラの横顔を見たり、夜、背中をこちらに見せてベッドに横たわる彼女の姿を思ったりする。ぎゅっと目を閉じて頭から追い出そうとしても、闇の中には彼女が居座り、忘れることができない。

だが、いま頭に浮かぶアンジェラの姿はかすかな影のようで、はっきりした形を取る前に消えていった。目に映るのはリーアだけだった。ほっそりして色白で、喪中というしきたりに縛りつけるにはあまりに生き生きとしている。

「お見通しというわけではないけれど――」彼女は首をかしげて言った。「あなたの考えそうなことがわかってきたの」

「そうか？」セバスチャンは彼女の目を見つめ、明るく澄ました顔の裏に隠した本当の感情を探ろうとした。侍女がうしろにいなければ、このまま部屋に押し入ってまたキスをしていただろう。

「わたしが今夜踊るかという質問の答えだけれど……」リーアはにっこりしながら顔を近づけた。ほんのわずかだが、一気に空気が薄くなったように感じられ、セバスチャンは息苦しさを覚えた。「答えはイエスよ」そう言い残してリーアはドアを閉めた。掛け金のかかる音が大きく響いた。

セバスチャンはドアを見つめながら歯ぎしりをし、もう一度ノックした。だが返事はなかった。「ミセス・ジョージ」廊下を見渡しながら静かに声をかける。やはり返事はない。「ミセス・ジョージ」今度はもう少し大きな声で言った。「ミセス・ジョ――」

廊下の端のほうから声が聞こえてきて、セバスチャンはドアから離れた。リーアの寝室の前にいるところを誰かに見られては、ろくなことにならない。何よりもスキャンダルを避けたいと思っているのだからなおさらだ。

最後にもう一度ドアをにらんでから、向きを変え、支度のために自分の部屋に向かった。リーアは今夜踊る気でいるようだが、誰もダンスを申しこまなければ、それもできなくなる。

ディナーパーティーは盛況だった。客はみな機知に富んで魅力的だった。女性は豪華なドレスに身を包み、男性も正装をしている。一同がダンスのために広間に移ると、楽団がこれまでリーアが聞いたこともないほど見事な演奏をはじめた。まだオーガンジーのドレスに着替えていなくても、リーアにとっては夢のような輝きを放つ夜だった。こんな時間を自分が作りあげるなんて考えたこともなかった。あらゆるしきたりに反抗する夜が来るなんて。

幼い頃から、母は毎晩髪をとかしながらリーアにいろいろな話をした。小さな女の子の頭を王子さまや王女さまでいっぱいにするおとぎ話ではなく、悪いことをした母の友人たちの娘の話だった。兄や弟と泥だらけになって遊んだ子もいれば、ベッドの中に子犬を隠した子もいた。次第にリーアはイングランドの道徳の鑑とも言える母が、自分に何を求めているかだけでなく、何をすると眉をひそめるかも学んでいった。

人をじろじろ見てはいけません。げっぷをしてはいけません。レディーは毎晩、少なくとも一〇〇回は髪をとかさなければなりません。けっして男の人とふたりきりになってはいけません。いつも背筋を伸ばして座りなさい。社交界デビューの舞踏会では白を着て、喪中のあいだは一年間黒を着ること。太りすぎないよう、痩せすぎないよう気をつけなさい。笑いたくないときでも微笑みなさい。踊りたくないときでも踊りなさい。ただし、同じ人と踊るのは二回まで。いつでも完璧を目指しなさい。

そして、しきたりは絶対に守ること。

今夜、リーアが計画しているのはしきたりを破ることにほかならない。

リーアはセバスチャンに向かって微笑んだ。微笑みたかったからではなく、そうせずにはいられなかったからだ。今夜は、彼に見つめられたときに下腹部にわき上がる喜びを無視するのはやめた。彼のそばから逃げることもしない。少なくともいまは。片足でこつこつと床を叩き、舌にさっき飲んだワインの甘さを感じながら、リーアは空気のような軽い気分を味わっていた。幸せだった。自由だった。そして今夜だけは、セバスチャンの目に浮かぶ欲望を本物だと信じたかった。

「あなたも踊ってきたら？」リールを踊る客を眺めながら、リーアはセバスチャンに言った。

「きみの隣にいるほうがいい」

リーアは笑った。甘い言葉だが、そこにこめられた疑念を彼は隠そうともしない。「わたしのそばにいることにそんなに惹かれるの、閣下？」

ダンスフロアに顔を向けていたセバスチャンは振り返った。彼の視線はリーアの唇にしばらくとどまってから目に向けられた。「きみのすべてに惹かれるよ、ミセス・ジョージ」

顔から爪の先まで真っ赤になっているに違いないが、リーアはそれを無視して唇をしっかり閉じた。そして、踊っているミス・ペティグリューとミスター・ダンロップを見つめた。

「今日はとてもハンサムね、閣下」

「なんだ、これは？　美しい未亡人からのお世辞か？」

「見たままを言っただけよ」

「飲みすぎじゃないか？」

リーアは唇の片端を上げて、横目でセバスチャンを見た。「そうかもしれないし、正直になっただけかもしれないわ」

その言葉に、彼は真顔になった。セバスチャンが顔を近づけてきたとき、リーアは噂になると警告しようとしたが、先に言葉を発したのは彼のほうだった。「気をつけないと、ぼくも正直になるかもしれないぞ」

階段できみが欲しいと言われたことを思い出し、リーアは不意に脈が速まるのを感じた。いま彼は、腕が触れあいそうなほど近くに立っている。リーアは手を上げて、彼の肩に落ちた髪を払うまねをした。自分を甘やかすためのささやかな触れあいだった。こんな触れあいも、以前なら自分に必要だと認めることすらできなかった。「これまでずっと気をつけてきたわ。ちょっと退屈になってきたけれど」

ちょうどクーパーｰジャイルズ男爵がセバスチャンの前で立ち止まり、声をかけてきたので、リーアはその場を離れた。セバスチャンはすぐに追いかけてくるだろう。レディ・エリオットとミセス・メイヤーにうなずきかけながら、リーアはふたりの横を通り過ぎた。ミセス・トンプソン以外は誰もが踊っていた。紳士たちにリードされて踊る女性たちのドレスが大きく翻った。リーアは今夜の舞踏室となっている広間の端から離れなかった。ときおり踊っている人たちのあいだからセバスチャンの姿をとらえると、彼も必ずこちらを見ていた。実際には追いかけてこなくても、彼の視線が追いかけてくる。

リールが終わると、エリオット卿とミスター・ハラデーがセバスチャンとクーパーｰジャイルズ男爵のほうに近づいていった。ミス・ペティグリューと、パーバリー子爵の親戚のミス・サンダーズがリーアのところにやってきた。

「ちょっと失礼しようと思っていたところなの」リーアは言った。

「失礼するって?」ミス・ペティグリューは頰をほてらせ、おでこにうっすら汗をかいている。リーアはうなずいて、破れたスカートのすそを少し持ち上げてみせた。夕食の前に、はさみで切れ目を入れてから手で引き裂いておいたのだ。

「足を引っかけてしまって。すぐに戻るわ」

「ご一緒したほうがよろしいかしら?」ミス・サンダーズが申し出たが、すでに彼女の顔はセバスチャンのもとを離れてこちらに近づいてくるクーパー＝ジャイルズ男爵のほうを向いていた。

「あら、いいのよ。どうもありがとう。どうぞダンスを続けて」ミス・ペティグリューに微笑みながら、リーアはふたたびセバスチャンに目をやって、見られていないのを確かめてから急いで広間をあとにした。

寝室に戻ると、暖炉の前の椅子に座って待っていたアガサに合図した。「急がないと」

侍女がドレスのひもをほどくあいだ、リーアは未亡人用の帽子のピンをはずした。髪はあらかじめアガサに編んでもらっている。リーアは鏡をのぞきこんで頭頂部の三つ編みに手を触れた。「ここがほどけそうだわ」

「一分で直せます」

「いいえ、気にしないで。時間がないから。ワルツまでには下に戻りたいの」

ドレスを見たセバスチャンが驚きのあまり外聞を忘れて、ほかの客がなんと言うかも気にせずダンスを申しこんでくれたらいいのだけれど。リーアの一部はそう願っていた。だが彼に申しこまれなくても、これを着て広間に入るときこそ、わたしにとっての何よりも大事な瞬間だ。人になんと言われようと踊ろうと決意して、このオーガンジーのドレスを仕立てた。わたしはもう礼儀やしきたりの奴隷ではなく、人の気まぐれに従う必要もない。母の批判におびえ、夫の不実に泣くつまらない女ではないのだ。

リーアはクレープのドレスを脱ぎ、ベッドに広げてあるオーガンジーのドレスに近づいた。ミセス・ネヴィルの仕事は完璧だった。背中が開いていて襟ぐりが深いので、頭からかぶっても髪も乱れない。ミセス・ネヴィルが正確に寸法を測り、体にぴったりだとわかっている。それでも背中に感じる空気と肌をなでる生地のせいで、ドレスがゆるく体から滑り落ちるような気がした。

テーブルの前に座ってダイヤのイヤリングを手に取った。「自分でもこんなことをしているのが信じられない」イヤリングを着けながら、鏡の中の自分に言う。アガサがそろいのダイヤのネックレスを留めてくれた。軽やかに動く生地と比べてネックレスの留め具はうなじに重く、銀の鎖は冷たく感じられた。

メイドがうしろにさがると、リーアは立ち上がった。最初にオーガンジーの生地を買ったときのように、両腕を広げて微笑みながらその場でくるりと回ってみた。「どうかしら?」

メイドは笑みを返した。丸い頬に目が隠れそうなほどの満面の笑みだった。「おきれいですわ、奥さま」

「ありがとう」リーアは腕をおろした。だが今夜は、美しく見えるかどうかが問題ではない。ただ、未亡人らしく見えなければいい。望みはそれだけだった。

これ以上何を望めるというの？　わたしをからかうなんてひどいわ。そんなことができると思わせるなんて。

13

セバスチャンが広間の外を行ったり来たりしていると、リーアが姿を現した。

いったいあれはなんだ？

どういうつもりだ。

この四カ月間セバスチャンが見てきた未亡人は、変貌を遂げていた。未亡人用の帽子を脱ぎ、髪はきれいに編んでまとめている。身に着けているのは黒い地味なアクセサリーではなく、ダイヤだ。ドレスは一見したところ黒だが、青い糸が織りこまれているらしく、歩くたびに光を受けて青と黒にきらめく。

だが幸いなことに、ドレス自体は控えめだ。袖は手首まであるし、ボディスも首まで隠している。近づいてくる彼女を見てセバスチャンの心に浮かんだよこしまな考えは、ドレスのデザインではなく、想像力によって生み出されたものだ。

セバスチャンに気づくと、リーアは笑みを消して歩みをゆるめた。「まだ見られたくなかったのに」

セバスチャンは前に進み出た。広間に入るのを阻止するためだと自分に言い聞かせたが、本当はただ彼女に近づきたかった。「自分の部屋に戻れ。さっきの服に着替えるんだ。そして、頼むから今夜は踊ろうなんて考えないでくれ」

リーアは首を振って横をすり抜けようとしたが、セバスチャンは腕を伸ばした。リーアは大きく息を吸って彼を押しのけた。それから振り返って彼の目を見つめた。「わたしには必要なことなの」

「ヘンリーを傷つけることになるかもしれないんだ。許すわけにはいかない——」

「お願い、セバスチャン。わたしの行動がイアンとアンジェラの噂につながるなんて考えられないわ」

「きみの言うとおりかもしれない。ぼくは無駄な心配をしているだけかもしれない。だが、もし真実が暴かれたら、あるいは真実は知られないまでも噂が流れたりしたら、ヘンリーはどうなる？　いずれ周りがあの子の父親は誰だろうと疑問を持つようになるだろう」

「そんな疑問を持つのは愚か者だけよ」リーアは正気ではないと言わんばかりにセバスチャンを見つめ、ゆっくり言った。「あの子はあなたにそっくりだもの」

「そうか？　髪はどうだ？　瞳の色は？」セバスチャンは腕をおろしてさらに近づいた。彼女の石鹸の香りが媚薬《びやく》のように感じられた。「いつかはぼくの子どもだとはっきりするかもしれない。あるいは、必死にどこか似たところを探しても、何も見つからないかもしれない。いまはヘンリーのことだけを考えてほしいんだ。あの子がぼくの息子であれば、それがはっきりする日までそっとしておいてほしい。もしそうでないなら……」荒い息をついて、リーアの頬を手で包んだ。「それでもあの子はぼくの息子だ。頼む、リーア。危険を冒さないでくれ」

リーアが目を閉じた。一瞬、セバスチャンはうまく説得できたと思った。だが、彼女はふたたび首を振り、目を開けて申し訳なさそうに微笑んだ。「ごめんなさい」そうささやくと、セバスチャンの脇をすり抜けていった。捕まえようとしたセバスチャンの指から、彼女の袖がするりと逃げていった。

リーアは広間の戸口で立ち止まり、あとを追ってくるセバスチャンを振り返った。彼は大きくV字形に開いた背中に気づいて、目を見開いた。

リーアはそのまま部屋の端を進んでエリオット卿とミスター・メイヤーのそばで立ち止まると、次のダンスが――ワルツがはじまるのを待った。

耳鳴りがして、彼らが何を話しているかはよく聞こえなかった。けれどもしばらくして、話が聞こえなくなったことに気づいた。エリオット卿は口を閉じ、額にしわを寄せてこちらを見つめている。リーアは彼に向かって微笑んでお辞儀をし、振り返ったミスター・メイヤーにも同じことをした。

それから数秒のうちに、客がひとりずつリーアを振り返った。しまいにはダンスフロアで踊っていた人たちも立ち止まった。続いて楽団も演奏を中断した。

セバスチャンが背後からリーアに近づき、手袋をはめた手を彼女の腰に添えた。「踊りたかったんだろう?」笑みを含んだ声だった。前に回った彼の顔を見ると、笑みというより歯を食いしばっていたのだとわかった。

リーアは彼の腕に手を置いて顎を上げた。「ええ、そうよ。踊りたいわ」そして、楽団に合図した。「ワルツをお願い」

セバスチャンが部屋の中央まで導き、ふたりは位置について音楽を待った。リーアはセバスチャンの肩に、セバスチャンはリーアのウエストに手を置き、もう一方の手を握りあった。広間じゅうからささやき声が聞こえる。やがて音楽がはじまり、ふたりは踊った。

「ワルツが終わったら、みんなに説明するといい。イアンのためだったと言うんだ。信じてはもらえないだろうが、理由がないよりはいい」セバスチャンはリーアの手を握る手に力をこめた。唇をかたく結んだまま、彼女の頭の向こうを見つめている。「もちろん、ドレスも着替えなければならない」

「このドレス、あなたは好き?」

「ぼくが好きかって?」答えはノーだ。それを脱がせたいかと聞かれれば、イエスと答える」セバスチャンはふたたび彼女に視線を戻した。リーアは深い緑色の瞳に見つめられ、彼の欲望にからめ取られた。「その理由はひとつじゃない、リーア」

「ミセス・ジョージでしょう」リーアは静かに言った。

セバスチャンのリードでふたりは踊り続けた。リーアは周囲を見て、ごくりとつばをのみこんだ。誰も踊ろうとせず、ただこちらを見つめている。

これまでならきまり悪くて赤面するところだが、リーアはセバスチャンを見上げて微笑んだ。「わたしと踊ってくれてありがとう」

「はっきり言うが、これは自分のためだ。きみを放っておけば、もっとひどいことになるだろう。うまくいったかどうかはわからないが、こうしてふたりで踊れば、はじめからその予定だったように見えるかもしれない。みんながそう信じてくれるといいんだが。謝罪するときに、きみから説明すれば――」

「謝罪なんてしないわ、セバスチャン」リーアはそう言ってからつけ足した。「閣下」

セバスチャンに合わせてターンをすると、ずらりと並ぶ人々の顔がリーアの目に入った。

彼が耳元ですばやく言った。「すでに噂の原因を作ってしまったようだ。だが、最小限に抑えることはまだできる」

「わたしはこうしたかったの。謝るつもりはないわ」

セバスチャンは体を引いた。「ヘンリーはどうなる？」

「あなたの子どもよ。間違いないわ。たとえあなたが疑っていても。ヘンリーのことは大丈夫」

「そうか」リーアの手の下でセバスチャンの肩がこわばった。「だったら、あらかじめ言っておこう。このワルツが終わったあと、ぼくは誰よりも先にきみを拒絶する。今後はきみを無視し、誰かにきみの行動の理由を問われても、いっさい弁護しない。将来、何かが起きて、きみがぼくの助けを求めたとしても、こっちは話も聞かずに追い払う」

腰に置かれたセバスチャンの手が、リーアをターンさせた。

「わかったか？」

リーアの心臓の鼓動が弱まった。彼の言葉に、一瞬決断を翻そうかと思ったが、踏みとどまった。「よくわかったわ、閣下」

「それはよかった」

リーアはセバスチャンの目をのぞきこんだ。彼はそれ以上何も言わなかったが、目には言葉にならない感情が浮かんでいた。怒りと隠しきれない欲望、そしてあきらめと後悔だ。

リーアは選択し、セバスチャンもまた選択した。イアンとアンジェラの死がふたりを引き寄せたように、今夜のリーアの行動が、ふたたびふたりをよそよそしい関係に戻そうとしている。かつてのような他人行儀な関係ではなく、反目しあう関係に。

ワルツが終わり、セバスチャンも止まった。彼はリーアから手を離して退くと、お辞儀も何もせずに背中を向けて部屋から出ていった。

落ち着いて。リーアは自分に言い聞かせた。落ち着くのよ。

リーアは顔を上げて胸を張った。何かひとつだけ母から学んだとすれば、それは自信たっぷりな態度だった。顔に笑みを張りつけて、リーアはダンスフロアを出た。楽団は次の曲を演奏しはじめたが、誰も踊ろうとしなかった。自分が一歩足を出すたびに、周囲の客が一メートル下がる。

見まわすと、ミス・ペティグリューがひそかにこちらを見ていた。リーアは大きく息を吸ってさらににっこりした。それに応えるように、ミス・ペティグリューもかすかに微笑んで一歩前に出ようとした。ところが、ミセス・トンプソンが腕をつかんで引き止めた。彼女はリーアを見据えたまま、ミス・ペティグリューに何やらささやいた。ミス・ペティグリューはばつが悪そうにリーアを見てから、背中を向けてミス・サンダーズと話し出した。

そんな調子で三〇分が過ぎた。客はリーアのほうを盗み見するものの、近づいてくる者はなかった。そのうち自分たちの話し声がリーアに聞こえようと気にしなくなった。

「ご主人の死を本当に悲しんではいなかったのかも……」

「いずれにしても良識を持たなければ……」

ついに楽団が演奏を中断し、第一バイオリンの奏者がリーアの視線をとらえた。リーアがうなずくと、楽団はダンス用ではない曲を演奏しはじめた。彼らには報酬を払っているのだし、音楽が流れていれば、客の非難の声もいくらかは聞こえなくなる。

とうとうレディ・エリオットが近づいてきた。「ミセス・ジョージ」彼女は眉を上げて言った。「スキャンダルになるようなことをする前に、わたしに話してくれると思っていたわ」

リーアは心からの笑みを向けた。「申し訳ありません。驚かせたかったんです」

「たしかに驚いたわ。でも、わたしが黙っておくつもりがないのは、あなたもわかっているわよね？」

「ええ、わかっています」

レディ・エリオットは満足げにうなずいた。「それはよかった。申し訳ないけれど、エリオット卿とわたしは明日の朝まで残れないわ。すぐにおいとまします」

最後にもう一度リーアを見ると、レディ・エリオットは向きを変えて夫の腕に手をかけた。音楽が流れ、周囲が見守るなか、エリオット夫妻は部屋を出ていった。

その後レディ・エリオット以外は挨拶すらする気がないと判明した。ほかの客もはじめはゆっくりと、やがてあわてた様子で列を作って広間から立ち去った。

リーアはため息をつくと、壁際に寄せてあった長椅子に座った。楽団はそのあいだも演奏を続けていた。客の声が廊下を遠ざかっていき、やがて、さまざまな種類の馬車の走り出す音が聞こえてきた。

こうなることはわかっていたはずだ。もしわたしが招待客で、女主人がこんなまねをしたら、わたしだって帰ろうと思うだろう。それどころか、少しでもスキャンダルになる可能性があれば、そもそもハウスパーティーに参加しない。

だが、セバスチャンを失望させ、社交界からのけものにされるとしても、後悔はなかった。わたしは自分から進んでしきたりを破ったのだ。

リンリー・パークを発ったあと、セバスチャンは何度も引き返せと御者に命じそうになった。広間に戻ってリーアの腕をつかみ、正気に戻れと言いたかった。

そしてキスをしたかった。

馬車の天井を叩いて御者に合図しようとするつもりで、腕を持ち上げては、下におろした。ぼくとリーアはまさに行き詰まりの状態にある。彼女は決断を下し、その結果、ぼくはヘンリーを守らなければならない。スキャンダルを作らないことが何よりも重要なのだ。もっとそこを強調していれば……いや、努力はした。ぼくとヘンリーの今後について話さなかっただけだ。たとえ話したとしても、それでリーアの行動を変えられたとは思えない。今夜ダンスの前に、彼女はぼくの懸念をあっさり切り捨てたのだから。

なんたることだ。

馬車は白亜の丘を越え、月のない夜空の下で黒い影をなす木々の脇を通り過ぎた。セバスチャンは両手に顔をうずめた。広間に入ったときのリーアの姿が心から離れない。顎を上げ、まっすぐ前を見ていた彼女は、ヴィクトリア女王よりも堂々としていた。

何よりも情けないのは、廊下で彼女を見たとき、黒ではあるが喪服ではないドレスを見てうれしく思ったことだ。あのときのリーアは自由に見えた。アンジェラが死んで間もないというのに、セバスチャンは彼女を欲しいと思うことにも、相手がイアンの妻だということにも罪悪感を覚えなかった。何もかもが正しい気がした。ふたりの未来ははっきりしないものの、欲望に満ちた空想だけにとどまらない何かがあった。

ためらう間も、上げた手を下に戻す間もなく、セバスチャンは天井をこぶしで叩いていた。

馬車は速度をゆるめ、手綱を引かれた馬が鼻を鳴らした。

リーアのもとに戻るのだと考え、期待にセバスチャンの呼吸は速くなった。御車が席をおりて馬車の扉を外からノックした。

「開けていいぞ」

頰髭の濃い御者の丸顔を現れた。「合図をされましたか？」

セバスチャンは息を吸った。リーアのことを考える。

息を吐き、今度はヘンリーのことを考える。

「なんでもない。間違いだ」セバスチャンはそう言って窓の外を見つめた。この田舎の風景もじきに消え、街の風景に変わる。そしてぼくはリーアから遠く離れて息子のもとに帰るのだ。「このまま行ってくれ」

ハウスパーティーの不名誉な幕引きから四日が経った。客の全員がディナーの晩に帰ってしまったので、翌朝リーアが目覚めたときには家の中は静まり返り、使用人が動きまわる音しかしなかった。イアンの死後、リーアが世間から逃れるためにリンリー・パークに引きこもった頃のようだった。

午後、花園の薔薇の中を歩いていると、私道を向かってくる馬車の音が聞こえてきた。その瞬間、誰が来たのかわかった。あの晩の行動でレンネル子爵夫妻を失望させてしまったことだけは、リーアにとって後悔の種だった。

両手でドレスのスカートを持ち上げながら花園を出ると、温室を抜けた。屋敷に入ったあと、途中で足を止めて髪を整えてから廊下を進んだ。未亡人用の帽子もヴェールも着けていない。黒い服を着るのもやめていた。たとえ夫妻が噂を耳にしていなくても、リーアをひと目見ればすべてを悟るだろう。

階段をのぼりはじめたとき、上にヘロッドが現れた。「奥さま、レンネル卿が――」

「客間かしら？」

ヘロッドはうなずいた。「はい。紅茶とビスケットをご所望でした」

「わかったわ。子爵がお好きなチェリータルトもお出ししてちょうだい」

ヘロッドは深くお辞儀をしてから歩き去った。リーアは階段をのぼって客間に向かい、ドアの前で立ち止まった。体の脇におろした両手が震える。深く息を吸ってから胸を張り、部屋に入った。

「レンネル卿、レディ――」リーアはお辞儀のなかばで動きを止めた。レディ・レンネルはいなかった。

子爵が立ち上がって、形だけのお辞儀をした。「リーア、どうか座ってくれ」

わずか三〇秒で、子爵は自分がリンリー・パークの主《あるじ》であり、リーアは彼のおかげで住まいと食事、気晴らしを与えられているのだとわからせた。

リーアは座った。

そのときメイドが現れ、黙ったままのふたりのあいだに紅茶のトレーを置いた。メイドが出ていくと、リーアはふたつのカップに紅茶を注いだ。「いつものように、ミルクとお砂糖でよろしいですか？」

「ああ、ありがとう。チェリータルトも用意してくれたのだね」子爵はタルトを一つ取り上げ、小さく微笑んだ。

リーアはカップを渡した。手が震えず、紅茶の表面にさざ波が立たなかったので、誇らしく思った。だが、自分のカップに砂糖を入れてトレーから持ち上げたとき、危うくカップをひっくり返して膝をやけどするところだった。

「二週間以内にリンリー・パークから出ていってほしいのだ」しばし間を置いてから子爵は言った。「金はいくらか渡そう――」

「ありがとうございます」

「だが、今後はきみを我が家に迎えることはできないし、生活の支援もしない」

リーアは子爵と目を合わせてから下を向き、うなずいた。「わかりました」

長く気まずい沈黙が続いた。リーアは紅茶を飲みながら、レンネル卿がタルトを食べる音に耳を傾けた。

ようやく子爵がカップをトレーに置く音が聞こえた。「リーア」やさしい声に、リーアは目を上げた。「われわれが知らないと思っていたかい？」

リーアは相手を見つめた。「ハウスパーティーのことなら……手紙でお知らせしたはずですけれど」

「ハウスパーティーではない。イアンの裏切りのことだ。わたしたちの息子だ。そしてきみのことは、ほんの短いあいだではあったが、娘のように思っていた」

「閣下……申し訳ありません」

「謝らないでくれ」子爵が口をゆがめた様子はイアンを思わせた。「本音でないのは、お互いわかっているからな。きみには幸せになる権利がある。イアンの不実に悲しむきみを見るのは、わたしたちもつらかった」

「いつからご存知だったんですか?」カップを握るリーアの手に力が入った。夫の浮気を秘密にしておけば、屈辱を誰にも知られずにすむと信じていた。いまでは自分には強さも自信もあると気づいた。けれども子爵夫妻はわたしの最悪の姿を見ていたに違いない。あの頃のわたしは弱くちっぽけで、プライドもはぎ取られてしまった。

「きみが変わったのがわかった。イアンが国王であるかのように見ていたのに、それがなくなり、すっかりよそよそしくなった。われわれに対してもそうだ」子爵はいったん言葉を切った。「たとえ名前だけでも、わたしたちの娘でいてほしかった。わたしたちはきみのことを大切に思っている。きみのためなら、どんなこともしただろう。だがこうなっては――」

リーアはうなずいた。

「噂を無視するわけにはいかない。われわれが無知で愚かに思われてしまう。それに、きみも最初からどういう結果になるかわかっていたのだろう?」

「わかっていましたが、あなたとレディ・レンネルに恥をかかせてしまったのは後悔しています」

子爵は手を振った。「もう終わったことだ」彼が立ち上がったので、リーアも立ち上がった。子爵は微笑みかけてからリーアの手を取った。リーアは自分の手を包む子爵の両手を見おろした。それは、これまで経験したことのない心あたたまる行為だった。自分がずっと夢見ていたような両親に恵まれたイアンを、リーアは改めてうらやましく思った。

「きみの幸せを祈っているよ、リーア」子爵は手を離した。「期限はきっかり二週間だ。先ほど話した金については、近々ヘロッドに届けるようにしよう」子爵はお辞儀をした。「さようなら、ミセス・ジョージ」

リーアは膝を曲げてお辞儀を返した。「さようなら、閣下」去っていく子爵を見送り、彼が部屋を出るときに言い添えた。「ありがとうございます」

「気をつけるんだぞ」セバスチャンは言った。

ヘンリーはおかまいなしに、ピアノの前の長椅子に立ったまま、危なっかしく身を乗り出して鍵盤を叩いた。そして笑顔でセバスチャンを見た。「弾いて、弾いて！」それから、ふたたび鍵盤のほうを向き、ご自慢の演奏を披露した。

セバスチャンは体を前に倒して両手を広げ、ヘンリーが落ちそうになったらいつでも受けとめられるよう構えた。

ヘンリーは鍵盤を乱暴に叩くと、見えない楽器を奏でるように両手を宙で上下に動かしながら、セバスチャンを振り向いた。片足が長椅子の縁で滑り、セバスチャンはあわてて腕を伸ばして息子を抱きとめようとした。心臓が早鐘を打つ。

だが、ヘンリーは自分で体勢を立て直し、何ごともなかったようにふたたびピアノに向かった。

「座りなさい」セバスチャンは長椅子を指さして命じたが、ヘンリーは知らん顔だ。

セバスチャンは正座の姿勢から立ち上がってヘンリーを椅子にきちんと座らせると、その隣に座った。すべり落ちないよう、腕で息子の背中を支えた。

ヘンリーはセバスチャンを見上げて微笑み、ピアノを指さした。「弾いて、パパ」

セバスチャンは鍵盤をひとつだけ押すと、音が消えるまでそのままでいた。それからヘンリーが見つめるなか、ひとつずつ順に、次第に速く押していった。

「わあ！」終わると、ヘンリーが手を叩いて叫んだ。

「わあ」半開きの音楽室のドアを気にしながら、セバスチャンも小さな声でまねをした。

セバスチャンにはこれが精いっぱいだった。楽器を習ったこともなければ、ピアノに興味を持ったこともない。だがなぜか、リーアならほかの楽器はともかくピアノは弾けるような気がする。彼女は有能で知性的で、完璧なレディとなるべく育てられた。すべてに長《た》けていると思うのは自然なことだった。

あれから一週間が経ち、社交界の大半はロンドンを去って田舎の領地で過ごしているようだが、セバスチャンはヘンリーと一緒にロンドンにいた。

なぜだ？

セバスチャン自身、日に何度も自問している。

なぜなら、彼はこう考えているから――願っているからだ。ハウスパーティーが悲惨な結末を迎えたので、リーアはロンドンに戻ってくるはずだ。毎日新しい噂が流れ、イアンとアンジェラの関係が取りざたされるのも時間の問題だろう。それでもなお、リーアのことを考えずにはいられない。

彼女がセバスチャンのもとに来ることはないだろう。拒絶すると、わざわざ彼のほうから言ったのだから。それでも、執事が持ってきた郵便物をすぐさま確認し、玄関のドアがノックされた気がすると、そちらに行ったりした。

ヘンリーがセバスチャンの腕を押しのけて椅子からおりた。セバスチャンは座ったまま向きを変えて息子を見守った。ヘンリーはまず植物のところに行って葉に触ってから、しゃがみこんで土に指を突っこんだ。「やめなさい」ヘンリーがその指を口に入れようとしたとき、セバスチャンは言った。

ヘンリーは肩越しにセバスチャンを見た。いたずらっぽいその表情が、リーアを思い出させる。セバスチャンは髪を指でかき上げた。正直に言えば、何を見てもリーアを思い出す。あらゆるところで彼女を捜してしまうし、あらゆるものに彼女を見つけようとする。夜は夢にまで見てしまう。

ヘンリーがソファに近づいて上によじのぼると、今度は背もたれの上にのろうとした。セバスチャンはふたたび息子を救おうと立ち上がった。

そろそろ前に進むべきだ。このままでは自分が疲れるだけだし、ヘンリーを田舎で遊ばせたほうがいい。広い野原で走ったり、やわらかい草の上で転がったりさせるのだ。セバスチャンにはリーアを救い出すことはできない。彼女のほうもそれを望んでいないのは明らかだ。会いにも来ないし、手紙も寄越さないのだから。リーアのことは、彼女自身が思っているように、誰の助けも必要としない未亡人として見なければならないのだろう。

セバスチャンは身をかがめてソファのうしろに回った。はじめにヘンリーの手が背もたれの上に伸び、続いてブロンドの頭が現れた。セバスチャンはうなり声をあげてヘンリーに飛びかかると、楽しげに叫ぶ息子をしっかり抱きしめた。「さあ」彼はドアに向かいながら言った。「これからハンプシャーに行くんだよ」

14

あなたの腕の中で横たわっていると、世界が止まった気がします。夜の闇は薄れ、太陽は顔を出そうとしません。わたしの命は、あなたとともにいるわずかな時間しか存在しないみたいです。


母が部屋に入ってくると、リーアは立ち上がった。

「手紙には、もっと早い時間に来ると書いてあったけれど？」

「汽車が遅れたの」

「そう」母の顔には非難と同時に勝ち誇った表情が浮かんでいた。道をはずれた娘が自分のもとに戻ってこざるをえなくなったのがうれしくてたまらないのだろう。リーアの評判は地に落ちたが、アデレードにとって大事なのは自分が満足できるかどうかだけだった。

「あなたの荷物は、昔使っていた寝室に運ばせたわ。部屋は結婚前と何も変わっていないわよ。でも家に帰ってきたのだから、まずはお父さまとわたしがあなたに何を望んでいるかを話しあう必要があるわね。あなたはハートウェルの評判を脅かしたのよ」

リーアは黙っていた。言うことなど何もない。自分の人生を思いどおりにしようとしたものの、結局は自由を失い、ふたたび母の支配下に置かれることになった。またしても黒い服を着て、ヴェールをかぶって帰ってきた。レンネル子爵から受け取った金がもう少し多ければ、リーアも噂が先走らないどこか別のところに旅していただろう。アイルランドかヨーロッパ、あるいはアメリカまで行けば、これまでつちかってきた話術と教養を武器に、家庭教師なりコンパニオンなりの仕事が見つかっただろう。

アデレードはリーアの向かい側のソファに近づき、スカートが広がらないように座ると、唇をすぼめてリーアの格好を品定めした。リーアにとって、うんざりする瞬間だった。けれども今日は目をそらさずに、落ち着いて母の視線を受けとめた。ほかに行くあてはないかもしれないが、以前よりも自信を持っている。あの鋼鉄のような冷たい目で顔色が悪いと非難されないよう、ひりひりするまで顔を洗った昔のわたしとは違うのだ。

「また痩せたわね」母の言い方からは、娘の失敗を喜んでいるのか悲しんでいるのかわからなかった。

リーアの指が膝の上で引きつった。ハウスパーティーのあいだ朝食をとらなかったので予想はしていたが、食欲が出ない理由を説明するわけにはいかなかった。セバスチャンのことを考えるのはつらすぎるし、絶対に母には話せない。彼のことはリーアの秘密であり、彼の言葉やふたりで過ごした時間は、寝室の暗闇の中だけでこれから何度も振り返るだろう。

「夕食で二倍食べるわ」リーアはさっさと話題を変えたくて言った。

母はその返事に満足したようだった。「どうすれば噂を食い止めて、自ら招いたスキャンダルからあなたを救うことができるか、もう考えてあるのよ」

女子修道院に閉じこめると言ってほしい。また母の世話になるよりもずっとましだ。

「もちろん喪服は着続けてもらうけれど、ボンバジンのドレスを増やすといいわ。もう秋で、ロンドンにいないのは幸運ね。ロンドンだったら外出を禁止するところよ。でも、出かけるときには必ず召使いを連れていくこと。そして、わたしが教えたようにレディらしくふるまうこと」

「わたしがまたふつうの未亡人らしくふるまえばスキャンダルが消えると信じているの？　噂を無視すれば、わたしの評判も救われると？」

「そんなわけないでしょう」アデレードは小さく鼻を鳴らした。「あなたが好き勝手にしていいと誤解すると困るから、そう言っているだけ。ハートウェルの名を守るには、あなたの喪が明けたら、再婚するしかないと思うの」

今度はリーアも冷静なふりを続けられなかった。母の言葉に全身がこわばり、胃がひっくり返る気がした。一度ならず、二度も。

「社交界シーズンが終わってしまったから、だんなさま候補はたくさんはいないけれど、心配しないで。もう、ふたり選んであるのよ。どちらもこの近くに住んでいるから、求婚にも都合がいいわ。ひっそり婚約して、できるだけ早く結婚予告を出しましょう。それに結婚しても、わたしたちの近くで暮らせるわ」

「お母さま、わたしは……もう結婚できないわ」

アデレードはなめらかな額にしわを寄せてリーアを見つめた。「もう結婚できない？」その声は戸惑っているようで、静かすぎるほどだ。

「あと二、三年してからなら……」リーアは口ごもった。ほかの男性とベッドをともにすることは考えられなかった。夫を待つベッドから解放されたばかりなのに。二、三年でもまだ足りない。「結婚はしないわ」母の渋面が非難めいた顔に変わるのを見てつけ加えた。「少なくとも、いまはまだ」

「ねえ、リーア。ほかに選択肢はないのよ。好きなだけここにいてくれればうれしいけれど、あなたの開いたパーティーのおかげでそうもいかなくなった。わたしたちにできるのは、現状を改善することだけよ。あなたの言うように、噂を無視したからといって何もならないわ。食い止めるには結婚するしかないのよ。結婚すれば、周りの関心もほかに移るでしょう」

リーアはつばをのんだ。心臓の音が耳の中で大きく響く。「わたしの聞き間違いじゃなかったら、ふたりの候補者のどちらかと結婚すると言わないと、ここに住むことは許されないのかしら？」

アデレードは首をかしげて目をしばたたいた。「悪いけど、ほかにどうしようもないのよ。言うとおりにしてくれないと、あなたのスキャンダルがお父さまやわたしにも及んでしまうの。もちろんわたしたちは気にしないけれど、ベアトリスにも関わってくるのよ。あなたとイアンのようなすばらしい結婚をするチャンスをあの子にもあげたいでしょう？」

「ベアトリス」リーアは繰り返した。

「あなたの妹よ」母は小さく微笑んだが、満足しているのは隠せなかった。リーアをふたたびとらえて、その人生を支配できる満足感だろうか？

リーアは息を吸い、努めて肩の力を抜いた。「結婚相手の候補というのは誰なの？　なぜその人たちが求婚してくれると言いきれるの？　わたしの行状を知ったら気が変わるんじゃないかしら？」

「いいえ、それはないわ。お父さまが今回も充分な持参金を用意するわ。イアンと結婚したときよりは少ないけれど、それでもかなりの額よ」

リーアはなんとか微笑んだ。いまここで笑ったら、わたしは粉々に砕け散ってしまうかもしれない——ぼんやりとそんなふうに思った。「持参金じゃないでしょう？　わたしを引き受けてもらうためにお金を払うんだわ」

母は片方の眉を上げた。「あなたの評判は台無しになったのよ、リーア。わたしたちはただ、あなたが求婚してもらうためのお金を用意しているだけよ」

「もう一度言うけれど、候補者は誰だか教えてもらえる？」

「もちろん。ふたりとも、あなたもよく知っている人よ。まずミスター・グリモンズ——」

「ミスター・グリモンズ？　教区牧師の？」

アデレードは肩をすくめた。「聖職者だってお金は必要よ。お姉さんとそのご主人が援助をしていたけれど、いまはそうじゃないみたい」

「でも、わたしの評判が――」

「彼は気にしないわ。あなたは自分の非を認め、後悔していると、わたしが話しておいたから。あなたがあんなふるまいをしたのは悲しみのせいだと彼は信じているのよ。それに、教区牧師との結婚ほど、あなたがいまでもわたしたちの申し分ない娘であることを世間に示す効果的な方法はないでしょう?」

リーアはひそかにため息をついた。「もうひとりは?」

「ミスター・ヘイパーズビーよ」

リーアは母を見つめた。「お母さま」

「彼だってあなたとお似合いよ。紳士と呼ぶには無理があるかもしれないけれど、肉屋というのはまじめで立派な職業だわ。あなただって、夫と一緒に肉を切って売れば、浮ついた若い娘だと勘違いされずにすむわよ」

リーアは母をじっと見つめていた。

さすがに母も気まずそうな顔になった。「ソマーズ卿にもあなたならすばらしい妻になると持ちかけたのだけれど、子どもを産めることが条件だと言われて。あなたとイアンのあいだには子どもがいなかったから――」

「わかっているわ」このときばかりは、子どもができなかったことをありがたく思った。ソマーズ卿は八〇歳を超えているはずだ。鼻も目も丸く、首の皮が胸まで届きそうなほどたるんでいる。イアンに抱かれるのも苦痛ではあったが、彼に対しては少なくとも生理的な嫌悪感は覚えなかった。

「どう？　どちらかと結婚しなければならないことはわかってくれたかしら？　ふたりが訪ねてきたら、誠実な対応をしてくれる？」

驚くほど明るい声のせいか、あるいはこれまでさんざん母の策略を見てきたせいだろうか。母の最後の質問に、リーアの背筋が凍った。母の言うとおりにできるかどうかわからない。

「ええと……ふたりはいつ訪ねてくるの？」

アデレードは微笑んだ。「ミスター・グリモンズは今日の夕食にいらっしゃるのよ」

セバスチャンは敷物の端に両肘をついて腹ばいになり、黄色の積み木を城の前に動かした。もちろんヘンリーには、それが城だとは思いもよらない。彼にとっては、ただ、積んでは崩す木のかたまりでしかない。

青い積み木を手に取ると、セバスチャンはヘンリーを見つめていたずらっぽく微笑み、城の一番上にのせた。ヘンリーが微笑みを返して前に出たとき、敷物のしわにつまずいて、下の二段を残して積み木を崩してしまった。セバスチャンが驚いたように片手を宙に振り上げると、ヘンリーが父親のまねをしながらくるくる回って叫んだ。「もう一回！　パパ、もう一回！」

ハンプシャーのライオスリーの領地に来て、すでに二週間以上になる。田舎の生活はヘンリーに合っているようだ。セバスチャンは毎日、財産管理人との仕事を終えたあと、ヘンリーを乳母の手から取り返し、屋敷の中や敷地内を歩きまわった。

一階ではかくれんぼをした。セバスチャンはヘンリーを追いかけて書斎のソファの周りを何度も回った。わざと息を切らしたふりをして、老人のようによろよろと走ると、ヘンリーはくすくす笑ってソファを回りこみ、セバスチャンの脚をつかんだ。

牧草地を散歩したときには、足を止めてはさまざまな虫や花に触れるヘンリーに、セバスチャンはその都度説明してやった。二歳の誕生日に贈ったポニーにヘンリーをまたがらせることもある。ヘンリーが五歳になる頃には、間違いなくフェンスを飛び越えているだろう。

ヘンリーは楽しそうにしているし、セバスチャンも息子の気がまぎれるように、できるかぎりのことをした。それでも、夜になっておやすみを言うときには、ヘンリーは小さな腕をセバスチャンの首に回し、夜は小さな声で話すものだという乳母の教えを守ってそっとささやくのだ。「ママはいつ来るの?」

セバスチャンはもう一度城を作るために、積み木を色分けした。今度は一〇段積み重ねて塔にするつもりだった。高くすればするほどヘンリーが大きな歓声をあげるからだ。

「ほら、この赤いのをのせてごらん」セバスチャンが見ていると、ヘンリーは父親から積み木を受け取って、城の残骸に向き直った。小さな男の子らしい真剣な顔でひざまずき、身を乗り出している。

赤い積み木をのせたあと、ヘンリーはふたたび手を差し出した。「パパ、青いの」

セバスチャンが黄色を渡そうとすると、ヘンリーはこぶしを握って首を振った。「違う。

青い積み木」

セバスチャンは笑いながら緑色の積み木を見せた。「これかな?」

「違う」

今度はオレンジ色だ。「これのことだね?」

ヘンリーはじっと見つめてから、にっこり微笑んだ。「違うってば。青だよ」積み木に近づくと、青の山に手を伸ばした。セバスチャンは息子を抱き上げて大きく揺らすと、敷物の上にあおむけに寝かせた。そして、また緑色の積み木を取り上げた。

「これが青だろう」セバスチャンは言った。

ヘンリーは笑って首を振った。「緑だよ」

セバスチャンがくすぐると、ヘンリーは足をばたばたさせながら左右に転がって笑った。

「青だと言わないと、くすぐるのをやめないぞ」

「緑だよ!」ヘンリーは叫んで、また笑った。

セバスチャンの視界の隅に黒いブーツが現れた。「閣下に歯向かって攻撃するとは、なんという無礼者だ。心配するな、マドウズ子爵。ぼくが守ってしんぜよう」

「ジェームズおじさん!」ヘンリーは大喜びで叫んだ。ジェームズはセバスチャンの手からヘンリーを取り上げると、抱き上げてくるくる回った。

セバスチャンは立ち上がり、積み木を敷物の中央に集めた。ジェームズはさらに数回回ったあとヘンリーを床におろした。ヘンリーは笑いながらセバスチャンのもとに駆け寄り、脚にしがみついた。

セバスチャンはジェームズを見た。「突然来てくれるとはうれしいな」

ジェームズの笑みが消えた。「知らせたいことがあって来たんだ」


その晩、夕食が終わってヘンリーにおやすみを言ったあと、セバスチャンはジェームズと書斎に座った。ジェームズはウイスキーを飲んだが、セバスチャンは何も飲まなかった。リーアの前で酔っ払ってからというもの、酒に惹かれなくなった。ほんのわずかな酒でも、彼女のことを思い出してしまう。

「噂が流れている」

セバスチャンは肩をすくめた。「噂なんていつだって流れている」

「イアンに先立たれたミセス・ジョージのことだ」

素知らぬふりをしようとしたが、セバスチャンはジェームズの顔から目をそらすことができなかった。「別に驚くことじゃない。ハウスパーティーで何があったかは話しただろう？彼女が自分で引き起こしたんだ」

ジェームズは椅子の下で落ち着きなく足を動かした。「兄さんもその噂に関係していると言ったらどうだい？」

セバスチャンは背筋を伸ばした。「どういうことだ」

「ハウスパーティーの客の何人かは、確信があるらしい。兄さんとミセス・ジョージのあいだに……なんと言ったらいいんだろう?」

「ジェームズ、さっさと話してくれ。なんと噂されているんだ?」

「兄さんと彼女のあいだに……何かあると。恋人ではないにしても、親しい仲だと」ジェームズはウイスキーのグラスをゆっくり回した。「そのうち、噂は一気に加速すると思う」

セバスチャンは歯を食いしばった。あのハウスパーティーから真っ先に帰ったのは自分だし、そもそもあそこに行ったのはスキャンダルを食い止めるためだった。しかしそういった事実を言っても、しかたない。噂好きの人々は、そんなことは気にも留めないだろう。自己弁護は火に油を注ぐようなものだ。自分のためにも、リーアのためにも、そしてヘンリーのためにも無視するのが一番だ。

セバスチャンはゆっくり息をつき、椅子の背にもたれて樫材の肘掛けに手をかけた。「好きに言わせておけ。狐狩りのシーズンが来る頃にはおさまるさ。もうミセス・ジョージに会うことはないから、今後彼女が何をしようとすべて彼女の責任だ」

ジェームズはうなずいて、ウイスキーを飲んだ。「兄さんの言うとおりだろう」もうひと口飲んでさらに言った。「でも、もしそうじゃなかったら?」

セバスチャンは肩をすくめた。リーアを必死に頭から追い出そうとしているときに、彼女を思い出すような話題になったのがわずらわしかった。「ぼくにできることはないよ。勝手に噂させておこう。ぼくには関係ない」

一カ月が過ぎ、逃げ出したいというリーアの思いは日増しに募っていった。特にいまのように、ふたりの求婚者のうちのひとりと過ごさなければならないときは、その思いが強くなる。ふたりのうちのひとり、教区牧師のミスター・グリモンズはさほど厄介ではなかった。見た目も態度もまじめで、リーアのそばにいるとひどく落ち着かない様子だが、リーアとしては彼と過ごすほうがまだましだった。もうひとりのミスター・ヘイパーズビーは、常に好色な目を向けてきたからだ。この二〇年、女性と縁がなかった彼に見つめられると、リーアはなんとかして追い払いたくなる。だが、それはできない。ふたりとも、リーアと過ごすたびにアデレードに逐一報告しているのだ。母が本気で脅しをかけてきたのは、リーアにもよくわかっている。母の言うとおりにしなければ、この家を追い出されてしまう。しかもほかに行くあてはなかった。

ミスター・グリモンズと並んで静かに庭を歩きながら、リーアは遅咲きの薔薇を摘んだ。イアンの書斎でライオスリー卿を見つけた晩、薔薇の香りがすると言われたことを不意に思い出した。

リーアは笑みを隠し、まつげの下からミスター・グリモンズをちらりと見た。「薔薇はお好きですか？」

若い牧師はびくりとした。物思いにふけっていたらしい。彼は強い日差しに瞬きを繰り返し、リーアを見た。「わたしは神がお作りになったものすべてに喜びを感じます、ミセス・ジョージ。あなたもそうでしょう？」

「もちろんです。でも、特に薔薇が好きなんです」

「ああ」さらにしばらく黙ったまま歩いたあと、ミスター・グリモンズは立ち止まった。「ここで待っていてください」彼は道の脇に広がる薔薇の茂みから、開きかけている花を一本折り取った。「どうぞ、ミセス・ジョージ」

「ありがとう」リーアはミスター・グリモンズを見たが、彼はそれ以上何も言わなかった。リーアの肌を白い薔薇にたとえて、自分の思いをおおげさに伝えたりしない。間隔の狭い澄んだ茶色の目でリーアの目を見つめることもなかったし、予想に反して顔を赤らめることもなかった。

ミスター・グリモンズはまっすぐ前を見つめていた。両腕も脇におろしたままだった。リーアはため息をつき、彼から受け取った白い薔薇を持って、赤い薔薇は地面に落とした。

「ミセス・ジョージ」

リーアは次の言葉を待ったが、彼は何も言わない。「なんでしょう、ミスター・グリモンズ?」

「あなたに話したいことがあるんです。しかし、ご主人を亡くしたばかりのあなたのお気持ちを考えると……」

リーアはちっとも悲しくないと言いたくてたまらなかった。そんなことを言ったら、彼はぎょっとするかしら? いいえ、むしろ勇気づけられるかもしれない。あるいは泣くふりをしたら、慰めてくれるかしら? リーアは牧師の横顔を見た。かたく閉じた口。鋭い顎の線。

慰めてくれそうにない。

リーアははなをすすってみた。

ミスター・グリモンズは心配そうにリーアを見て、一歩近づいた。

リーアは弱々しく微笑んだ。「なんだか風邪をひいたみたいです」

ミスター・グリモンズは動きを止めて、わずかにあとずさりした。「中に入りましょう。もし明日ご気分がいいようなら、またお邪魔してもいいでしょうか？　ぜひ……お話ししたいことがあるので」

リーアはひそかにため息をついて足を止めた。「結婚を申しこんでくださるんですか？」どうせなら今日のうちに終わらせたい。そうすれば、明日何を言われるのか恐れながら夜を過ごさずにすむ。

ミスター・グリモンズはつまずきそうになってから、リーアに向き直った。今度は頬が赤くなっていて、口をあんぐりと開けている。「わたしは――」

「もしそのおつもりなら、先延ばしにしてお互いの時間を無駄にするのはやめませんか」

ミスター・グリモンズは口を閉じ、疑わしげに目を細めた。地獄ではないとしても、どこか異質な世界から落ちてきた生き物でも見るように、リーアを見つめている。「正直に言います。あなたの母上がわたしたちを結婚させたいと思っておられるのはわかるのですが、わたしには、あなたは神がわたしの妻としてお選びになった相手とは思えないのです」

リーアは頬が熱くなるのを感じながら彼を見つめた。「まあ」

「わたしは妹さんのミス・ベアトリスについてうかがいたかったのです」

「まあ」

「ミス・ベアトリスに求婚したいので、あなたにご相談したかった。あなたは間違いなく次のご主人に名誉と尊敬をもたらすでしょうが――」

〝名誉と尊敬〟と言うとき、ミスター・グリモンズは言葉に詰まったようだ。リーアは微笑んだ。この人はわたしやハウスパーティーにまつわる噂について考えたのかしら?

「ミス・ベアトリスのことはあなたより前から知っていますし、好意を持っています。それであなたにいやな思いをさせてしまったなら謝りますが――」

「ミスター・グリモンズ」

リーアの頭上に向けられていた彼の視線がリーアの目をとらえた。

「よろしければ、わたしからベアトリスに話しますわ」

彼はふたたび顔を赤らめた。真剣な表情がやわらぎ、魅力的と言ってもいいほどの顔になった。「ありがとうございます、ミセス・ジョージ」

リーアは白薔薇を渡して片目をつぶってみせた。「ベアトリスの好きな花はカラーよ」

結婚するか家を出ていくかという母の最後通告を受けてから、リーアは毎週ベアトリスから女性誌を借りて仕事を探していた。だが、どれもリーアにはない技能や、すでに失ってしまった名声が必要で、無駄に終わった。

誰かが寝室のドアをノックした。リーアが返事をする前にドアが開き、アデレードが入ってきた。母は静かにドアを閉めた。「何をしたの？」

リーアは雑誌のページをめくった。最新の流行の服がずらりと現れた。「なんの話かよくわからないけれど――」

「今日もミスター・グリモンズが来て、あなたを乗馬に連れていく予定だったわよね？　それなのにあなたはおりてこないし、彼のほうもあなたを待つ代わりにわたしを呼んだの。彼がなんと言ったか、わかっているんでしょう？」

リーアはベッドの上で座り直した。「彼はわたしと結婚する気がないのよ」

母の目が細められた。「ええ。ベアトリスとの結婚を望んでいるの」

「ベアトリスにその話を伝えたけれど、残念ながら興味がないみたいだったわ」

「あの子に話したの？」

リーアはうなずいた。母がベッドに近づいてくると、リーアの呼吸は速くなった。

アデレードの唇が一度すぼまってもとに戻ったあと、またすぼまった。「もちろん――」母は静かに言った。「ミスター・グリモンズには、ベアトリスはまだ結婚する年ではないと言ったわよ。わたしが彼に娘をやると思うなんて、愚かにもほどがあるわ」

いまのお気に入りの娘、という意味だろう。リーアが結婚するときも、母は相手の身分にかなりこだわったが、今回は村の肉屋よりも低くなければいいらしい。

「ベアトリスとは結婚させられないと言ったら、ミスター・グリモンズは不服そうだったわ。

あなたとの結婚を考え直さないかとわたしが頼んだとき、彼はなんと言ったと思う？」

リーアは先を待った。

「あなたは進歩的すぎるって。いったい何をしたの？」

肩をすくめた。「ただ、わたしと結婚する気があるかときいただけよ」脇におろした母の手がびくっとしたので、リーアはそちらに目を引き寄せられた。いまにもその手が持ち上がり、リーアの頬を叩くかと思われたが、アデレードは一歩さがって微笑んだ。

「彼と結婚するチャンスをふいにしてしまった以上、道はひとつしかないわね。あなたにどちらかを選ばせようと思っていたのに。でもミスター・ヘイパーズビーは今週あなたに求婚する気でいるの。あなたは彼のものだと伝えるわ」

リーアはベッドから立ち上がって母と向きあった。リーアのほうがわずかに背が高いとはいえ、ほとんど変わらない。「わたしが彼と結婚したくないと言ったら？」

アデレードの目が光ったが、そこには同情も後悔も見えなかった。「それなら出ていってちょうだい。メイドを呼んで荷造りを手伝わせましょうか？」

「いいえ」リーアは答えた。荷造りなら自分でできる。

彼女は取り繕うのが上手ね。今夜あなたの隣で、とても幸せそうに見えました。そしてわたしは、あなた方ふたりが一緒にいるのを見て嫉妬に燃えました。

15

ハンプシャーに帰ってきてから、セバスチャンは毎週日曜日、教会の信徒席の最前列に座り、牧師の話に耳を傾けていた。今日の説教は、姦淫《かんいん》についてだった。特に聞きたい題材でもないが、数週間前から〝十戒〟が取り上げられているので、しかたない。これまでの説教から、ピーターズ牧師は神の名をみだりに唱えてはならないという戒律をもっとも重視しているものと思われた。しかし今日の話にはことさら力が入っていた。

牧師の声は次第に大きくなり、セバスチャンはしまいにうんざりしてきた。狭い教会の中で大きく響く声のせいで、物思いにふけることもできない。

セバスチャンは信徒席で背筋を伸ばした。ここに息子がいたら、間違いなくその耳をふさいでいただろう。もっとも、数週間前に連れてきたとき、セバスチャンはさんざんな思いをした。ヘンリーはピーターズ牧師も父親も神も恐れず、セバスチャンがいくら静かにさせようとしても無駄だった。いまヘンリーは家で乳母と一緒に平和に過ごしている。

「神が誠実であれとわれわれに求めるのは、このためです。配偶者に誠実であるように、神にも誠実であれということなのです。キリストは十字架にかけられても誠実でした。キリストは――」

セバスチャンは顔をしかめ、これ以上耳障りな声を聞かずにすむように首をすくめた。ありがたいことに、それからしばらくして説教は終わり、日曜の礼拝は幕を閉じた。

セバスチャンは立ち上がると、ほかの教区民に挨拶しようと息を吸いこんだ。リーアとの関係が噂になってからというもの、好奇心もあらわな視線や意地悪なひそひそ話は無視して、なるべく愛想よく、礼儀正しくふるまおうとしている。

「ミスター・パウエル、ミセス・パウエル。気持ちのいい日曜の朝、ごきげんいかがですか？　いい天気ですね」

ミスター・パウエルが似たようなおざなりの挨拶を返した。セバスチャンがバイアーズ家の人々のほうを向こうとしたとき、目に涙をためてかぶりを振っているミセス・パウエルが目に入った。

「どうしました、ミセス・パウエル？」

「ああ、ライオスリー卿」彼女はセバスチャンのほうに手を伸ばしたが、直接腕に触れはしなかった。「信徒席にいらっしゃるところを見ました。今日のお話に、どれほどつらい思いをされたことでしょう。わたしと夫にできることが何かありましたら……」

セバスチャンは首をかしげて彼女を見おろした。「すみません、ミセス・パウエル。なんのことかさっぱり――」

彼女は夫のほうをちらりと見ると、さらにセバスチャンに近づき、つま先立ちになってささやいた――周囲にも充分聞こえる声で。「レディ・ライオスリーとミスター・ジョージのことをみんな知っているんですのよ。おふたりが……一緒だったことを」

セバスチャンは身をこわばらせた。「妻と友人が馬車の事故のときに一緒にいて亡くなったことは、別に新しい情報ではないと思いますが」歯を食いしばって相手を見つめた。「そのことですよね？」

ミセス・パウエルの目が大きく見開かれた。「わたしは――」

「マーサ」ミスター・パウエルがさえぎった。セバスチャンの警告を妻よりは真剣にとらえたらしい。

「でも……もし、それが間違いなら……いえ、間違いですわね。そういう噂がすぐに広まってしまうのは残念です。ピーターズ牧師が噂の罪悪を説いておられたのは、つい最近のことじゃありませんでした？」彼女は体を引いて、ためらいがちに微笑んだ。そして、残念そうに首を振った。「でも、知っておかれたほうがよろしいですわ。誰かにその話をされたときのために」

「ありがとう、ミセス・パウエル。最初にあなたから話を聞けて運がよかった」

ミセス・パウエルはゆっくりうなずいた。さらに何か言いたそうだったが、夫が彼女の肘を取ってその場から離れようとした。

「ごきげんよう、ライオスリー卿」ミスター・パウエルが言った。

「よい一日を」

いったいどこから噂が広まった? なぜぼくはいままで気づかなかったのだろう? 説教のあいだ、ピーターズ牧師がずっとこちらを見ていた理由が、これでわかった。リーアとの噂のせいではない。牧師もまたアンジェラとイアンの噂を聞いたからなのだ。

「ライオスリー卿、ヘンリーはお元気ですか?」亜麻色の髪の女の子をふたり連れたミセス・ハレルが声をかけた。

「ええ、元気です、ありがとう」セバスチャンは女の子たちを見たが、名前は思い出せなかった。アンジェラとイアンの噂がさらに広がったとき、ヘンリーの身に降りかかることを考えると、それ以外はすべて頭から抜け落ちてしまった。ヘンリーを連れてこなくて助かった。もし連れてきていれば、セバスチャンの隣に座るブロンドの幼児を見た教区民たちは、ふたりの外見の違いに注目するだろう。

ミセス・ハレルが何か言ったが、セバスチャンの耳にはひと言も入ってこなかった。

「失礼、もう帰らないと。ヘンリーの具合が悪いんです。乳母にまかせてきたのですが、礼拝が終わり次第、ぼくが面倒を見ると約束してしまったので」

「まあ、たったいまヘンリーは元気だとおっしゃったけれど……」

セバスチャンはすでに歩きはじめていたが、立ち止まって振り向いた。「ええ。つまり、だいぶ回復したんです」

「それはよかったですわ」納得していない顔だが、ミセス・ハレルは礼儀正しく微笑んだ。「お大事に。よくなられるようお祈りしますわ」

「ありがとう」

セバスチャンはあちこちからの挨拶に会釈と笑みで応じながら、人々のあいだを縫って教会の扉に向かった。噂はどこまで広まったのだ？　ロンドンで何か耳にしていれば、ジェームズが教えてくれたはずだ。外に出ると、牧師に挨拶をする人々の列ができていた。セバスチャンは心の中で悪態をつきながら、その列の脇を通り過ぎようとした。

「ライオスリー卿」ピーターズ牧師が声をかけた。

セバスチャンは立ち止まり、歯ぎしりしながら振り返った。「すみませんが、急いで帰らなければならないんです。ヘンリーが病気なので」

そう言ってからセバスチャンは空を見上げた。いつもの灰色の空だった。牧師に嘘をついたのだから、いまにも雷が落ちてくるかもしれない。ミセス・ハレルにも嘘をついたので、雷は二度落ちるだろう。セバスチャンはひさしの下から出た。ここなら、雷はまっすぐぼくに落ちてくる。だが、教会に集まる人々の目の前で神の罰を受けて死んだら、世間の関心はイアンとアンジェラの噂からそれるかもしれない。

ピーターズ牧師は眉をひそめた。「わかりました」その表情には、気づかいだけでなく憐れみも浮かんでいた。牧師もまた、イアンとアンジェラの噂を信じているのだ。

セバスチャンはうなずくと、ふたたびひそかに悪態をついて背を向けた。責めるべき相手はただひとりだ。

リーア・ジョージ。セバスチャンは、リンリー・パークで描きはじめたスケッチを見つめた。背景は細かいところまで描きこんで色も塗ってあるが、彼女の顔はまだ完成していない。この二カ月で、湾曲する細い眉と華奢な顎、まっすぐな鼻は描き終えた。だが、目と唇はまだ空白のままだ。どうしても、彼女の目と唇をキャンバスに再現できなかった。いや、そうしたくなかったのだ。

肖像画に取り組むときだけは、彼女のことを考えるのをよしとした。ヘンリーが寝て、使用人たちも部屋に退いた夜遅い時間だけ、アンジェラのことは考えずにリーアと過ごす場面を想像した。リーアと話をしたり、微笑みあったり、キスしたりする場面を。

なぜ噂の対象が自分とリーアからアンジェラとイアンに移ってしまったのかはわからない。しかし、リーアが関係しているのは間違いない。表向きは、妻をハンプシャーに送るようぼくがイアンに頼んだことになっている。それが真実ではないと知っているのは、彼女だけだ。あとはジェームズだが、それはぼくが話したからだ。

ぼくとリーアの噂はいずれおさまると最初から確信を持っていた――すでにだいぶおさまっている――が、イアンとアンジェラの噂がおさまるまでどれだけの時間がかかるか、どんな影響が及ぶかは見当がつかない。

セバスチャンは未完成の肖像画に手を伸ばし、リーアの頬の線に軽く指を触れた。その手をゆっくりとまた脇におろした。

できることはいくつかある。まずは、リーアと自分の噂を無視したように、今回も気にしない。イアンとアンジェラの関係を否定することもできる。だがどちらを選ぶにしても、噂はすぐには消えないだろう。そして噂が流れ続ければ、ヘンリーの父親について疑惑を招く可能性がある。

そのとき、三つめの考えが浮かんだ。だが、それが噂を食い止めるのに役立つかは疑問だった。こんなことを思いついたのは、単にそうしたかったからではないだろうか？

だめだ――これほど必死に忘れようとしているのに、なぜ彼女を捜し出す？　彼女のほうも一度ならず、ぼくを遠ざけようとしたではないか。それにぼくだってアンジェラを忘れようと努力したが、彼女の裏切りにまだ傷ついている。

しかし、思いついた三つの案のうち、もっとも魅力的に思われるのが最後のひとつだった。セバスチャンは椅子に座ったまま未完成の肖像画を見つめ、リーア・ジョージのこの上なく美しい茶色の目と官能的な口元を頭の中で描いた。

明日、ハンプシャーを発って彼女に会いに行こう。

リーアは以前オーガンジーを見せてくれたお針子に微笑みかけた。名前すら聞いていなかったことをいまでは悔やんでいた。働き口を求めに来たのに、名前で呼びかけられないのはなんとも具合の悪いものだ。

「こんにちは」リーアは明るく声をかけた。仕事着にはならない緑のポプリンのドレスを着ているリーアを見て、お針子は新しいドレスを注文しに来たと思ったようだ。

裏口のドアをノックしたほうがよかったかしら？　リーアはつばをのみこむと、カウンターに両手をついてから、その手をウエストまでおろした。

「わたしを覚えていないかもしれないけれど――」

「もちろん覚えていますわ、ミセス・ジョージ。お客さまのことは忘れません」お針子は礼儀正しく微笑んで尋ねた。「今日はどんなご用ですか？」

「雇ってほしくて来たんです」ついに言ってしまった。

お針子は笑みを消さなかったが、眉根にはしわが寄った。「なんとおっしゃいました？」

「裁縫は得意です。女王陛下に刺繍を褒めていただいたこともあるのよ」

「仕事をお探しなんですか、ミセス・ジョージ？」

リーアはため息をつき、ふたたび笑みを浮かべた。歯を見せない儀礼的な笑みではなく、親しみのこもった笑みを。「ええ、このかわいらしいお店でお針子として雇ってもらいたいんです」

リーアがそう言ったとたん、お針子は唇を引き結び、その目の愛想のよさが薄れた。〝かわいらしいお店〟だなんて、ばかにしたように聞こえたかしら？

「あなたのお仕事ぶりに感銘を受けたの。少し教えてもらえれば、わたしも美しいドレスを作れるようになるんじゃないかしら」

お針子はリーアを見つめた。

「もちろんそれ以外のこともします。ドレスにかぎらなくていいの。シュミーズでもマントでも作ります。そういったものならそんなに難しくないでしょう？」

「お針子になりたいんですか？」

「ええ」リーアは店内を見まわし、本の山や、あちこちに散乱した生地に目を留めた。前回ドレスを買いに来たときはとても片づいているように見えたが、こうしてよく見てみると、もうひとりいれば店頭をもっと整頓できそうだ。そして店頭が散らかっているのなら、お針子が作業をする奥の部屋がどんな様子なのか、だいたい想像がつく。「掃除もします。片づけも。お針子として仕事ができるようになるまでは、そういう仕事をするわ」

お針子は腕を組んだ。「申し訳ありませんが、お針子は間に合ってるんです」

「上の人とお話をさせてもらえれば――」

「いまはお客さまのお相手で忙しいんです」

「あら、そうなの……」リーアはスカートを指で叩いた。

「ごきげんよう、ミセス・ジョージ」こうして、リーアはいとも簡単に断られた。

リーアはつばをのみこもうとしたが、自尊心が喉につかえてうまくいかなかった。なんとか笑みを作って、ドアのほうを向いた。「どうもありがとう、ミス……」立ち止まって相手を見た。「ごめんなさい。お名前は？」

「エレインです」

リーアはうなずいてからふたたび微笑んだ。「どうもありがとう、エレイン。ごきげんよう」

ドアを開けたとたん、肥料のにおいに息をのんだ。不思議なことだが、お金があって未来が約束されていた頃は、これほどロンドンの街に五感を圧倒されたことはなかった。いま見ると、物乞いがあちらこちらにいる。

音もこれまでよりも大きく感じる。馬の引き具のたてる音や行商人の呼び声も、ずっと大きく聞こえた。道を歩き出すと、泥酔した男が目の前に現れて、リーアはあとずさりした。男はもの欲しげな目でリーアの体をじっと見た。息も服も悪臭を放っている。結局、男は何も言わずにそのまま通りを渡っていった。そこへ荷馬車が近づいてきて、リーアはびくっとした。男を引き戻そうとするように思わず腕を伸ばしていた。

これまで何も見えていなかったのだと思い知らされた。立場が変わった以外、わたしは何も変わっていない。これまでと同じく、レディらしい服に身を包んで、威厳を持って歩き、話している。どこも変わっていない……。

ただ、いまは仕えてくれる人も、守ってくれる人もいない。富と特権のある世界から、それほど恵まれていないロンドンの市井の人々の中に放りこまれた。

スカートが台無しにならないよう足元を見ながら、次の目的地に向かった。かつて客として通っていた帽子店だ。だが、ほんの数歩進んだところで誰かにぶつかった。ひしめきあう周囲の人々と比べると、ヒナギクのようにいい香りのする女性だった。

「ミセス・ジョージ!」リーアは顔を上げた。「ミス・ペティグリュー」やっと愛想のいい顔に出会えた。「お元気?」

「ええ、元気です」ミス・ペティグリューはリーアの肘を取ると、通行人を避けて道の脇に退いた。「元気すぎるくらい元気なんです。ミセス・トンプソンが二日前にコンパニオンを辞めたものですから」

「そうなの?」リーアの胸は希望にときめいた。

「え……ええ。リンリー・パークから帰ったあと、彼女と父のあいだで言い争いになったみたいで。父が噂を聞いたあと……」ミス・ペティグリューは鼻にしわを寄せた。

「わたしのことかしら?」リーアはさらりと言った。

「ええ、そうです。ディナーパーティーの晩にあなたがしたことを聞いて、夫を亡くしたばかりの人のハウスパーティーに若い娘を連れていくとはどういう了見かと父が言い出したんです。ミセス・トンプソンはなんとかとどまろうとしたみたいですけれど、わたしは毎晩、彼女が辞めてくれるよう神さまに祈りました」

ミス・ペティグリューの話を聞きながら、リーアは微笑んでいた。ウィルトシャーでは自信がなさそうに見えた引っ込み思案な彼女が、気性の激しいおしゃべりな大人の女性に変貌を遂げている。

「わたしがカップの代わりにわざとミセス・トンプソンの膝の上に紅茶を注いだときは、もちろん父は怒ったわ。でも彼女、やけどはしていないんです！　わたしだってそこまではしません」

「ミス・ペティグリュー」リーアはたしなめた。「あなたにいたずら好きなところがあるのは、前から気づいていたわ」

ミス・ペティグリューは茶目っ気のある笑みを浮かべて肩をすくめた。「それで、新しいコンパニオンを探すために父はわたしをロンドンに戻したんです。わたし、とても幸せなんです、ミセス・ジョージ。おかげで、この一週間で二回もウィルに会えたんですもの」

「ウィル？」

「銀行員です。覚えていらっしゃいます？」

ミス・ペティグリューが思いを寄せている相手だ。「新しいコンパニオンはもう決まったの？」リーアは心の中で祈りながら尋ねた。

「いいえ、まだです」ミス・ペティグリューはリーアに腕をからめて引き寄せた。「今日と明日、父が候補者と会うんですけれど、わたしはしばらくは適当な人が見つからないといいと思っています。田舎に送られてあちこちのハウスパーティーを巡るより、ウィルに会えるロンドンにいるほうがいいですもの」

リーアは深く息を吸いこんだ。「お父さまがわたしのハウスパーティーのことで怒っていらっしゃるのはわかるけれど――」

「ええ、かんかんです。あんなスキャンダルに関わったりしたら、立派な男性と結婚できなくなると言われました」

「でも、単にドレスの問題だし」それだけではないのはリーアにもわかっていた。上流社会から非難を浴びるふるまいだったのだ。

「あの場にはふさわしくないけれど、とてもきれいなドレスでしたね」

リーアは弱々しく微笑んだ。「ありがとう」それから言い足した。「お父さまはわたしをコンパニオンにはなさらないでしょうね？」

ミス・ペティグリューは振り返ってリーアの手をつかんだ。「まあ、ミセス・ジョージ。なんてすてきなんでしょう！」だが、眉をひそめて、すぐにその手を放した。「でも無理だわ。父があなたを雇うことは絶対にないでしょうから。たぶん、あなたをひと目見たとたん非難しはじめると思います。若い娘たちがいかに影響を受けやすいか、たっぷり三〇分はお説教されるでしょうね。あなたはわたしと同じ年なのに」

「そうね」やわらかくてあたたかいものに足が沈んだような気がして、リーアは足元を見おろした。そしてため息をついた。やれやれ。動物の糞だわ。

「でも、あなたをコンパニオンに迎えそうな人を知っています」少し間を置いてから、ミス・ペティグリューが言った。

ふたたび希望が頭をもたげた。「本当に？」

「ええ、その人も未亡人だから、あまり厳しいことは言わないんじゃないかしら。ミセス・

キャンベルといって、わたしが子どもの頃から知っている人です。母の友人なんです。ご主人はバーミンガムで織物工場を経営していました」

「その人がコンパニオンを探しているの？」

「もちろん、何か教えたり監視したりしろというわけじゃありませんわ。寂しさをまぎらわせてくれる相手を探しているんです」

「紹介していただける？」

ミス・ペティグリューはリーアの腕をぎゅっとつかんだ。「ええ、ミセス・ジョージ。喜んで」


ハートウェル家の執事は二階の客間にセバスチャンを案内した。リーアが実家に戻ったのは、噂で聞いて知っていた。レンネル子爵が義理の娘との関係を断ち、リンリー・パークを出るよう彼女に求めたらしい。

セバスチャンが客間に入ったとき、すでにミセス・ハートウェルとリーアの妹がいた。

「ライオスリー伯爵がお見えです」執事が言い、ふたりの女性は立ち上がってお辞儀をした。

セバスチャンは部屋に目を走らせたが、リーアはいなかった。前に進み出て、リーアの母と妹の手を順に取ってお辞儀をした。「ミセス・ハートウェル、ミス・ベアトリス」

「おいでくださって光栄ですわ、ライオスリー卿」ミセス・ハートウェルは笑みを浮かべて言った。リーアが神経質になっているときや嘘をついているときに浮かべるのと同じ、儀礼的な笑みだった。彼女が次第に見せるようになった率直な心からの笑みとは違う。

「またお会いできてうれしいです」セバスチャンはミセス・ハートウェルにうながされて腰をおろした。同じ社交界に属してはいるものの、ハートウェル家とはあまり交流がない。イアンを通してつながりができなければ、多数いる貴族の遠縁の中でも、特に彼らと知りあう機会もなかっただろう。

メイドが紅茶のトレーを持って入ってきた。ミセス・ハートウェルが紅茶を注ぐあいだ、セバスチャンは辛抱強く待っていた。「いままで機会がなくて申し上げていなかったと思いますけれど、奥さまが亡くなられたことを心よりお悔やみ申し上げます」

セバスチャンはうなずいた。「ありがとうございます」砂糖とクリームを勧められたが、どちらも断った。

ミセス・ハートウェルは首を曲げ、隣におとなしく座るリーアの妹を指し示した。「今年はベアトリスが社交界にデビューしたんです。すでにふたりから結婚の申しこみをいただいているんですのよ。ご存知でした?」

「いや、知りません」セバスチャンはいらだちのあまり、いつしか腿をそっと叩いていた。彼はその手を止めた。「ご承知のように、ぼくはリンリー・パークのハウスパーティーに参加していましたから」

ミセス・ハートウェルは唇をかたく結んでから言った。「上の娘のふるまいについてお詫び申し上げますわ。悲しみがあの子をひどく変えてしまったようです」

「ミセス・ジョージもこちらに呼んでいただけないでしょうか？　話をして、元気かどうか確かめたいのです。イアンはぼくの親友でしたから。彼女のふるまいはたしかに妙でしたが、ぜひとも会って――」

ミセス・ハートウェルが音をたててカップを置いた。「娘はもうここにはおりません」

セバスチャンは彼女を見つめた。レンネル家の世話になっておらず、実家にもいないとしたら……。「どこに行ったのか教えていただけますか？」

ミセス・ハートウェルはうつむいて、紅茶にスプーン二杯の砂糖を足した。乱暴にかきまぜても溶けきれなかった白い粒が、カップの中でくるくる回っている。「申し訳ありませんが、それはできません」

セバスチャンは眉をひそめた。「教えていただけませんか？　彼女は……」手紙のことを思い出した。「彼女の持ちものの中に、ぼくの所有物と思われるものがあるのです」

ミセス・ハートウェルははっとしたように顔を上げた。「リーアが何か盗んだというんじゃないでしょうね？」

「とんでもない。イアンが持っていたものです。彼女は渡してくれようとしたんですが、ぼくが断りました。それが欲しいのです」

ミセス・ハートウェルは目を伏せて紅茶を飲んだ。「申し訳ありませんが」セバスチャンと視線を合わせた。「お答えしたくないのではなく、わたしも娘がどこにいるのかわからないんです」

「わからない？」

「ええ。お祭しのように、あの子はこのところおかしなふるまいが多くて。行き先を言わずに出ていってしまいましたの」

セバスチャンは疑いの目でミセス・ハートウェルを見た。彼女の話しぶりから、リーアが出ていったのは母親にも原因がありそうだ。「わかりました」彼はカップを置き、立ち上がってお辞儀をした。「あわただしくてすみません……失礼します」

ミセス・ハートウェルとミス・ベアトリスは立ち上がった。「ぜひ夕食をご一緒に」リーアの母が言った。「そのあと、ベアトリスがピアノを披露いたします。上手なんですのよ」

「ありがとうございます。でも、おいとましなければならないんです」小さく頭をさげると、セバスチャンは向きを変えて客間を出た。階段をおり、玄関に向かったところで、うしろから追いかけてくる足音に気づいた。

「ライオスリー卿！」

リーアの妹だった。彼女は一メートルほど距離を置いて立ち止まった。頰がほてり、目は明るく輝いている。「姉はロンドンにいます」背後をちらりと見てささやいた。「母に無理やり結婚させられそうになって逃げたんです」

「ロンドンか。誰のところです？　友だち？　それともいとこ？」

ミス・ベアトリスはかぶりを振った。「働いています」

「働いている？」それもそうだろう。家族からもどこからも援助を受けられず、社会から見放されているのだから。

リーアの妹は顔を近づけた。「ミセス・キャンベルのコンパニオンをしているんです。犬の散歩をしています。ミニーというスパニエルで――」

「どうしてわかったんです？　手紙のやりとりをしているんですか？」セバスチャンは近くにいる従僕に合図をして、帽子をかぶり、マントを羽織った。

「ええ。お母さまも知っているけれど、娘が働かなければならない状況にいることを認めようとしません。死んだものと考えたほうがましだと思っているみたい。あの、もちろん本気でそんなこと――」

「嘘をついたんだな」

ミス・ベアトリスはうなずこうとして顔を赤らめた。「わざとだましたわけじゃないんです、閣下」

「ミセス・キャンベルでしたね？」

彼女はためらった。「ええ」

「ありがとう、ミス・ベアトリス。ごきげんよう」

「ごきげんよう、閣下」

リーアは休みの日が好きだった。日曜が丸一日自由というわけではない。朝、ミセス・キャンベルにお供して教会に行かなければならないし、朝と日没前には、ミニーを散歩に連れていって、ミセス・キャンベルの言う〝お務め〟をさせなければならない。

はじめは従僕もメイドもなしに外出するのに慣れなかったが、じきにミニーとの散歩の時間は一日の中でももっとも好きな時間になった。犬だけを連れてひとりでいると、大いに自由を味わえる。いまは朝の散歩がすんだし、礼拝も一時間前に終わった。

リーアは鼻歌を歌いながら、教会用のよそ行きの黒いドレスから、散歩に適した服に着替えた。公園で乗馬ができたらどんなにいいだろう。木の葉はあらかた地面に落ち、風は冷たいが、太陽は輝いていて充分にあたたかい。ミセス・キャンベルとはうまくいっているものの、主人とコンパニオンのあいだには境界線がある。馬に乗りたくて馬屋にあこがれの目を向けることはあっても、実際に馬を借りていいかと尋ねるにはまだ時間がかかりそうだ。

だから、今日は買い物に行くつもりだった。買い物など、もう何年もしていない気がする。はじめて給料をもらったので、日曜の午後に大勢の買い物客に交わるのが楽しみでならなかった。

「リーア？ 用意はできた？」ミセス・キャンベルの侍女クリスティンが、ノックしてからドアを開けた。ほとんどの女性使用人が狭い寝室を共同で使っているが、リーアとクリスティンとミセス・ビーズレーだけは、狭いながらも個室を与えられている。

リーアは黒いボンネットをピンで留めると、ヴェールをおろして振り向いた。「今日はなんだか、すごく浮ついたものを買いたい気分なの」

ヨークシャーの中流階級出身のクリスティンが、信じられないという顔で言った。「浮ついたもの？　あなたが？」

「そして、黒じゃないもの」

「それなら下着にするといいわ。そうでないとミセス・キャンベルが卒倒するから」

「わかっているわ」ミス・ペティグリューに紹介されたあと、ミセス・キャンベルはリーアを〝お友だち〟と呼んでいるが、噂は耳にしたらしく、コンパニオンとして礼儀にかなった行動をするよう彼女に言い含めた。階級は高くないが、ミセス・キャンベルは貴族のようにふるまい、リーアとは距離を置いて、ミニーの話以外は会話を交わさない。互いのこれまでの人生や亡くなった夫のこと、未亡人の生活も一度も話題にのぼらなかった。クリスティンがいなければ、リーアはイアンが生きていた頃よりもさらに孤独な生活を送っていただろう。

「ハンカチがいいかも」リーアは言った。新しいシュミーズを買う余裕はない。

ドアを閉めて、クリスティンと並んで使用人用の階段をおりた。正面の階段を使うのは、ミセス・キャンベルのお供をするときだけだ。

「わたしはスカーフを買うの」厨房《ちゅうぼう》を抜けながらクリスティンが言った。

「この前教えてくれた、レースのついた青いスカーフ？」

クリスティンはうなずいて、裏口のドアを押さえてリーアを通した。ふたりは家の脇から正面の公道に向かった。

リーアは横目でクリスティンを見た。「帽子もあったでしょう。あとで散歩のときにかぶったら、ロバートが褒めてくれるかも」

第一従僕の名を聞いて、クリスティンは顔を赤らめた。「彼はただの友だちよ。何度も言ってるでしょう？」

ふたりは通りを歩き出した。馬車とすれ違った。「赤くなってるわよ」

クリスティンは鼻を鳴らしてそっぽを向いた。「あなたがそんなふうにからかうせいだわ」

背後で、馬車の御者が馬に止まれと命じる声が聞こえた。リーアは振り返ったが、馬車の紋章は見えなかった。「またオバートンかしら？」

クリスティンは首を振った。「いいえ。ミセス・キャンベルはオバートンと別れたわ。トラハーンじゃないかしら」

リーアは片方の眉を上げてクリスティンを見た。「トラハーン？　ミセス・キャンベルは嫌っているんだと思っていたわ」

「そうかもしれないけれど、彼は見た目がいいから。それに、ベッドの中では話をする必要ないし」

「クリスティン。無邪気な顔でなんてことを言うの」

クリスティンは静かに笑った。「黙って。わたしはずいぶん――」

「リーア？」男性の声が呼びかけた。「ミセス・ジョージか？」

かつてイアンがそうだったように、懐かしさを感じる声だった。二度と聞くことはないと思っていた。リーアはまっすぐ前方を見つめたまま足を止めた。

クリスティンは躊躇《ちゅうちょ》しなかった。ふたたびうしろを振り返ってからささやいた。「リーア、馬車の人よ。トラハーンじゃないわ。あなたを見ている」

「ええ、知っているわ」リーアは答えた。振り返りたいのか、自分でもよくわからない。

「ライオスリー卿よ」

「知りあいなのね？」

「彼は……夫の友人だったの」

「そうなの。あら、こっちに向かってくるわ」

リーアは固唾《かたず》をのんだ。彼の足音が聞こえてきた。自信に満ちた、しっかりした足取りだった。きみを拒絶すると言った彼が、なんのためにわたしを捜し出したのかしら？

「こんにちは」

クリスティンが彼のほうを向き、膝を曲げてお辞儀をした。「閣下」

「こんにちは、ミセス・ジョージ。きみだろう？　ぼくの間違いじゃないね？」

リーアはゆっくり振り向き、誇り高く顎を上げた。お辞儀はしなかった。「なんのご用？」

クリスティンが息をのんだ。

わたしは彼に何をさせたいのかしら？　怒らせたいのか、人前で傲慢なところを発揮させたいのかわからない。とにかく、彼の声を聞いたとたんに弱くなってしまった自分を見られたくないし、再会できた喜びに息が止まりそうなことを感づかれたくない。

でも、わたしの顔を見る彼の緑のまなざしにおぼれ、彼の腕に飛びこみたくてたまらない。彼はとてもハンサムで、記憶にあるよりも背が高く、身なりも立派だった。体にぴったりしたグレーのズボンに上着、紺のシルクのベストが、立場の違いをいやでも感じさせる。彼はいまでも伯爵だが、わたしはもうレディではない。

リーアは目をそらした。わたしが彼のことを思い寂しく感じていたなんて、彼にはわからないだろう。ミニーを連れて出かけたとき、彼のロンドンの家の向かいにある公園で、彼の家を長いあいだ見つめていた。そこにはいないとわかっていても、いてくれればいいのにと願った。

「ミセス・ジョージ」

リーアはセバスチャンを見つめるだけだった。冷たく接してほしかった。これまでは彼を記憶から追い出す理由を自分で作ってきたが、今度は彼にもっと大きな理由を作ってほしい。だが、逆だった。顔をしかめたり、にらんだりする代わりに、彼は微笑んだ。

「少し話がしたいんだ」そう言って、クリスティンに礼儀正しく頭をさげた。「ふたりだけで」

リーアは腕組みをした。「ここで話してちょうだい。手短にお願いね。買い物に行くところだから」

セバスチャンは笑みを浮かべたままうなずいた。「それがきみの望みなら」そして、さらに近づくとリーアの手を取り、目を見つめて言った。「ミセス・ジョージ、どうかぼくの妻になってもらえないだろうか？」

16

木曜の午後二時、見張り番のそばで会いましょう。

リーアはセバスチャンに握られた手を引っこめた。「クリスティン、悪いけど――」

「気にしないで。じゃあ、夕食の前に」侍女はそう言って、ひとりで店の方角へ歩きはじめた。その足取りはひどくゆっくりで、聞き耳を立てているのは間違いない。

リーアはセバスチャンを見上げて、何を考えているのか探ろうとした。緑の目がひるむことなく、まじめに見つめ返す。結婚を申しこんだのは本気らしい。「よくわからないわ。わたしと結婚したいというの？」

「公園を歩かないか？」道の向こうを示して彼が言った。

リーアは戸惑って何も考えられなくなり、うなずいた。ふたりは公園に入って小道を歩きはじめた。「あなたとなんて結婚したくないわ」リーアは小声で言った。心臓が激しく鼓動する。

「ああ、そう言われても驚かないよ」リーアの返事を聞いても思いとどまる気はないらしく、セバスチャンはことさら明るく言った。「しかし、申しこまなければならない事情ができたんだ」

リーアは彼を見た。くつろいだ様子で歩きながら、前方の木を眺めている。かたく閉じた口元だけが、心中の不安を物語っていた。「ハウスパーティー以来、きみとぼくがつきあっているという噂が流れている。知っているか？」

庭でのキスを思い出して頬が熱くなり、リーアは顔をそむけた。「ええ」

「さらに最近ではイアンとアンジェラのことも噂になっているが、それも知っているか？」

リーアはつまずいた。セバスチャンのあたたかい手が彼女の腕をつかんだ。「いいえ、閣下。それは知らなかったわ」

「警告しただろう？」彼は静かに言った。リーアの腕から手を離そうとしない。

リーアは顎を上げた。「わたしのあのふるまいがなくても噂になっていたかもしれないわ」

「ああ、きみの言うとおり、たしかにそうかもしれない。だが、たぶん違うだろう」

「悪いけれど、お説教をされたい気分じゃないの。なぜ結婚を申しこんだのか教えて。そうすればわたしも断れるし、もう一度、お互い別の道を歩むことができるわ」

「イアンとアンジェラの噂を消し止めるには、噂の矛先をぼくたちに向けるのが一番だと思ったからだ。ぼくたちが恋人同士だと信じさせ、結婚することでそれを裏付ける。うまくいけば、人々の注意はぼくらに向いて、イアンとアンジェラのことはとやかく言われないようになるだろう。いずれは、ぼくたちの噂だっておさまる」

「もう噂になっているなら放っておけばいいじゃないの。妻を寝取られたと思われるのはプライドが許さない？　それともアンジェラを守ろうとしているの？」リーアは少したためらってから、さらに言った。心臓がどきどきする。「まだ彼女を愛しているの？」

セバスチャンは苦い顔で彼女を見つめた。「一番大事な理由をわざと抜かしたな」

彼はアンジェラに関する質問には答えなかった。「どんな理由？」

「ヘンリーだ」

「ああ、そうだったわね。でも信じて、ヘンリーはあなたにそっくりよ。あなたの子どもじゃないなんて考えられないわ」

セバスチャンはリーアの言葉に答えずにうなずいた。「どんなことをしても、あの子を守りたい」

「いくらあなたが、わたしと結婚するのが最善の方法だと考えていても」リーアは最後まで枝に残っていた葉の一枚がはらはらと落ちていく様子を見つめていた。「悪いけれど、わたしは結婚を承諾する必要をまったく感じないの。たしかにヘンリーはかわいいわ。でも――」

「あの子には……母親が必要だ」

セバスチャンがそう言ったとたんに、リーアの心臓が胸の中で震え、躍り出した。「まだほかに方法があるわ。別の人を探して結婚するの。そうすれば、わたしたちの噂もイアンとアンジェラの噂も消えるかもしれないし、ヘンリーには新しいお母さんができる。わたしを巻き込む必要はないわ」

「妹さんから、ミセス・キャンベルのコンパニオンになったと聞いた」

「ああ、ベアトリスから聞いたのね。どうやってわたしを見つけたのかと思っていたのよ」

行商人が背中を丸めて荷車を押しながら通り過ぎていった。

「犬の散歩は楽しいか？」

「ええ。ミニーと一緒にいるととても楽しいのよ」言外の意味が伝わるようリーアは言った。それに引き替えあなたといるのは楽しくないという意味をこめて。

「リンリー・パークで、きみは自由について語っていた。ここでそれを手に入れたとは思えない。本来なら自分よりも身分の低い主人の気まぐれで、あっちに呼ばれ、こっちにやられる生活だ」

リーアは微笑んだ。「結婚したほうが自由にできると言いたいなら無駄よ。結婚でどれだけ束縛されるかわたしは知っている」

「ぼくならきみに自由を許して――」

「ほらね、〝許す〟と言ったでしょう？　つまりあなたはわたしの主人であって、わたしの自由はあなたの望みの上に成り立つということじゃないかしら」

セバスチャンは唇を結んだ。「では、別の言い方をしよう。きみがぼくと結婚してヘンリーの母親になってくれるなら、ぼくがきみに求めるのはひとつだ。あの子が母親に求めることをしてやってほしい。それ以外は好きにしてくれればいい。乗馬をしてもいいし、アーチェリーをしてもいい。舟遊びでも、真夜中の庭の散歩でもかまわない。なんでもしたいことをしてくれ」

「あなたの顔を見たくないと言ったら？」リーアはそう尋ねたが、別にプロポーズを検討しようと思ったわけではない。ただ、彼がどれほどこの会話を掘り下げるつもりなのか知りたかったからだ。

「ヘンリーを連れて一緒に外出することはあるかもしれないが、それ以外は我慢してぼくと一緒に過ごす必要はない」セバスチャンはそう言ってからリーアを振り返ってかすかに微笑んだ。「ぼくのほうも、我慢してきみと過ごしたりしない」

リーアは思わず笑みを返した。

セバスチャンはさっと前方に目を戻した。「言っておくが、寝室についても同じだ」

リーアは息をのんだ。「夫婦の契りを結ばないのね？」

「そうだ」

「形だけの結婚ということ？　どちらも早死にせず、これから三〇年結婚生活が続くとしても、けっしてわたしをベッドに誘う気がないのね？」

リーアは一瞬、彼が喉を詰まらせたかと思った。「ああ」

「だったらあなたは愛人を持つのね」

セバスチャンは鋭くリーアを見た。口の両端に深いしわが刻まれた。「きみに対して誠実でいると誓うよ」

リーアはまったく面白くもなさそうに笑い声をあげた。「冗談でしょう、閣下。わたしが結婚を承諾したら、死ぬまで禁欲主義を貫き通すというの？」

セバスチャンが強烈なまなざしを向け、深緑色の瞳が暗く陰った。「きみが望むかぎり、禁欲を貫く。きみがぼくをベッドに迎え入れたくなるまでは」

リーアは喉に何かがつかえたような気がした。また笑おうとしたが、かすれた声しか出なかった。「自信満々ね。でも、わたしが一生あなたを求めなかったらどうするの？　ほかの男性をベッドに迎えたくなったら？」

「ぼくたちはどちらも結婚相手に裏切られるつらさを経験している。これは愛による結婚ではないが、きみがここで貞節を誓えないなら、この話は終わりにしよう」

「あなたと結婚したくないわ」リーアはもう一度言ったが、今度はまるで確信が持てないようなささやき声になった。

セバスチャンは小道の真ん中で立ち止まり、リーアに向き直った。今度は手を取りもせず、それ以上近づきもしなかった。だが、あたりには誰もいない。遠くの街のざわめきもふたりの邪魔はしなかった。リーアはあとずさりして、この親密なひとときから逃れたい衝動を我慢した。

「だったら、ぼくがきみと結婚したい理由を説明させてくれ、リーア」

〝ミセス・ジョージ〟ではなく〝リーア〟だった。リーアはずっと彼の唇から自分の名を聞きたくてたまらなかった。そんなことを思ってはいけないのに。

「理由は知っているわ。噂の矛先を変えるためでしょう」

「そうだ」

「そしてヘンリーに母親を与えるため」

セバスチャンはうなずいた。「そのとおり。きみが言ったように、ほかの女性を探すこともできる。だが、ぼくはほかの女性ではなく、きみと――リーア・ジョージと結婚したいんだ。きみの笑顔になじんでしまった。その笑顔を見て腹が立つとしてもだ。それに、きみの茶目っ気たっぷりの言動を楽しみにするようになった。きみが自由を探し求めるのが好きなように、どうやらぼくはきみが自由を謳歌しているところを見るのが好きらしい。きみはヘンリーを知っている。前にあの子と遊ぶきみを見た。すぐにいい関係を築けると思う。それに……」

セバスチャンはリーアの頭の向こうに視線を向けた。リーアはしばらく待っていたが、彼が先を続けそうにないのでうながした。「それに？」

ふたたびリーアの顔を見たとき、セバスチャンの表情は閉ざされていた。「きみといると、なぜかアンジェラとイアンのことを忘れられる。アンジェラの顔も思い描けなくなる。見えるのはきみだけだから。たぶんそれが、きみを必要とする理由だと思う」

「奥さんを忘れる手助けが欲しいのね」

セバスチャンは首を振り、悪態をついて一歩近づいた。「ばかだな」苦しげな顔でささやき、両手でリーアの顔を包んだ。「前に言っただろう。忘れたのか？　まあいい。もう一度言う。ぼくはきみが欲しい」庭でキスをした晩と同じように、彼の親指がリーアの上唇をかすめる。「きみを求めているんだ」彼の手が頬を離れて指が眉尻をなで、目を閉じたリーアのまつげに触れてから、下に移動して顎に触れた。

それ以上セバスチャンが動かないので、リーアは目を開けた。彼は手を離してうしろにさがった。「だが、約束は守る。ヘンリーがいないときにはそばにいてくれとは言わないし、望まれないかぎり、きみのベッドにも行かない。きみに自由を与える。ヘンリーを守るために手を貸してくれ。あの子の母親になってほしい。承知してくれれば、きみはもう孤独ではなくなる」

リーアは息を吐いた。肺から空気が出ていくのを感じ、自分がいままで息を止めていたのだと気づいた。腕を組んで目をそらし、木から木へと飛び移るリスを観察するふりをした。

「考えておくわ」いますぐ断らなければならないとわかっていながらも、そう答えた。

「ありがとう」セバスチャンのほっとしたような声から、違う答えを予想していたことがうかがえる。「次はいつ来ればいいかい?」

自分で決めずにわたしの意向を聞いてくれるなんて。けれども本当はそんなことを尋ねてほしくなかった。リーアははっきりした答えを出したくなかった。何も言わなければ、もしかしたら彼はもう来ないかもしれない。

「次の日曜」無意識のうちに答えていた。「同じ時間に。そのときに返事をするわ」

セバスチャンはうなずき、腕を差し出した。リーアは手をのせた。ふたりは黙ったままミセス・キャンベルの家に戻った。

それからの数日、リーアはセバスチャンに一週間も与えたことを悔やんでいた。一週間は長すぎるし、断るとわかっていながらも、心の一部は彼の言葉を思い返して揺れていた。

イアンとアンジェラの噂はどうでもよかったが、噂を消すことでヘンリーを守れるなら、やってみる価値はあるだろう。セバスチャンの息子の母親になれると思うと、抗いがたい喜びを感じた。ヘンリーを思う存分かわいがり、心から愛するのはどんなにすてきだろう。でも、本当の親子になれるのかしら？　自分の子どもが欲しいという思いは、ヘンリーで満たされるのかしら？

セバスチャンは自由を保証してくれたが、彼と結婚したら、どこまでの自由が手に入るのかわからない。ミセス・キャンベルの――そしてミニーの――コンパニオンとしてこれからの人生をずっと生きていくのがどんなものかわからないが、少なくとも母の支配からは逃れられた。それに、こんな暮らしになったのも、単に結婚という過ちを犯したからではない。セバスチャンが主張したように自由が手に入れば、何かが変わるのでは？　彼はわたしを求めていると言っていたけれど、ベッドには来ないだろう。それでも、わたしは自分の子どもが欲しい。その思いから彼をベッドに招いたら、以前と同じつらさを味わうことになる。今度は夫ではなく、自分自身の意思によって体は辱《はずかし》めを受けるのだ。

土曜の晩、ミセス・キャンベルとミニーが寝室に引き上げたあと、リーアは自室のベッドの端に座っていた。一週間考えたが、疑問は残っている。

「断るわ」明日、家の前の通りでセバスチャンに会うことを想像しながら、声に出して言った。彼のほうに引き寄せられる体を無視して、あの美しい緑の瞳を見つめ、プロポーズを断ろう。

「断るわ」もう一度言った。まだ声は弱々しい。立ち上がって部屋の中を歩いた。狭い部屋なので、思う存分歩けるわけではないが、動いたおかげでいくらか気持ちが落ち着いた。セバスチャンと結婚すれば、愛する子どもが持てる。その子への愛情は今後ますますふくらんでいくだろう。それはいまからわかっている。夫婦の契りを結ばずに母親になるとしたら、これがただ一度のチャンスだろう。

たしかに母親になるという期待は否定できない。けれどもセバスチャンは、わたしが欲しいから結婚したいとまで言ったのだ。そばにいるだけでなく、わたしを求めていた。彼はわたしをベッドに迎えたいと望んでいる。

この一週間ずっとそうしてきたように、リーアは鼻で笑った。両腕で自分の体を抱きしめると、くるりと向きを変えた。アンジェラを愛したセバスチャンが、わたしとベッドをともにしたいと考えている。

結婚前の交際期間に、イアンに何度同じことを信じこまされただろう？　彼はわたしを抱く前に、何度甘い言葉をささやいた？　わたしはイアンを信じた。愚かにも彼を信じてしまった。

セバスチャンはわたしが欲しい、わたしを求めていると言った。わたしがアンジェラのことを忘れさせるとも言っていた。でも、全部嘘かもしれない。自分の思いどおりにするために、言いくるめようとしたとも考えられる。

セバスチャンとイアン。どちらも自分勝手な理由でわたしを求めた。イアンはセバスチャンを裏切ったかもしれないが、もともとふたりは親友だった。似た者同士ではないのかしら？　ふたりとも同じことを言って……。

リーアはぴたりと足を止めた。その拍子にスカートが大きく翻った。イアンはわたしの気を引くためにあらゆる手を使った。プレゼントや花だけでなく、詩を書き写して贈ってくれたこともある。ラブレターも届いた。彼は愛していると言った。

セバスチャンは結婚すべき理由を論理的に並べたてただけだ。プレゼントもなければ、愛の告白もない。わたしを求めていると言ったときも、うれしそうではなかった――むしろつらそうに見えた。

セバスチャンは嘘はついていない。リーアは気づいた。なにしろ、彼はわたしを愛していると一度も言っていないのだから。

セバスチャンは三〇分早くミセス・キャンベルの家に着いた。本当は一時間早く着きそうだったが、御者に命じて公園を何度も回ってきたのだ。

緊張していた。アンジェラと一緒にいたときも、これほど緊張した覚えはない。アンジェラは男をくつろがせるすべを知っていた。アンジェラのまなざしや声、ちょっとした言葉が、自分が彼女にとってたったひとりの大切な存在だと感じさせた。彼女に注目されることで、自信がみなぎった。

だがリーアが相手だと……。今朝はクラヴァットがきちんと結べず何度もやり直し、五枚は無駄にしたに違いない。指が急に太く不器用になったかのようで手間取った。結婚後に従者を解雇したので、最後は執事を呼んで手伝わせなければならなかった。

そんなことはどうでもいい。セバスチャンは息苦しさを感じ、喉元のクラヴァットを引っ張ったが、うまくゆるめることができなかった。なぜまたここに来たのか、自分でもよくわからない。先週のリーアの様子――彼女の態度や、彼女が言ったこと、言わなかったこと――からすると、断られるとしか思えない。今日返事をすると言われたから、わずかな期待をかけてここに来たのだ。先週断ってもよかったのに、彼女はそうしなかった。まったく望みがないわけではない。ヘンリーのためにリーアが必要で、自分が彼女を求めているのだと再度伝えたからには、最終的な返事を待たずにハンプシャーに帰るわけにはいかなかった。

いや、それも真実ではない。断られるとしても、もう一度リーアに会いたい。最後にもう一度。

セバスチャンは馬車のカーテンを開け、リーアが現れてくれないかと念じながら、窓から外をのぞいた。

そして、彼女は現れた。使用人が使う裏口から出てきたが、頭をまっすぐもたげ、背筋を伸ばしているその姿を見たら、知らない人は使用人とは思わないだろう。

彼女が馬車に近づいてきたので、セバスチャンは天井を叩いた。すぐに御者が扉を開けた。セバスチャンは地面におり立って彼女に向かって腕を伸ばした。曇り空のもと、リーアがヴェールの下で顔をしかめたかどうかはわからない。だが、セバスチャンは微笑んだ。「馬車に乗りたくないか？」リーアが黒いマントの下で身を震わせた。寒いから乗りなさいと命じたいところだったが、彼はそんな誘惑に抵抗した。

「そうね。ありがとう」リーアはセバスチャンの手を借りて馬車に乗った。彼女に触れなければよかった。セバスチャンは座席にもたれながら思った。この一週間、手袋をはめた指で触れた彼女の肌を思い出して苦しんだが、いま、彼女の手のあたたかさが自分の手のひらにしっかり感じられる。

「あなたのプロポーズを受けることにしたわ」御者が馬が走らせもしないうちにリーアは言った。

セバスチャンは彼女が触れたばかりの手を膝の上で握りしめた。「本気かい？」

リーアは楽しくもなさそうに笑った。「断ってほしいの？」

「いいや」

「実を言うと、あなたが挙げなかった理由を思いついて、プロポーズを受けないのは愚かなことだと考えたの」

セバスチャンは座ったまま体を動かし、思わず前に乗り出した。ロンドンの汚い空気や石炭の煙が入ってこない狭い馬車の中で、リーアの香りがする。以前と同じ香りだ。ああ、どんなにこれが恋しかったか。

「どんな理由だ？」

リーアはヴェールを頭の上に上げ、いたずらっぽく微笑んだ。「もう黒い服を着なくていいでしょう。クレープ地もボンバジンも、未亡人用の帽子もヴェールも」

セバスチャンも微笑んだ。ハウスパーティーの最後の晩に着ていた背中の開いたドレスをまた見たいと言いたかった。だが、要求や命令と受け取られそうなことはいっさい言わないよう気をつけていた。自立を脅かすようなことを言ったせいで彼女の気が変わってしまったら大変だ。

「いまから仕立て屋に行かないか？」セバスチャンは言った。

リーアは驚いたように口を開けたが、首を振った。「いいえ。でも、ありがとう」

「このあいだはもちろんこんな話はしなかったが、特別許可証をとってすぐに結婚しようか？　それとも結婚予告を出すほうがいいかい？」

「わたしが承諾して、ずいぶん喜んでくれているみたいね」リーアはからかうように言った。

セバスチャンは馬車の窓から、外の家並みを眺めた。「ヘンリーに会いたくてたまらない」

「結婚式には出席させないの？」

セバスチャンはリーアに視線を戻した。「きみさえよければ、あの子はこのまま田舎に置いておきたい。結婚してから改めてきみを紹介しよう。どっちみちあの子は何が起きているのか理解できないだろうし、なるべくふだんの生活を乱したくないんだ」

リーアは首をかしげてセバスチャンを見つめた。眉のあいだに二本しわが寄っている。

セバスチャンはなんとかこぶしの力を抜いた。「なんだい？」

「あなたはヘンリーをとても大事に思っているのね。もちろん、あなたがあの子と一緒にいるところは見たけれど、そのときは……」

セバスチャンはふたたびこぶしを握った。「あの子はぼくのすべてだ」

リーアは何も言わなかったが、眉根のしわが消え、口の端に小さな笑みが浮かんだ。「それなら特別許可証をとりましょう。そうすれば、できるだけ早くハンプシャーに向かうことができるもの。でも、ミセス・キャンベルには新しいコンパニオンを探す時間が必要だわ」

「ミセス・キャンベルにはたっぷり時間をあげればいい。ぼくが特別許可証をとりたいと思っているのは間違いないが、急いで結婚したら、また噂になってしまう。結婚予告をすれば、世間の注意をそらすことができるだろう。それから招待状も忘れないでくれ」

「招待状？」

「きみの家族や友人を招待するんだよ」

「それも、噂の矛先を変える作戦のひとつなのね？」

「そのほうがよければ、噂を広めた人たちも呼ぼう。メイヤー夫妻、ミセス・トンプソン、ミス・ペティグリュー、ミスター・ダンロップにクーパー＝ジャイルズ卿。それからエリオット卿と――」

「レディ・エリオットね。ええ、そうしましょう。噂の出所はレディ・エリオットに違いないわ。でも、最初にわたしの母に届くようにしないと。いっそのこと社交界の人たちを丸ごと呼んでしまわない？　できるだけ大勢呼べば、みんながすぐにその噂をはじめるわ」

その声の調子が、セバスチャンには気になった。「もしかしたらきみが快諾したことに懸念を覚えるべきかもしれない。いまになって疑わしく思えてきたよ」

リーアは肩をすくめた。「単純なことよ。あなた、わたしを愛している？」

セバスチャンは凍りついた。リーアはどんな答えを期待しているんだ？　正直に答えたら、彼女はミセス・キャンベルのもとに戻ると言うだろうか？

ふたりは見つめあった。互いに壁を作りながらも、それぞれの本音があらわになる。

「いいや」しばらくして、セバスチャンはこわばった唇のあいだから嘘を押し出した。

リーアはほっとした様子でうなずいた。「だから結婚しようと決めたの。わたしもあなたを愛していないから」

17

わかっています。自分でも信じられません。もうすぐね！

結婚式当日、セバスチャンの前に立ったときに、リーアは一度めの結婚式を考えずにはいられなかった。ほんの二年と少し前、大勢の人たちが参列する聖マイケル教会で、死がふたりを分かつまで夫を愛し、夫に従うと誓った。

かつてはイアンと一緒に年をとり、子どもや孫に恵まれると思っていた。そう考えると、不思議な気分だった。あれから三年も経っていないのに、こうしてイアンの親友と結婚式を挙げている。彼についてはほとんど何も知らないが、イアンのことだってよく知っていたとは言いがたい。

リーアはセバスチャンを見上げた。ふたりは両手を握りあっていたが、彼の厳かな顔は牧師に向けられている。アンジェラとの結婚式を思い出しているのかしら？

セバスチャンはチャコールグレーの上下に、銀糸が織りこまれた黒いベスト、そして同じく黒いクラヴァットといういでたちだ。髪をうしろになでつけているので、情熱的な目が際だっている。

イアンほどハンサムではないし、魅力的でもない。でも、セバスチャンに手を取られると、リーアはなぜか安心できた。愛しているかと問われたときに、彼は嘘をつかずに答えてくれた。浅はかな考えかもしれないが、リーアはこれでセバスチャンを信用できると思った。あとで悔やむかもしれない。けれどもいまは、これから指輪を交換する相手を見上げて、信頼に値する人だと実感できるのはうれしかった。

牧師が誓いの言葉を読みあげると、セバスチャンは謎めいた表情でリーアの目を見つめた。リーアは目をそらそうとしてもそらせなかった。こんなに早く二度めの結婚式を挙げているなんて、とても現実とは思えない。

リーアが誓いの言葉を述べる番が来た。セバスチャンの目を見つめていると、彼が自分を求めているということしか考えられない。突然、心地よかった彼の手のぬくもりが、肌をこがしそうなほど熱くなった。手を引き抜きたくなって、指が震える。それに気づいたのか、セバスチャンがしっかりと押さえた。

リーアは震える声で言った。「セバスチャン・エドワード・トーマス・マディンガー。わたしはあなたを……夫として迎えます」セバスチャンが手に力をこめたので、リーアは目を落とした。なんて大きな手だろう。これまで気づいていなかった。濃いグレーの手袋をはめ、リーアの手をすっぽりと包みこむ。手のひらは倍の大きさと言ってもいいだろう。その指先がリーアの手袋の下に忍びこみ、肌を直接なでている。

リーアは深く息を吸い、誓いの言葉の復唱を続けた。指輪の交換が終わり、牧師がふたりの結婚を宣言した。セバスチャンが顔を近づけたとき、リーアは緊張した。どうしたら熱烈に愛しあっていると参列者に印象づけられるか、この一カ月間ふたりで話しあってきた。リーア自身も覚悟を決めたつもりでいた。それでもまだ、心の準備はできていなかった。

目を閉じてキスを待っていると、やがてセバスチャンの唇が触れた。あたたかくて力強く、しかも短いキスだった。リーアはセバスチャンの顔を見ようとしたが、すでに彼はリーアの手を自分の腕にかけさせて参列者のほうを向いていた。

「ありがとう」リーアは小声で言ったが、彼には聞こえていないようだった。あるいは聞こえたけれど返事をしなかったのかもしれない。彼はリーアと一緒に祭壇をおり、教会を出て、馬車に向かった。ふたりはそれに乗って、披露宴が行われる自宅に戻ることになっていた。リーアはセバスチャンの手を借りて馬車に乗った。彼と向きあって座席に座ると、とても親密に感じられた。思っていた以上にずっと親密だ。リーアは窓から外を眺めた。

馬車が走りはじめると、セバスチャンはリーアを見た。まるでのぞき見をしているような気分だ。彼女が自分の妻になったなんて、とても現実とは思えなかった。

真珠の輝きを思わせる明るいグレーのウェディングドレスを着たリーアは、言葉では言い表せないほど美しい。これまでのような黒ではないとはいえ、セバスチャンとしては別の色を選んでほしかった。たとえば青だ。イアンとの生活から彼女を切り離してくれる、明るくて生き生きした色がいい。

贅沢にたっぷり布を使っているにもかかわらず、ドレスは彼女のほっそりした体つきを強調している。くびれたウエストに手を当てて、見た目どおりぴったり体に合っているのか確かめたくてたまらなかった。胸はボディスに隠れていてちらりとしか見えないが、それがかえって謎めいていて、その謎を暴きたいと思わせる。セバスチャンが選ぶなら、別の色にしただろうが、グレーの色は白い肌によく合っていて、彼女をはかなげというよりは現実を超越した存在に見せている。

家に着くまで、ずっとぼくを無視するつもりだろうか？　そう思ったとき、リーアがこちらを振り返った。「キスをしなかったわね」

セバスチャンは眉を上げた。「いや、しただろう」

彼女は頬を赤らめたが、セバスチャンの目を見つめたまま言った。「話しあったとおりではなかったから。もっと……きちんとするのかと思った」

セバスチャンは一瞬、リーアの隣に移って、プロポーズの返事をもらったときからずっと夢見てきたようにキスするところを想像した。知らないうちに視線が彼女の唇に落ち、心臓が大きく音をたてはじめた。「教えてくれ、レディ・ライオスリー。それは誘いの言葉なのか？」

なんとも魅惑的な瞬間になるはずだったが、リーアの新しい称号の響きがふたりをはっとさせた。レディ・ライオスリー。その称号はアンジェラではなく、リーアのものとなった。

今度はセバスチャンが先に目をそらした。だがその耳に、教会で言った言葉を繰り返す彼女の声が聞こえた。

「ありがとう」

「計画どおりのキスをしなかったからといって、ぼくを善人だなんて思わないでくれ。ああしないと、きみが失神するかと思ったからだ」

「失神なんかしないわ」その口調がハウスパーティーで見せた姿を思わせて、セバスチャンは微笑んだ。

「唇まで真っ青だったよ。手はぼくの手の中で震えていた」

リーアは反抗的に顎を上げた。「あなたはまったく緊張しなかったの?」

「ああ、しなかった」ただし、彼女が突然背を向けて、教会から飛び出していくのではないかと思うと怖かった。だから、彼女の手が震えていると気づいたあとは、放さないようしっかり握っていた。

「結婚を承諾する前に、あなたの欠点をちゃんと考えればよかった」

「もう手遅れだよ、レディ・ライオスリー」セバスチャンはもう一度その称号を口に出してみた——完璧だ。

リーアはしばしセバスチャンを見つめ、それから膝に置いた自分の手を見おろした。「わたしたちが結婚したあとも、イアンとアンジェラの噂が消えなかったらどうするつもり?」

「消えるさ。ぼくたちに関する噂が真実だったと証明されたから、世間ももうあのふたりのことは噂しないだろう」

「でも、消えなかったら？」

「さあね」セバスチャンは冷たく言ってから、自分の口調に後悔した。「わからない」今度はやさしく言った。「無視すればいいんじゃないかな。ふたりの関係を証明するものなどないのだから」

「手紙があるわ」

セバスチャンはかぶりを振った。「きみが持っているのは、アンジェラが書いたものだけだ。彼女の部屋を捜してみたが、イアンの手紙は見つからなかった」

リーアはしばらく黙ったままだったが、やがて目を上げた。「披露宴が終わったら、すぐにハンプシャーに向かうの？　それとも明日の朝？」

彼女は次々に質問するが、いったいどう答えればいいのだ？　どう答えるのが正しいのかセバスチャンにはわからない。「きみはどうしたい？」

「わたしは……どちらでもいいわ。でも、こっちでひと晩過ごすなら、彼女の部屋は使いたくない」

リーアがプロポーズの返事をしてから、セバスチャンは結婚の準備にこの一カ月を費やしてきた。とうとうアンジェラの部屋にも入って、イアンの手紙を捜し、あとでヘンリーが欲しがりそうなものを選び出した。それ以外のものはすべてメイドたちにまとめさせ、服も適当に分け与えた。部屋は色を塗り直し、家具を新しいものに変え、ラベンダーとバニラの香りが消えるまで空気を入れ替えた。

「心配しなくていい。きみには別の部屋を使ってもらう。一番広い客用寝室だ」

「どうもありがとう。お心づかいに感謝するわ」

セバスチャンは微笑んだ。「ほらね、ぼくの欠点は長所がうまく補ってくれる」

リーアは首を曲げて笑みを返した。「まだまだたくさんあるんでしょう」

それからほどなくして馬車はセバスチャンのタウンハウスに着き、ふたりはかつて自分たちの仲を噂した人々の祝福を受けた。

すべての噂が完全に消えたわけではないのは、セバスチャンにもわかっている。客の多くは宴《うたげ》のあいだも、ふたりをちらちら見ていた——おそらく、そもそもの疑惑を互いに確認しあっているのだろう。だが、それは想定内であり、しかたのないことだ。

噂を裏付けるためにも、セバスチャンはできるかぎりリーアのそばを離れなかった。触れはしないものの顔を寄せて、けっして実現しないと知りながら、彼女が頬を赤らめるような提案をささやいた。リーアから非難めいた視線を向けられたセバスチャンは果てしない喜びを感じた。彼女は目を輝かせ、当惑を押し隠して笑い声をあげた。近づいてきた母と妹がおめでとうと言うと、リーアはさらに赤くなった。披露宴が終わる頃には、全員ではないにしても客のほとんどが、新婚のふたりはいかがわしいほど深く愛しあっていると——少なくとも、情熱的に求めあっていると——信じたようだ。

四時間後、客が帰りはじめるなか、最後まで残っていたエリオット夫妻が近づいてきた。

レディ・エリオットはわけ知り顔に満足げな笑みを浮かべていた。「ライオスリー卿、レディ・ライオスリー」

「出席してくださって本当にうれしかったです」リーアが愛想よく言った。

セバスチャンが横目で見ると、彼女は心からそう思っているようだった。

「もちろん何があっても来ますよ」レディ・エリオットはいったん言葉を切って夫を見た。「たとえ狐狩りのシーズン間近であっても」

彼女はリーアに近づいてわざとらしく声をひそめたが、彼女の言葉はセバスチャンにもよく聞こえた。「ウィルトシャーで、アーチェリーの的をライオスリー卿に見立てるのかって聞いたでしょう?」

リーアがうなずき、セバスチャンは眉を上げた。

「間違いじゃなかったみたいね」レディ・エリオットはまつげの下からセバスチャンを見て言った。「怒りと情熱は似たようなものなのよ。そうでしょう、あなた?」そう尋ねると、夫の肘を取った。

セバスチャンがエリオット卿の視線をたどると、その先にはアップルタルトがあった。エリオット卿はびくっとして、われに返った。「ああ、そうだね。怒りと情熱は大事だ」

レディ・エリオットはため息をつき、いらだったようにリーアとセバスチャンを見てから、にこやかに夫に言った。「さあ、おいとましましょう。新婚なんだから、ふたりだけにしてあげなくちゃ」

夫妻が出ていくと、セバスチャンはリーアに向き直った。「ぼくは的にされたのか？」

リーアは肩をすくめた。「あのときは、それが一番いいあなたの利用法だと思ったのよ」

「そうか。ハンプシャーに行っても、あまり長い時間ヘンリーのそばに近づけないほうがよさそうだな」

リーアはいたずらっぽい笑みを浮かべてから背を向けた。

「どこへ行くんだ？」

「上の部屋よ。今日は本を読んで残りの時間を過ごすわ」

「図書室は廊下の先だ」

「自分の本を持ってきているの」

セバスチャンは、廊下を進み、階段に向かうリーアを目で追った。彼女はさっそく自由の権利を行使するつもりらしい。願わくば、ここに残ってぼくと話をしたいと思ってほしかった。


リーアは本を読もうとした。だが、読みはじめようとするたびに、耳元でみだらなことをささやくセバスチャンが思い出され、文章の意味や構成ばかりか、単語の綴《つづ》りすらわからなくなる。本に書かれた文字はただの黒い線と点の羅列にしか見えなくなった。それよりも彼の声のほうが、ずっと現実のものに思える。まるで本人がこの部屋にいるような気がした。

少し眠ろうと思った。眠ってしまえば、少なくともセバスチャンから逃れられるだろう。

けれども横になったとたんに、彼の言葉がよみがえった。きみをベッドに寝かせたい。服を脱がせてサテンのシーツでくるみたい。ぼくの下で動くきみを見たい。

セバスチャンがそんなことを言ったのは、客に見せつけるためだとリーアもわかっている。彼女の顔が赤くなれば、客たちもふたりの仲を信じるだろう。そうとわかってはいても、役に立たなかった。

息が荒く、動悸が激しくなって、リーアは二分も経たないうちにベッドから飛び起きた。窓辺に近づくと、ガラスに手のひらを、続いて額を、そして頬を押しつけた。ようやく肌のほてりが少しずつおさまってきた。

わたしが結婚した相手はどういう人なのだろう？　紳士だと思っていたら、別の一面を見せた。セバスチャンはわたしが奥深くにしまいこんできた情熱を引き出そうとする。たしかにわたしは彼に惹かれているし、彼もわたしを求めているとはっきり言った。でも、わたしに及ぼす彼の影響力を考えると……。ほんの二言三言ささやかれるだけで、わたしは欲望をかきたてられ、逃げ出したい衝動に駆られる。彼に身をまかせてしまうかもしれないと思うと怖かった。

リーアはふたたび本を手に取って、暖炉の前の長椅子に座った。そして内容に集中するために、声に出して読みはじめた。

今夜は結婚初夜だ。

夫婦の契りがないのはお互いがわかっている。それでもリーアは、ベッドに横たわるセバスチャンを思い浮かべずにはいられなかった。今夜、彼は廊下の先にあるすぐ近くの部屋で眠るのだ。わたしのことを考えるのかしら？　自分が言ったみだらな場面を想像するのかしら？

彼はわたしを求めている。

イアンもさまざまな愛の言葉を耳元でささやいてくれた。けれども、どれもセバスチャンの言葉ほどの力はなかった。

本のページをめくろうとしたとき、指の震えに気づいた。ひとつだけはっきりしている。セバスチャンの言葉にわたしがどれだけ動揺しているか、彼に知られてはならない。セバスチャンがずっとあんな調子で話すなら、わたしはどこまで自分が信じられるかわからない。

その晩、セバスチャンはあきらめてひとりで夕食をとることにした。リーアは午後じゅうセバスチャンの前に姿を見せず、夕食が運ばれる前にも居間に現れなかったので、セバスチャンは彼女をエスコートすることなく食堂に向かった。

アンジェラが亡くなってからほぼ毎食そうだったが、いまもひとりでテーブルに着いた。従僕が目の前にスープを置いた。セバスチャンはスプーンを取り上げ、何が入っているかも気にせずに飲んだ。あたたかくておいしい。大事なのはそれだけだった。

そのとき、食堂のドアが開いてリーアが入ってきた。「遅くなってごめんなさい」そう言うと、執事が引いた椅子に微笑みながら座った。

セバスチャンは彼女を見つめた。着ている服は黒ではないし、結婚式のときに着ていたようなグレーでもなかった。紺のイブニングドレスだ。彼女はついにイアンから解放され、ぼくのものになったのだ。

「いいんだ」そう言って、スープをもうひと口飲んだ。「新しく買った服かい？」

「ええ」

リーアはそれ以上何も言わずにスープを飲んだ。セバスチャンはスプーンを口に慎重に運びながら、その合間に彼女のほうを盗み見た。

「気に入った？」しばらくして彼女は尋ねた。「正直に言うと、黒っぽくない服を着るとなんだか変な感じがするの。悪いことをしているみたいで。もうちょっと待ったほうがよかったのかもしれないわね。そうすれば、未亡人の役割にも慣れてなんとも思わなくなっていたかも」

「きれいだ」セバスチャンはもっと何か言いたかった。イアンの親友と妻という以上に深い関係になったいま、彼女とのあいだにためらいが生じているのが歯がゆい。

リーアはもうイアンの妻ではない。ぼくの妻だ。

「教えてくれ。自由な既婚女性は、自由な時間に何をしたがるものなんだ？ ハンプシャーに着いたらどうするつもりだい？」

彼女はテーブルの向こうから微笑んだ。「わからないわ。それも自由というものなんじゃないかしら。未来に何があるかわからないけれど、いろいろな選択肢の中から選べるというのが」

「どういうことだ？」

「たとえば、わたしが両親と暮らしていた頃、母はわたしたちの毎日の予定を細かく決めていた。服を着る。朝食をとる。日によって教科は違うけれど家庭教師と勉強する。昼食をとる。ピアノの練習をする。歌。踊り。編み物。午後のお出かけ……」

「だが、結婚したら変わったのだろう？」

「変えてもよかったのよね。すること自体はたしかに変わったわ。でも一日の行動を全部決めておくのがすっかり習慣になってしまって、そのまま続けるほうが楽な気がしたの。アンジェラとのことを知ったあとは、予定の中に夜のことも……」

リーアは言葉を切ってスープを見おろした。

スプーンを持つセバスチャンの手に思わず力が入り、顎がこわばった。夜にイアンとすることと言ったらひとつしかない。「言いたくなければ言わなくていい。でも、話す気になったら、いつでも話してくれ」

彼女はうなずき、ちらりとセバスチャンを見てから食事を続けた。

「予定と言えば――」セバスチャンは言った。「うちで日課が決まっているのはヘンリーだけで、それも朝と晩だけの話だ。午後はぼくと一緒に過ごすことが多い」

「何をして過ごすの？」

心ここにあらずの、興味よりも礼儀から尋ねているような口調だった。それでも、ハンプシャーの生活に慣れる助けになるなら、セバスチャンはなんでも話すつもりだった。「一緒に積み木で遊んだり、ピクニックや散歩をしたり。あとは、ヘンリーがポニーにまたがって――」

「もう自分のポニーを持っているの？」

「ああ。早く慣れるためにね。本気で馬に乗りたがるときは、ぼくと一緒に乗る」

「おしゃべりはする？」

セバスチャンは眉をひそめたが、考えてみればリーアが最後にヘンリーに会ったのは馬車の事故の前で、その頃のヘンリーはまだ数語しかしゃべっていなかったし、それもほとんどが何を言っているのかわからなかった。「短い文章をいくつか言うようになった。我の通し方はすっかり身につけたようだ」

「甘やかしているのね」その声はやさしかった。

「そうかもしれない」セバスチャンはスプーンを置いた。すぐに従僕が近づき、スープの皿をさげた。「いまはあの子に厳しくできないんだ」

リーアが探るように見つめ、セバスチャンは努めて落ち着いているふりをした。彼女は何を見て取ったのだろう？　強い男？　それとも感傷的な男だろうか？

ほどなく彼女もスプーンを置いて言った。「わたしたち、とてもうまくいくと思うわ。あなたが、わたしとヘンリーの冒険についてこられるなら」

「冒険？」

「そうよ。もう、いくつか計画を立てたの」

「きみは計画は立てないと――」

「それはわたし自身の話よ。この一カ月、どうすればヘンリーと仲よくなれるかずっと考えていたの」

リーアは前に乗り出した。テーブルでボディスが押されて、やわらかそうな胸のふくらみがのぞく。セバスチャンは目をそらしたが、ついそちらを見てしまい、ふたたび目をそらして咳払いをした。執事に合図して、次の料理を持ってこさせた。

「わたしには妹しかいない」彼女は言った。「だからあなたに手伝ってもらわなければならないことがいくつかあると思うけれど、以前から木のぼりをしてみたかったの」

「危険だ」考える前に言葉がセバスチャンの口をついて出た。

リーアは目を細めた。「わたしはしたいことをしていいはずじゃなかった?」

結婚して最初の晩だというのに、ふたりは早くも言いあいをしている。

「まず、ヘンリーはぼくの息子だ。ポニーに乗るのがまだ早いなら、間違いなく木のぼりをはじめるのもまだ早い」

「なるほどね。でも、わたし自身がのぼりたいのだと言ったら?」

彼女はなんとか自分の主張を通そうとしている。そう思わなければ、滑稽《こっけい》とも言っていいような会話だ。だが、彼女に命令するのは控えているが、けがはさせられない。それは夫として当然のことだ。「きみのスカートだって危険だ。もしからまったり、枝に引っかかったりしたら――」

「だから、あなたに手伝ってもらわなければならないことがあるって言ったでしょう。まずはズボンを探してほしいの」

セバスチャンはテーブルを指でこつこつと叩いた。「探したら、ぼくがお供するのを許してくれるか？　今回だけじゃなく、危険な冒険のときはいつもだ」

「わたしと一緒にいると苦労するかもしれなのに」

「いまだって一緒にいるじゃないか」

リーアは笑った。ぼくは試験に合格したのだろうか？　ハウスパーティーのときと同じだ。彼女を理解したと思うたびに、まだ謎があると気づかされる。

さっきリーアが言いかけた、イアンとの毎晩の予定のことを聞きたかった。彼女が必死に隠している秘密をすべて知りたい。だが秘密を聞き出す代わりに、もっと気軽な話題を考えようとした。そのときになって、ヘンリーとイアンとアンジェラのことを除けば、彼女とのあいだに共通の話題がほとんどないという事実に気づいた。ぼくが求めた妻、守らなければならないと思った妻は、ぼくにとって未知の存在なのだ。

リーアは、椅子の上で落ち着きなく体を動かしながら、子牛のカツレツをつついた。「なぜそんなふうにわたしを見つめるの？」

彼は口の片端を上げて微笑もうとしたが、その瞳の熱っぽさは隠しようがなかった。まるでわたしがパズルで、それを解こうとするみたいにこちらを見つめている。解くものなど何もないと言いたかった。わたしは単純でわかりやすい人間だ。ただ自分の求めるものを追求したいだけ。それも平凡なものばかりだ。

「ズボンをはいたきみの姿を想像していたんだ」

「きっと男の子みたいでしょうね」

「そんなことはない」彼の視線がリーアの顔からボディスへ、そしてまた顔へと戻った。

「きみが男の子に見えるとは思えない」

リーアは赤面しないよう努めた。シェリーのグラスを取り上げてひと口飲んだ。食堂におりてこないほうがよかったのかもしれない。だが、彼を無視するかのようにひと晩じゅう寝室にこもっていてはいけないと思ったのだ。

本音を言えば、彼がこちらに興味津々なように、わたしも新しい夫のことを知りたくてたまらない。まずはヘンリーとの関係だ。ほかの父親なら一日じゅう乳母にまかせるであろうところを、彼は毎日何時間かヘンリーと過ごしている。だが、テーブルをはさんで見つめているうちに、父親というよりも男としての彼が見えてきた。広い肩に、力強い胸。椅子に座っている姿が、小人の椅子に座る巨人みたいに見えないのが不思議なくらいだ。

リーアはさらにシェリーを飲んだ。食事が終わるまで目の前の皿だけに集中しようと心に決めていた。ふたりのあいだのぎこちなさは、この場の沈黙にすべて現れていた。ヘンリーの話が終わってしまうと、セバスチャンとのあいだに話題がなくなってしまったのだ。彼もまた話すことがないらしく、何も言わなかった。たぶんわたしを見つめているんだわ。顔を上げなくても、彼の視線を感じる。リーアは頬が熱くなった。

イアンと一緒にいるときにはこんなことはなかった。彼はおしゃべりだった。だが、会話を独占することはなかった。天気のことから社交界の噂、自分の欠点まで、人をくつろがせるようなことならなんでも話題にした。いろいろと質問して、相手が自分からは話しにくい情報を引き出した。周りに大勢の客がいようと、脇で従僕がひとり控えているだけだろうと、この部屋には自分しかいないと相手に思わせることができた。

会話に参加するよりも、耳を傾け、観察するほうが好きなリーアにとって、はじめはイアンのそういう才能がありがたかった。彼が自分に注意を向けてくれたときは、世界一の美女になった気がした。だがしばらくするうちに、彼の魅力の実体がわかってきた。ほかの人に取り入って気に入られようとする――それがイアンだった。常に好かれていたかったのだ。

セバスチャン――新しい夫――はそうではない。もちろん話もよくするが、わたしとのあいだに居心地の悪い沈黙が訪れても気にならないらしい。

リーアは顔を上げて彼の目を見つめた。こちらを見る様子からして、イアンが会話を利用したように、セバスチャンは沈黙を利用して、優位に立とうとしているのかもしれない。実際、何も言わなくても、威圧的であると同時に興奮させるようなそのまなざしが、言葉に出さない思いを伝えてくる。きみを求めている――そう語っているのだ。

リーアには理解できなかった。だが、否定もできない。セバスチャンはこちらが望まなければ夫婦の契りを結ばないという約束を守ってくれるだろう。だが、いずれその約束にいらだち、自分を拒絶するわたしに腹を立てるようになるのでは？　いつかわたしが折れて彼の腕に飛びこむという誤った期待を持たせるよりも、いま、こちらの条件をもう一度はっきり言っておいたほうがいいだろう。

「しばらく使用人をさがらせてもらえる？」

セバスチャンが合図をし、部屋にふたりだけになった。

「あなたにお願いがあるのよ、閣下」

「セバスチャンだ」

「だったら、セバスチャン」前にも名前で呼んだことがあるが、そのときはまだ結婚していなかった。いま口にしてみると、重々しく、なんだか妙に感じられる。

「なんだい？」

「セバスチャン」もう一度彼の名を呼んでみたくて繰り返した。「お願いがあるの」

「なんだい？」リーアがなかなか言い出せずにいるので、彼は面白がっているようだ。

「形だけの結婚を続けるための条件を、もう少し増やしたいの。今日みたいにわたしを見たり、いやらしいことを言ったりしないで。あれは――」警戒心を奪い取る。ぎょっとさせる。

「不愉快だわ」

セバスチャンは目を伏せて椅子に背を預けた。「いやな思いをさせたなら謝るよ、レディ」

リーアは口を開きかけたが、また閉じた。

「いや、言ってくれ。何を言おうとしたんだい？」

「わたしにセバスチャンと呼ばせるなら、あなたもわたしをリーアと呼ぶべきじゃないかしら」

「さあ、どうだろう」口調はていねいだが、リーアにはよくわからない感情がこもっているように聞こえる。「ぼくたちは結婚したが、きみは他人同士でいたいと望んでいる。呼び方も他人行儀なほうがいいんじゃないか？」

「わたしはただ――」

セバスチャンはテーブルに両手をついて立ち上がった。「きみが言いたいことはわかるし、それは尊重する。きみは結婚を承諾した。互いの条件は守ろう。だが、先にきみに許しを得ておきたい。今後は発言も、きみに向ける視線にも気をつける。だが、考えることについては自分でどうこうできるものではない。きみをこのテーブルの上で裸にして全身にキスするところを夢想していると言ったら、怒るか？」

リーアは立ち上がり、怒りに顔を真っ赤にして顎を上げた。「今度はわたしを嘲笑っているの？」

「きみじゃない」セバスチャンは自嘲的な笑みを浮かべた。「自分を嘲笑っているんだ。ぼくは誰よりも妻を愛していた。それなのに裏切られ、先立たれた。本当なら、神に怒りをぶつけ、はじめの頃にきみに見せたように嘆き苦しんでいるはずだ。ところが、ぼくが考えるのはいつもきみのことだ。夢に現れるのもきみなら、ぼくの記憶からアンジェラの顔を消したのもきみだ。そればかりか、きみはヘンリーの立場を危うくするようなふるまいまでした。きみを嫌っていいはずなのに、ぼくはそのきみと結婚したんだ」

セバスチャンは言葉を切った。リーアが見ていると、彼は腕を両脇におろして背筋を伸ばした。なんとか心を落ち着かせようとしているようだ。こちらを見おろす目にはなんの感情も表れていない。

「ぼくはきみと結婚した」疲れ果てた声だった。そしてかすかにうなずくと、彼は向きを変え、リーアをひとり残して出ていった。

アメリカは遠すぎると思わずにはいられません。アメリカなら捕まりにくいかもしれないけれど、ヘンリーと海を隔てたはるか遠くで暮らすと思うとつらいのです。

18

翌日の午後遅く、ふたりはハンプシャーのセバスチャンの領地に着いた。ほこりまみれで疲れ果て、服もしわだらけだった。それでも、前に一度しか訪れたことのなかった領地を目にして、リーアは畏敬の念に打たれた。

リンリー・パークと比べてけたはずれに広いというわけではない。広さはほとんど変わらないだろう。リーアが息をのんだのは、周囲の美しさだった。正面の私道から見ると、右は迷路になっていて、緑の茂みのところどころに秋の花が咲いている。左には広大な牧草地が広がっている。そして周囲は森だった。手入れされた風景の向こうに、空までそびえるような自然のままの木々が見える。

この景色を客として見るのと、セバスチャンの妻として見るのとではまったく違っていた。いまやここは、リーアの家でもあるのだ。

「こちらへ」セバスチャンが低い声で呼びかけた。旅のあいだと同じ、儀礼的で簡潔な話し方だ。昨日の晩以来、彼は最低限のことしか言わなかった。

セバスチャンのエスコートで正面の階段をのぼって玄関ドアから中に入ると、ずらりと並んだ使用人たちの出迎えを受けた。セバスチャンはリーアに名前と役割を説明しながら、ひとりひとりを紹介していった。リーアはそのたびにうなずいて言葉をかけたが、かけた先から自分の言ったことを忘れていった。

全員を紹介し終えると、セバスチャンはリーアの荷物を運んできた従僕に、南端の客室に運ぶよう命じた。

「ここでもアンジェラの寝室は使いたくないだろう？」リーアの問いかけるような目に気づいてセバスチャンは言った。

「ええ。ありがとう」リーアはあわてて目をそらした。セバスチャンは約束を守っていた。今日は、表情にも言葉にも、リーアを求めているようなそぶりは――求めたことがあるようなそぶりも――いっさい見せていない。むしろ、女王の親戚に接する身分の低い廷臣のように、控えめにふるまっている。

「ヘンリーに会える？」リーアは尋ねた。セバスチャンとのあいだがぎくしゃくしているとしても、ヘンリーに会うぐらいはいいだろう。

セバスチャンはうなずいた。「きみがそうしたいなら」

彼は背を向けて階段をのぼりはじめ、リーアもそのあとを追った。ヘンリーの部屋は四階にあった。想像していたような狭い部屋ではなく、ライオスリー伯爵家のロンドンのタウンハウスでリーアが使った客用寝室とほぼ同じ広さの部屋だった。壁は明るい黄色に塗られていて、三面の壁のうち、二面の壁際にはおもちゃの山がいくつもできている。空いている側には、ベッドに小さなテーブルと子ども用の椅子、そして木馬が置かれている。

部屋の中央で、木製の汽車に囲まれてヘンリーがいた。

リーアの息子となったヘンリーが。

セバスチャンが乳母のミセス・ファウラーを紹介するあいだも、リーアはヘンリーから目が離せなかった。

「ひとりで遊ぶのが上手なのね」少しして、リーアはヘンリーのブロンドの短い髪を見ながら言った。まるで小さな紳士みたいだわ。正座をして、汽笛を口まねしながら、汽車を手で押している。

真剣な顔で遊ぶヘンリーの表情に、リーアは思わず微笑んだ。髪と瞳の色以外はセバスチャンとうりふたつだ。

リーアは夢中で遊ぶヘンリーの邪魔をしたくなかった。ふたりが部屋に入ったときも、彼は顔も上げなかったのだ。

だが、セバスチャンが声をかけた。「ヘンリー」ヘンリーは汽車を押すのをやめて顔を上げ、うれしそうに微笑んで父親の脚に飛びついた。

セバスチャンは息子を抱き上げてくるくる回ってからおろし、腰をかがめた。「パパが教えたお辞儀のしかたを覚えているか？」

ヘンリーはリーアをちらりと見てうなずいた。青い目を見開いている。

「それと、ミセス・ジョージは覚えているか？」

今度もヘンリーはうなずいたが、ためらいが見えた。

「挨拶をして、上手にお辞儀をしてごらん」

ヘンリーはリーアのほうを向いた。「こんにちは」小さくて不安そうな声で言ってからちょこんとお辞儀した。そして、ふたたび父親のもとに戻ると、陰に隠れた。

リーアの心臓が大きくはずんだ。

彼女は微笑みながら応えた。「こんにちは」

セバスチャンは息子の頭をなでた。「ミセス・ジョージにここにいてもらいたいかい？一緒に遊んでくれるし、歌も歌ってくれるぞ」彼はリーアに向かってウィンクしてから、ヘンリーに注意を戻した。「それに、蛙が大好きらしい」

リーアは眉をつり上げた。大好きというのは言いすぎだわ。そばに寄ってこないかぎりは、蛙も、哺乳類以外の生き物も好きだけれど。

だが、ヘンリーがセバスチャンの肩の向こうから顔をのぞかせた。青い目を丸くして、尊敬のまなざしを向けてくる。リーアはもう少し蛙を好きになってみようと決心した。

ヘンリーは父を見てうなずいた。

「よし」セバスチャンは立ち上がりながら言った。「夕食のあとにまた来るよ」

ヘンリーはセバスチャンの首に抱きついてから、汽車のほうに走っていった。リーアはしばし見守っていた。それからミセス・ファウラーに微笑みかけると、セバスチャンについて部屋を出た。

「ヘンリーには結婚についてまだ話していないが、気を悪くしないでほしい」階段をおりながらセバスチャンが言った。

「大丈夫よ。一度にすべてを話すこともないわ」

セバスチャンは答えず、ふたりは二階に向かった。階段をおりきったところでセバスチャンは立ち止まり、リーアを見た。いや、視線はリーアの頭上あたりに向けられていた。

「悪いが少し仕事がある。自由に家の中を見て回ってくれ。夕食の時間になったらベルが鳴る」

リーアはためらってから彼の袖に触れた。「セバスチャン……」

指先に緊張が伝わる。彼はリーアの目を見つめた「どうした？」

「わたし……」自分でも何を言いたかったのかわからなくなった。来賓のように扱うのをやめてとでも言いたいの？　ハウスパーティーのときのような気安い関係に戻りたいと？　それとも、あなたはすてきで……。

リーアは首を振って手を離した。「なんでもないわ」

セバスチャンは口を結んで背を向け、一階に向かう階段をおりていく。「きみの部屋は、廊下の左側の四つめだ」

リーアは手すりをつかんで階段の上に立ったまま、セバスチャンの姿が消えるまで見つめ続けた。向きを変えて部屋を探しながら、自分が何を言おうとしたのか悟った。

一緒にいてと言いたかったのだ。


それからの数日、リーアがセバスチャンと顔を合わせる機会はあまりなかった。食事のたびに今度こそ会えるかと期待して食堂におりていくが、書斎で仕事をするあいだ彼はそこで食べると執事から知らされるだけだった。

父子《おやこ》と一緒に過ごすよう呼ばれることもなかった。二度ほど、セバスチャンが暇なはずの午後に子ども部屋に行ってみた。けれどもミセス・ファウラーから、ヘンリーはセバスチャンと一緒に出かけたと聞かされるだけだった。

どうやらセバスチャンは、好きなだけ自由を与えてくれるつもりらしい。

セバスチャンのよそよそしさを気にせずに楽しもうと決めて、リーアはやりたいことを山ほど見つけた。もう一〇月のなかばでかなり寒いが、何時間も森を散歩しながら、自分の靴が落ち葉を踏む音に耳を傾けたり、近づくと散り散りになって逃げていくリスを見たりして何時間も過ごした。

あるいは、厩舎からブルーボンネットという名の馬を借りて、牧草地を抜けて森の先の湖まで行ったりもした。あとで、ブルーボンネットがアンジェラの馬だったことを知り、次からは別の馬を選んだ。

ある雨の日には、セバスチャンに言われたように屋敷の中を一階ずつ順番に巡り、主人と女主人の寝室を除いて、すべての部屋を見て回った。

ピアノでも弾こうかと思って一階に戻ったが、ふと気づくと、足は音楽室ではなく書斎に向かっていた。午後の遅い時間だった。ヘンリーと遊ぶ時間も終わり、セバスチャンはリーアを避けてひとりでいるはずだ。

ノックをしたら追い払われるのではないかと思い、そっとドアを開けて中に入った。セバスチャンは机の前で書類を見ていたわけではなかった。壁際のソファにあおむけに横たわり、本を胸にのせて読んでいた。

こちらを向こうとしないので、リーアは彼に近づき、腕を組んで見おろした。

「ごきげんいかが、だんなさま？」

彼はちらりとリーアを見上げてからまた目を伏せた。それから、いかにも気の進まない様子で本を閉じて体を起こした。

リーアは隣に座った。「わたしは孤独じゃなくなるって、あなたは言ったわよね？」

セバスチャンは黙ったまま部屋の反対側を見つめてから、立ち上がって机の向こうに逃げこんだ——まさに、逃げこんだとしか言いようがなかった。

リーアはセバスチャンのあとを追い、スカートが彼の椅子の肘掛けに触れるほど近づいた。避けられているような気分にさせられるのはごめんだ。「わたしがベッドに誘うまで、口をきくのもやめたの？」

セバスチャンは両手を机につき、荒い息を吐いた。「そうじゃない」そして、リーアを見上げて微笑んだ。というよりも、微笑もうとして失敗した。「そんなふうに思っているなら謝る。ぼくはただ、距離を置いたほうがお互いのためにいいと思ったんだ」

「わたしと結婚したことを後悔しているのね」結婚式の晩、彼はそう言ったも同然だった。

「正直に言ってほしいか？」一瞬、リーアは首を横に振りたいと思ったが、結局うなずいた。

「ああ、後悔している」セバスチャンはため息をつき、髪をかき上げた。「完璧な解決方法だと思っていた。イアンとアンジェラの代わりに、ぼくたちに噂の矛先を向ける。ヘンリーに母親を与えて、アンジェラがいないことを忘れさせる。ぼくを拒絶したきみが、今度はぼくを求めるような方法を考える」

リーアは息をのんだ。

まるで睡眠不足であるかのように、セバスチャンが両手で顔をこすった。その推測は正しかったらしく、彼が手を離すと、目の下にくまができていた。

「たしかにいままでも、イアンとアンジェラの噂が静まると信じているし、ヘンリーに母親が必要なのも事実だ。だが、きみが言ったように別の相手を探すべきだった。きみを見ると、いくら我慢しようと思ってもきみが欲しくなってしまう。ぼくとヘンリーと一緒に過ごしてほしいと頼まないのは、そんなときでさえ、きみといるだけでは満足できず、それを隠せないのがわかっているからだ」

セバスチャンは椅子に背を預け、手袋をしていないリーアの手を取って、両手で包んだ。

親指でリーアの手のひらをさすり、指をからませる。リーアは深く息を吸い、突然速くなった脈を静めようと努めた。

セバスチャンはまつげを伏せてふたりの手を見おろしながら低い声で言った。「わかるだろう？　まだ五分も経っていないのに、もうきみに触れている。だが、ぼくが握っているのはきみじゃなくてアンジェラの手だったはずなんだ」

リーアは手を引き抜こうとしたが、彼は離さなかった。

「きみに惹かれるのは、単に秘密を共有しているからではないかと思うことがある。だが、アンジェラの浮気相手が別の男だったら、ぼくはいま頃その未亡人に惹かれていただろうか？　たぶんそうはならない。きっときみには、ぼくを夢中にさせる何かがあるんだろう。きみはアンジェラとはまったく違う。ぼくが好きなのはおそらくそこなんだ、なぜなら……」リーアを見上げた緑の瞳には疲労が浮かび、口元にはうっすらとしわが刻まれている。

「きみには何も期待していなかったから」

彼はリーアの手を放した。リーアはあとずさりした。心臓の鼓動が耳に響く。

「だが、まだ遅くない。この二日間、頭をよぎるんだ……まだ夫婦の契りを結んでいないから、婚姻を無効にできるのではないかと」

「あなたはそうしたいの？」リーアは尋ねた。セバスチャンは、消えてほしい、でもここにいてほしいという目でわたしを見る。まるで彼を救済すると同時に地獄に落とす存在だとでもいうように。

「いいや。だが、ぼくにはきみを求める気持ちを止められないし、きみははっきりと――」リーアは深く考える前に身を乗り出して、セバスチャンにキスをした。

リーアの唇が重なったとき、セバスチャンは身動きできなかった。まるで夢の中にいる気分だ。彼女が自らここに来てキスをするとは思わなかった。

だが、実際にいまここで、リーアは両手で彼の顔をはさみ、やさしく念入りに唇を重ねている。セバスチャンは彼女の香りとぬくもりに包まれた。

リーアの反応が見たくて、彼は唇を開いてみた。すると、下唇をそっとかまれた。セバスチャンは胸の奥からわき上がるうめき声を抑えられなかった。彼の腕が持ち上がり、両手がリーアのウエストをとらえて引き寄せた。

セバスチャンの手が触れたとたん、リーアはあえいで体を引いた。その頬はほてり、目は酒に酔ったようにぼうっとしている。彼女は両手を背後の机について体を支えた。

ふたりは見つめあった。セバスチャンの心臓は激しく鼓動し、体のほうは彼女を膝に抱き上げ、むさぼる準備が整っている。これほど誰かを求めたことはない。生きるための唯一の希望であるかのようにリーアを求めている。アンジェラに対しても、こんなふうに感じたことはなかった。

「ごめんなさい」息を切らしながらリーアが言った。「あなたにあげられるのはキスだけ」

「だがなぜだ？　なぜキスをした？」

リーアは手を持ち上げると、無事かどうか確かめるように首、頬、そして髪に触れた。ぼくが近づきすぎると、彼女をばらばらに破壊するとでも思っているのだろうか?「わたしが……キスしたかったから」

セバスチャンは鋭く息を吸った。「それはありがたいが、ぼくには無理だ。四六時中自制心を働かせるなんてできないよ。そこにきみが現れて、唐突に自分の欲望に従って行動するなんてかなわない。ぼくはそんなに立派な男ではないんだ」

リーアは手をおろして握りあわせた。彼女のまつげがいったんさがってからまた上がった。「だったら、わたしと一緒に過ごして。ヘンリーが一緒のほうがよければ、ヘンリーも」

「ヘンリーがいようがいまいが、きみと一緒に過ごしたら欲望を隠せなくなる」

「それなら、隠さなくてもいいわ」リーアはセバスチャンの目をまっすぐ見て、さらに言った。「わたしにも、好きなだけあなたを見せてくれるなら」

しばらく、セバスチャンは息ができなかった。体じゅうが熱くなる。彼女に手を伸ばして、きみに惹かれるのは欲望のせいだけではないのだと言いそうになった。だが、ただ彼女の名を呼ぶにとどめた。「リーア」喉から出た声は、悪態のように聞こえた。

セバスチャンのそばにいる危険を察知したのか、リーアが離れた。「もっと一緒に過ごせば、いつかわたしも――」

セバスチャンは深く息を吸って、頭をはっきりさせようとした。「きみがぼくとベッドをともにしたくないなら、その意向を尊重する。そう約束したね。だが、きみの意向がどうであろうと、ぼくはこれからもきみを求め続けるし、きみを抱きたいと夢見る」

リーアはかたく結んでいた唇を開いた。

「こんなことは言うべきじゃなかったかな?」セバスチャンは低い声で尋ねた。

「いいえ……あなたも言いたいことを言っていいのよ」

セバスチャンは彼女の唇から目に視線を移した。椅子から立ち上がり、ソファまで行って座った。「じゃあ、こっちに来てくれ」動こうとしないリーアにさらに言った。「手を触れないから」

リーアはセバスチャンに近づいた。小さな歩幅でためらいがちだが、とにかく彼のそばにやってきた。

「座って」ソファの反対端を指した。意外にも、リーアは何も言わずに従った。なんということだ、自立しているはずの妻が、ぼくの指示に従っている。

セバスチャンは座ったまま、リーアに向き直った。「ぼくが何を言っても、視線をそらさず、目も閉じないと約束してくれ」

リーアがごくりとつばをのみこんだ。その喉の動きがセバスチャンの目を引き寄せる。離れたところに座るべきだった。脈打つ首のつけねに唇を寄せたくてたまらない。

彼女は顎を上げて、ささやきといってもいいかすかな声で答えた。「約束するわ」

「いまは夏の終わりだと思ってくれ。ぼくたちはリンリー・パークではなく、ここで、戸外にいる。夜も更けていて、あたりを照らしてくれるのは月と星だけだ。ランプもともっていない。ぼくはこの時間にしか見られない星座を望遠鏡で見せると言って、きみを牧草地に誘い出した。地面には敷物が敷いてあり、シャンパンのグラスがふたつ置いてある。ハウスパーティーのときとほぼ同じだが、いるのはぼくときみだけだ。わかるかい?」

「ええ」

「きみは最後の晩に着た黒いドレスを着ている。喪に服すことを嘲るような、あのドレスだ。月明かりの中で、きみの背中が白い真珠のように輝いている。きみは黒い手袋もはめている。外は暗いし、ぼくとふたりだけなのに、黒いヴェールも着けている」

セバスチャンは、膝の上でかたく握りあわせたリーアの手を見た。そして、ふたたび彼女の目に視線を戻した。「きみのヴェールのせいで互いの顔は見えない。ぼくはきみの手を取って敷物の上に座らせる。まず自分の手袋をはずしてから、きみの手袋を腕から引きはがしていく。少しずつ現れる白い肌を指でなぞる。きみの肌はあたたかく、手首の内側はシルクのようになめらかだ。そこで手を止めると、きみの脈が親指に感じられ、ぼくはきみの肌の感触を楽しむ」

リーアの視線がセバスチャンの目から肩の向こうに移った。「目をそらすな」彼女は震える息を吸って、ふたたびセバスチャンを見た。その目に浮かぶ不安を見て、セバスチャンはここでやめようかと思ったが、やめなかった。やめられなかった。

リーアの心の声は、すぐに立ち上がって逃げ出せと叫んでいた。全身の筋肉がこわばり、その声に従おうとしている。心臓も激しく打ち、逃げろ、逃げろと言っているようだ。

でも、逃げなかった。約束したからではない。次に何が起こるか知りたかったからだ。

「きみの手袋をはずしたら、きみを静かに押し倒して敷物の上にあおむけに横たえる。そして、スカートを腿の中ほどまでめくり上げる。きみは何も着けていない——コルセットもペチコートもシュミーズも。そしてストッキングも。スカートをもっと上までめくり上げたいが、ぼくはきみの脚を見つめ、靴を脱がせる。土踏まずからかかと、ふくらはぎをなでてからきみに覆いかぶさり、腿の内側に手を当てて、脚を広げる」

セバスチャンが言葉を切ってリーアを見つめた。リーアは手で顔を隠したいのを我慢して、じっと彼の目を見つめ、その奥に光る欲望を見て取った。そのとき、もうひとつ別のことに気づいた。想像の中の彼の手に抵抗するかのように、いつのまにか腿をしっかり閉じていたのだ。呼吸も浅く、空気を吸うというよりのみこんでいるといったほうがふさわしい。静寂のなか、いくら取りこんでも酸素が足りないような激しい自分の息づかいだけが聞こえた。

セバスチャンの口の片端が上がり、目が暗く陰った。「ぼくはきみを興奮させているのか、リーア？」

午後の太陽の光が、カーテンの隙間からふたりのあいだに差しこんでいる。リーアは目をそらせないまま首を横に振った。

「じゃあ、もっと続けて興奮させてみようか？」

リーアは舌をかんだ。これを見て、彼はもっと続けようと思うのかしら？　それともやめようと思うのかしら？

「ぼくは大きく開いたきみの脚のあいだに入り、膝の内側から腿に向かってキスをする。やわらかい肌に唇と舌をはわせ、歯を立てながら、スカートをもっと上まで上げる。だが、腿があらわになったところで止める。秘所はまだスカートに隠れたままだ……」

リーアはあえぎ、つばをのみこんだ。思わず喉まで持ち上がった手をセバスチャンの目が追っている。リーアはその手をゆっくりおろした。胸のところで止めたかった。そうすれば、彼の視線もそこをじっくり見つめるはずだから。

「きみの秘所はどんなだろうといつも思っていた。髪は明るい茶色だが、脚のあいだはもっと明るいのか？　暗いのか？　あるいは黒なのか？」

セバスチャンの声は麻薬のように魅惑的で、言葉はリーアの想像力ばかりか、体にも火をつけた。手足から血管に入りこみ、全身の末端神経にまで及んだ。彼の声だけで、胸の先端を口で吸われたような感覚を覚える。彼の言葉が指のように器用に体の芯を探り、リーアをなで、熱くし、とろけさせる。

「リーア？」セバスチャンが首をかしげた。名前を呼ばれて、リーアは陶酔状態から、われに返った。「色を教えてくれるか？」

リーアはこれ以上赤くなるのは無理だと思っていたが、間違っていた。頬が燃えるように熱い。「いやよ」

セバスチャンの口の端がふたたび上がった。すべてを知りつくす官能的な笑みだった。

「まあいい。たぶん髪と同じ、はちみつを思わせる褐色なんだろう」

彼はそう言って答えを期待するように見たが、リーアは肯定も否定もする気がなかった。意味を暗示するような〝はちみつ〟という言葉も使いたくなかった。考えたくもなかった。だが考えてしまい、脚のあいだが熱く潤ってくるのを感じた。

セバスチャンの拷問は続く。「触れたら、どんな感触だろう？　もっと探りたくなる。入り口を開き、その奥に指を入れて熱い潤いを感じたい。親指できみが達するまで愛撫を続けながら、中指を出したり入れたりして、引きしまったきみを感じるんだ。きみが、やめてと叫ぶまで」

「わたしたち……」リーアは目をそらしてから、約束を思い出してまたセバスチャンを見た。「わたしたち、まだ牧草地にいるのかしら？」

「違う」やわらかい声は、リーアの五感をなでるベルベットのようだ。「ぼくはいま、ここでそうするところを想像している」

リーアはぱっと立ち上がった。

セバスチャンも立ち上がったが、ドアに駆け寄るリーアを追いかけようとはしなかった。「きみが望むなら、牧草地に戻ってもいいぞ」その口調は、間違いなくリーアをからかっていた。「まだきみを裸にしていない」セバスチャンが一歩、二歩と近づいてきた。「次に何が起きるか知りたいんじゃないのか？」

リーアは取っ手をつかんだままドアに寄りかかった。彼はさらに近づいてくる。逃げなければ。そう思ったが、リーアは逃げなかった。

セバスチャンはリーアの手を取った。

「わたしに触れないと言ったはずよ」

「すぐに放す」

セバスチャンはリーアをそっと押して、戸口からすぐ脇の壁に移動させた。そして約束どおり手を離した。彼女は壁に背を押しつけるように立っていた。セバスチャンが目の前に立ちはだかったとき、リーアの後頭部がシルクの壁紙を滑った。セバスチャンの脚はスカートに触れそうだ。彼はリーアの肩の上から壁に手をつくと、彼女の耳に顔を寄せた。

「どこも触れていないよ」

19

もう泣きません。約束するわ。心配しないで。わたしはこうしたかったの。わたしが欲しいのはあなたなの。

リーアは目を閉じた。セバスチャンがあまりに近くにいるので、直接触れられているような気がする。彼の言葉が危険なら、伝わってくるにおいや体温はもっと危険だ。

自分の中にわき上がる思いを無視したかった。それは肉体の欲望ではなく、セバスチャンとのあいだにしか生まれないものだった。イアンとのあいだにもあったと思ったが、こうしてセバスチャンに目の前に立たれると、幻想だったとわかる。

「リーア」セバスチャンが名を呼んだ。その響きがリーアを満たし、肺を広げ、頭から足の先まで全身をあたためる。

リーアは目を閉じたまま、つま先立ちになってセバスチャンに顔を近づけた。激しく脈打つ首の熱い肌に唇を触れると、彼が体をこわばらせた。

リーアはまだ目を開けなかった。そうしていれば、自分がしていることを認めなくてすむからだ。セバスチャンの顎から頬に唇を滑らせ、最後にそっと唇を重ねた。

彼は荒い息を吐き、壁についていた手を離してリーアを抱きしめた。リーアは甘い官能の波にのまれたような気がした。

そうよ、これがわたしの望んでいたことだわ。唇を開いて彼と舌を触れあわせること。恐れも不安もない。セバスチャンと、彼の手のやさしさ、彼の欲望。わたしの脚を震わせ、頭をくらくらさせるのはその三つだけだ。リーアは小さくうめきながら、両手を彼の胸に滑らせてから肩に置いた。だが、リーアが腕をセバスチャンの首に巻きつける前に、彼が体を引き離した。リーアの手を握りしめ、胸を大きく上下させる。目には、苦しみ、情熱、そして当惑が浮んでいた。

「ぼくが欲しいか、リーア？」セバスチャンの声に、リーアは鳥肌が立った。

リーアは手を引き抜き、腕をさすった。「わたしは……」彼が欲しい。それはたしかだ。あの声で話し続けてほしい。あの声はわたしを骨抜きにして、彼を意のままにする力を持った気にさせてくれる。セバスチャンの笑う声を聞き、微笑みを分かち合いたい。ヘンリーと遊ぶ彼の姿を見て、やさしい気持ちになりたい。彼の目を見つめて、わたしを欲しいという彼の言葉が本当であると素直に受け入れたい。

セバスチャンが欲しい。でも、本当にいいの？　彼にすべてを与えてしまっていいの？取り戻すことができるかどうかもわからないのに。

リーアは首を振った。「ごめんなさい――」

セバスチャンはもう一歩さがって表情を消し去ると、窓辺に向かった。「それならもう行ってくれ。ぼくがまた自分の強さを試すような過ちを犯す前に」

「セバスチャン……」

彼は肩越しに見やり、唇をゆがめた。「行ってくれ、リーア」

リーアは動けなかった。腕を伸ばして口を開いたが、彼はすでに窓に向き直っていて、リーアを無視した。リーアは身を翻して、言われたとおりに部屋を出た。逃げたのだ。

その日から、セバスチャンはリーアを同居人のひとりと考えることにした。妻とはいっても彼女の望む形での妻でしかなく、苗字はセバスチャンと一緒だが、ベッドはともにしない同居人だ。ヘンリーの母親ではあるが、好きなときだけ姿を見せる。

部屋にふたりきりになってしまったときには、セバスチャンは何かと理由をつけて使用人を呼ぶか、やることがあると言って部屋を出るかした。やることといっても、台帳を何時間も眺めながらリーアのことを考えたり、寝室で本を読みながらリーアのことを考えたり、訪ねてきたジェームズの話を上の空で聞きながらリーアのことを考えたりといった調子だ。

欲望だけが理由なら、リーアに対するそういった執着心も簡単に捨てられただろう。だが惹かれるのは、上唇の曲線や、ほっそりした腰の揺れるさまだけではない。夕食を囲んでセバスチャンやジェームズと政治を語るときに目に宿るユーモア、自分が正しいと確信しているときの知性あふれる主張、議論に勝ったあと、セバスチャンの次の言葉を知りたがるようにふつうに話しかけてくるその気取らない態度に惹かれるのだ。

アンジェラにも知性があり、やさしかった。だがリーアとは異なり、議論をするにも常にセバスチャンに花を持たせた。彼女のやさしさは夫をなだめるためのものであり、自分が楽しいからというよりも夫を満足させるために笑った。

リーアにも自分の気持ちを抑えて周囲の期待に応える傾向はあるが、アンジェラが仮面をけっしてはずさなかったのに対して、リーアはたびたび本当の姿をさらけ出す。遠慮がちだった笑みも次第に大胆になり、つつましやかな歩き方もすっかり変わって、いまでは大股で歩くことがある。

芝に霜がおりたある日のこと、セバスチャンは野原で踊るリーアとヘンリーを見つけた。とはいえ、リーアは遅咲きの花を摘みに行くと言っていた。

リーアは片腕でヘンリーを抱きかかえ、もう一方の手で、花を握りしめたままのヘンリーの手をつかんでいる。セバスチャンはふたりに近づいた。リーアはワルツの旋律を口ずさみながら、野原をダンスフロアに見立てて踊っていた。

「なんのお花？」ヘンリーが握りしめた花を見て尋ねた。

「何かしら？　菊だと思うけれど、庭師に聞いてみたほうがいいわね。薔薇のことならよく知っているんだけれど、そのほかの花はよく知らないの」

そして、ヘンリーを抱いたまま、その場でくるりと回った——一回、二回、三回と。そのたびに、ヘンリーは頭をのけぞらせ、秋の空に向かって笑った。

リーアも笑った。セバスチャンはその光景と、重なりあうふたりの笑い声に、これまで確信を持てずにいたリーアへの愛を否定できなくなった。

ふたりから少し離れた大きな樫の木の陰で足を止めた。リーアが立ち止まった。体勢を立て直すためなのか、しばらくふたりは前後に揺れていた。

「ヘンリー卿、あなたはとってもダンスが上手だわ」

ヘンリーは微笑んでから、身を乗り出して地面を指さした。「お花」

「そうね、もうちょっと摘みましょうか」リーアはヘンリーを地面におろした。ヘンリーはリーアに握っていた花を渡してから、しゃがみこんだ。リーアも隣にしゃがみ、彼の髪をなでてから背中に手を当てた。ふたりは下を見ながら、何やらぼそぼそ話している。声が小さいので、セバスチャンの耳には届かない。

セバスチャンは木から離れ、手をうしろに組んで近づいた。「ぼくも仲間に入れてくれるか？」あえてヘンリーだけを見つめていた。

ヘンリーがぱっと顔を上げた。とたんにその顔がうれしそうに輝く。彼は地面を指さした。

「虫だよ、パパ。蜘蛛だ！」

「蜘蛛？　花を見ているのかと思っていた」セバスチャンは唇をゆがめてちらりとリーアを見た。セバスチャンを見てリーアまでもが顔を輝かせているが、そんなことは気にするまいと自分に言い聞かせた。

リーアは首を振って立ち上がった。口元にかすかな笑みが浮かんでいる。「花より蜘蛛のほうがずっと面白いみたい。八本も足があってはいまわっているんですもの。子どもが喜ばないはずがないわ」

「そうだな」

リーアはため息を抑えてさらに大きく微笑もうとした。セバスチャンは無礼でもないし、無愛想でもない。ただ……よそよそしいのだ。彼も苦しんでいるのはわかる——わたしに孤独な思いをさせたくないのだろう。だが、何かに対して意見を求めたりわたしをおだてるようなことを言ったりする一方で、話しているうちに彼が目をそらして互いに黙ってしまったり、ふたりきりになったとたんに理由をつけてどこかに行ってしまったりすることも多い。そのため、最近では互いに見つめあうよりも、目をそらしてヘンリーを見つめることに慣れてきた。

ヘンリーはさっきから蜘蛛を一本の細長い草にのせようとやっきになっている。やがて、父親譲りの独創性を発揮して、草を二本持ってすくい上げた。「見て、パパ」

セバスチャンは身をかがめると、顎に手を当て、草の上を前後する蜘蛛を観察した。そしてあっと声をもらして叫んだ。「目を見てごらん！」

ヘンリーが身を乗り出した。草を落としそうになりながらも、顔を近づけてじっと見つめている。「四つある！」そう言うと、青い目を驚きに丸くして父を見た。

「本当だな。それにほら、背中の黒い印がわかるかい？」

ヘンリーが蜘蛛を見る前にうなずき、リーアは微笑んだ。ヘンリーはセバスチャンが大好きなんだわ。そしてセバスチャンも心からヘンリーを愛している。

子どもを持ちたいという願望がまだ実現していないことを、これまで一度も意識していなかった。こうしてセバスチャンのそばにいると、イアンはその願望の重要な要素ではなかったとわかる。セバスチャンの場合、いまのこの場面に彼がいないのが想像できない。彼は部外者だったわたしを家族に迎え、夢見ていた人生を与えてくれた。いまでは母親だ。そしていつか――いつかはわからないが、その日が来ることを願っている――本当の意味でセバスチャンの妻にもなれるかもしれない。

父と子はしばらく蜘蛛の観察を続けていた。やがてセバスチャンが立ち上がり、ヘンリーは急いで草と蜘蛛を地面に落とし、両腕を上げて手を握ったり開いたりして抱っこをせがんだ。

セバスチャンはうめき声をもらすと、ヘンリーを抱き上げて肩車をした。セバスチャンの背中でひっくり返り、頭を下にして笑っているヘンリーをわざと無視して、彼はリーアを見た。「どうする？　屋敷に帰るかい？」

リーアはかがんで花を一輪摘むと、セバスチャンに近づいた。彼の目をみつめたまま喉元のボタン穴に花を挿してから、一歩さがって控えめに微笑んだ。「ええ、帰りましょう」

20

今夜あなたの腕の中で踊ったあと、あなたとの未来に希望があると感じたのはこれがはじめてであることに気づきました。

「これ？」

「そうだ」セバスチャンはリーアの隣で立ち止まり、樫の木を見上げた。森のはずれに立つ木々のうちの一本で、一番低い枝が一メートルほどの高さから張り出している。

リーアは眉を上げてセバスチャンを見た。「のぼりやすい木を見つけてくれてありがとう。これならヘンリーも簡単に何度ものぼれたでしょうね」

「とんでもない。ヘンリーは一回しかのぼっていない」

リーアはセバスチャンをにらみつけると、樫の木に近づいた。彼はその姿を見て微笑んだ。約束どおり、リーアのために使用人の少年からズボンとシャツを借りてきた。サイズはぴったりだが、男の服を着ている彼女を見るのは、どうにも落ち着かず――しかも興奮をかき立てる。彼女が自信に満ちた足取りで歩くとき、丸みを帯びたお尻が浮き上がり、セバスチャンの体は痛いほどの欲望を覚えた。

リーアは肩越しに彼を見た。「はじめていい？」

セバスチャンはうなずいた。「きみのいいときにはじめてくれ」

彼女は片手を幹に当て、一番下の枝に片足をかけた。勢いをつけて体を持ち上げようとしたが、足を滑らせた。セバスチャンは前に飛び出して、彼女が倒れる前に両腕で腰を支えた。

「大丈夫か？」セバスチャンは言った。彼女の髪に唇が触れ、心臓が大きく高鳴った。

「大丈夫よ。放していいわ」

「いや、どうだろう」そう言いながら、セバスチャンは両手を彼女の脇から腰に滑らせた。

リーアはその手から逃れて向き直り、セバスチャンをにらんだ。

「きみは小柄で華奢だ」セバスチャンはからかった。「先に、ベッドでのぼり方を覚えたほうがよさそうだな。この枝より少し低いから」

リーアは険しく目を細めてから背を向けたが、その頬が赤く染まったのをセバスチャンは見落とさなかった。リーアがふたたび枝に足をかけたとき、彼は隣に立って、彼女の背中に手を添えた。

「そうね。助かるわ」リーアはセバスチャンを見ずに言った。

「今度は枝に脚を引っかけるといい。そうやって枝にまたがれば、幹につかまって立ち上がることができる」

リーアは唇をすぼめたが、言われたとおりにした。彼女が枝にまたがるまで、セバスチャンの手は最初は背中、次にウエスト、続いて太腿へと移動しながら支えた。彼女が立ち上がるために両手で幹につかまると、シャツが引っ張られて胸のカーブが強調された。セバスチャンはたじろぎ、手が彼女の脚から離れた。

リーアが自力で枝の上に立ち、セバスチャンを見おろした。「あなたものぼる？」

もう長いこと木のぼりはしていなかったが、体は覚えていたらしく、セバスチャンはうまく枝にまたがり、幹につかまらずに立つことができた。リーアと向きあって言った。「感心した？」

「ええ。子どもでも充分のぼれる木だけれどね」

「そうかもしれないが、こんなにうまくはのぼれない」セバスチャンは上を指さした。「もっとのぼろう」

リーアが先に上を目指し、セバスチャンはできるだけ手を貸した。足を滑らせたのはその後一回だけで、それは、次の枝が高すぎてリーアの脚が届かなかったためだった。それ以降は、何かあったら彼女を引っ張り上げられるよう、セバスチャンが先にのぼることにした。

ついにふたりは地面から六メートルほどの高さの枝に座った。これより上の枝では、ふたりの体重をいっぺんに支えるのは難しそうだった。気温は低いが、奮闘してきたふたりは体がほてっていて、荒く吐く息が白かった。

「おめでとう、レディ・ライオスリー。木にのぼれたな」

リーアはセバスチャンに顔を向け、にっこり微笑んだ。セバスチャンがはじめて〝思慮分別がない〟という言葉を使ったときよりも大きな笑みだった。「ありがとう」そう言って、肩がセバスチャンに触れるほど体を寄せてきた。

リーアが自分から身を寄せてきたことの意味を思って、セバスチャンは一瞬息ができなくなった。彼女がぼくに触れた。またキスをされたわけではないが、それ以上の意味を持つ。ささやかだが、信頼している証だ。

少し間をおいてから、セバスチャンは口を開いた。

「イアンとは何があった？　彼とのあいだに起きたことのせいで、きみはぼくを拒絶するのか？　それとも単に相手がぼくだから拒絶しているのか？」尋ねたあとで、リーアが身をこわばらせるのを感じて自分をののしった。彼女が体を離すかと思ったが、そうではなかった。リーアはそのままで、目だけそらした。しばらく沈黙が続いたのち、セバスチャンはふたたび自分をののしり、謝った。「悪かった。尋ねるべきではなかった」

リーアはうなずくようにかすかに頭を動かし、深く息を吸った。「リンリー・パークで、わたしをアンジェラと比べたこと覚えている？」

「リーア……」

「ベッドで彼を満足させることができなかったのかってきいたわよね？　子どもがいないのはそのせいだろうって。だから彼がアンジェラに惹かれたのだと思ったんでしょう」

セバスチャンは黙っていた。何百万回でも謝りたいが、彼女は一生忘れないだろう。

「本当のことを言うわ、閣下……」

「セバスチャンだ」自分は夫であるということだけでも指摘し続けようと思った。もう、リーアの亡き夫である自分の友人に裏切られたために、彼女を苦しめて自らの苦悩をやわらげようとするような男ではない。

「本当はね、セバスチャン。イアンは毎晩わたしのベッドに来たのよ」

イアンとアンジェラに裏切られていたと知ったとき、セバスチャンはこれほど傷つくことは今後ないだろうと思った。だが間違いだった。いまのリーアの言葉は、それ以上にセバスチャンを傷つけた。

「わたしが情事を知っていくらも経たないうちに、イアンはその話を持ち出したの。本当はわたしから持ち出すべきだったのだけれど……認めたくなかった。たぶん、わたしが口にしなければ、ふたりの関係は終わって彼が戻ってきてくれると思っていたんだわ。そして、また愛してくれるって。でも、彼はわたしと話しあいをしたがった。彼は言葉を尽くして謝ったわ。わたしは泣いたけれど、彼は泣かなかった。わたしがいくら心を捧げても彼には通じないとわかって、ますます落ちこんだわ。彼はもうわたしを愛していなかった」

リーアの声は風に舞う枯れ葉のように乾いていて弱々しく、感情がこもっていなかった。

「彼がなぜ毎晩わたしと過ごしたのかはわからない。たぶん、わたしを慰めるためだったんでしょうね。そしてわたしはそれを許した。なぜなら――」彼女は、自分でも信じられないといった声で笑った。「言葉では言ってくれなくても、抱いてくれるのは、わたしに対してまだいくらか気持ちが残っていることの証だと思ったから。彼はわたしを抱き終えると、今度はわたしを抱いたことを謝るの。わたしはどう考えればいいのかわからなくて——混乱した。彼にも自分にも、この状況にも。情事については気にしていないけれど、赤ちゃんが欲しいと彼に言ったわ。愛し慈しむ自分の子どもが欲しいって。それは本当だった。本当に欲しかった。子どもの頃、ベアトリスとおままごとをしていたときから、母親になりたかったの。わたしのその願いを承知した以上は、彼もまだわたしを求めているはずだと自分に言い聞かせたわ。たぶん、彼はもうわたしを愛していなかったんでしょう。あるいは、少なくとも自分ではそう思っていた。でも毎晩わたしのベッドに来られるとしたら、わたしを求めていたことになる。彼の中にほんの少しでもそういう気持ちがあるなら、わたしはそれで充分だと思ったの」

リーアが腿の前でこぶしを握った。その動きにつられて、セバスチャンは彼女の手を見おろした。

「彼はそのとおりにしたわ。約束を守る人だから」リーアは嘲った。「毎晩わたしの寝室に来た。愛の行為の名残とバニラ、それとはまた別の香りに包まれながら——」

「ラベンダーだ」セバスチャンは歯を食いしばった。

「アンジェラの香りね。イアンは彼女の香りをまとったまま、わたしのところに来て、シュミーズを脱がせ、キスをして愛撫した。わたしを求めているから悦びを与えてくれるのだと思いたかったけれど……でも何週間か経っても、その毎晩のベッドへの訪問以外に彼がわたしにしてくれることはなくて、それで、彼が自分の罪悪感から逃れようとしているにすぎないとわかったの。わたしに謝るために抱いているのだと。それがわかると、わたしは夜が怖くなった。拒絶すればよかったのだけれど、しなかった。子どもが欲しかったから。それだけがわたしの望みだったの。でも妊娠しなかった。結局、わたしは子どものために体を差し出し、彼は謝罪のために体を売ったのよ。彼が亡くなって、どんなにほっとしたことか」

リーアは震えていた。彼女の肩が触れているセバスチャンの体の脇まで震えるほどの激しさだった。セバスチャンは、言うべき言葉が思いつかなかった。

「かわいそうに」リーアの肩を抱こうとするように手を上げたが、そのままおろした。「本当にかわいそうだ」

「わたしは悲しいとは思わなかった。けっして彼の死を望んだことはない。すべてを受け入れ、ただ、妊娠していることを毎日祈ったわ。でも、彼はもういないから……」

リーアは息を吸ってから吐いた。セバスチャンには、彼女の動きがすべて感じられた。肺から空気が出ていくときには肩が静かにさがる。セバスチャンには、リーアを抱きしめ、彼女にもそれを歓迎されたい。セバスチャンはそう思ったが、拒絶されるのがこれまでにないほど怖かった。イアンと同等に見られたくない。

「彼は悪い人ではなかったわ」リーアは静かに続けた。「わたしに冷たくすることだってできたのに、そうはしなかった。ただ……別の人と恋に落ちたというだけ」しばらく黙ってから、セバスチャンを見た。「そろそろおりましょう」

「わかった」

まるでリーアの告白などなかったかのように、ふたりはのぼってきたとき同様、リーアを支えるためにセバスチャンが先になって木をおりた。屋敷に戻る途中、リーアはヘンリーのことを話し、今年最初の吹雪が来たあとにヘンリーと雪で遊ぶのが楽しみだと言った。それから今晩の夕食の献立や頭上を飛ぶ鳥のこと、屋敷があたたかそうに見えるといった話をし、屋敷の近くまで来ると競走をしようとセバスチャンに持ちかけた。

だが、リーアは自分がふたたび打ち立てた壁を越えるような話題はいっさい出さなかった。彼女が笑いながら先に玄関に飛びこみ、ドアを閉めたとき、セバスチャンはもうひとつのドア——目に見えないドア——が、彼女とのあいだで閉じるのを感じた。

寝室に入ったとたん、リーアはベッドの端に腰かけて両手に顔をうずめた。なぜこの恐怖心を追いやることができないの？　セバスチャンが欲しい。彼もわたしを求めている。ハウスパーティーを開くことを決めたときや、オーガンジーのドレスを着たとき、母の決めた相手との再婚を嫌って家を出たときのように、いまだって自分で選ぶことができる。そのときどきのリーアの選択は、大きな反響を呼んだ。それと比べれば、はるかに単純な話だ。セバスチャンの力強い抱擁が恋しくて、また泣いた。彼との未来ははっきりわかっている。自分の弱さと、ふたたび自分を失うことへの恐怖に屈し続けるか、あるいは彼を選ぶかのどちらかだ。

その晩、リーアはいつものように夕食の前に客間でセバスチャンと会った。今夜は特別に念を入れてドレスを選んだ。濃い薔薇色のそのドレスは、イブニングドレスとしては控えめだが、体に沿って揺れる生地の動きは、純真というより官能的だ。こんなふうに、男性の注意を引くためだけに服を選んだことは、これまで数えるほどしかなかった。今夜は、その数えるほどしかないうちのひとつだ。

微笑んでおしゃべりをしながら、セバスチャンにエスコートされて食堂に向かった。必死に料理に集中しようとしたが、家鴨の肉をフォークでつついている最中に、いつのまにかセバスチャンが黙ってしまったことに気づいた。しばらく前からこちらを見つめていたらしい。

「どうかしたのか？」彼は尋ねた。

リーアはフォークを置き、膝の上で両手を組んだ。唇をかんで使用人を見た。セバスチャンは手を振って彼らをさがらせた。

「どうした？」

「おなかが空いていないの」

「具合が悪いのか？」眉をひそめて彼は尋ねた。

「いいえ。寝室に戻りたいわ」

まだ当惑しているようだが、彼はリーアが席を立つのに合わせて立ち上がった。リーアは彼を見つめた。

「リーア？」

「あなたに……一緒に来てほしいの」ただの言葉にすぎないのに、口にしたとたん全身の力が抜けた気がした。

セバスチャンには伝わらなかったらしく、彼はリーアがいまにも失神するのではないかと恐れるようにすばやく隣に来て、腕をつかんだ。「医者を呼ぼうか？」

「いいえ」リーアは胸を張って息を吸った。「あなたをベッドに誘っているのよ」

リーアの腕をつかむセバスチャンの指に力がこもる。彼は目を伏せて反応を隠した。

「もちろん、戸口でしめ出すかもしれないけれど」リーアはふざけて言い、彼が目を上げると微笑んだ。

「本気か？」

「ええ」リーアはささやくような声で答えた。そしてもう一度、今度はもっとしっかりした声で繰り返した。「ええ」

セバスチャンはうなずくと、腕をつかんだまま食堂を出て廊下を進み、階段をのぼった。リーアの寝室に着くと、彼は足を止めた。気が変わるのではないかと様子を見ているのだ。

「ドアを開けてちょうだい」リーアは言った。セバスチャンは片方の手でリーアの腕をなでおろし指をからませながら、ドアを開けた。そして、部屋の中に入った。

ふたりはベッドのすぐそばで見つめあった。リーアの耳に、自分の息づかいとともに彼の息づかいが大きく聞こえる。

「脱がせていいか？」セバスチャンが尋ね、リーアはうなずいて背中を向けた。彼はかすかに震えるリーアの脚とは対照的なしっかりとした手つきでボタンをはずした。ウエストまでボタンがはずれると、ボディスはリーアの胸から離れて浮いた。リーアは袖から腕を抜き、目を閉じた。セバスチャンがスカートのすそをつかんで頭から引き抜いた。

彼がさらに脱がせるあいだ、リーアはずっと目を閉じたままでいた。まずはコルセット、続いてペチコート、靴、ストッキング、ズロース、シュミーズ。リーアはセバスチャンに指示されるとおりに動いた。

「腕を上げて」

「膝を曲げるんだ」

「足を動かせ」

彼が命令し、リーアは侍女に言われているのだと想像しながら従った。体を隠そうとはしなかったが、まぶたの裏の闇に集中し、ひと言も発しなかった。

セバスチャンの指が髪を探ってピンをはずすと、髪は重い束になって肩や背中や裸の胸の上に落ちた。彼が背後から前に移ったのがわかった。

セバスチャンのあたたかい手がリーアの頬を包んで上を向かせる。「リーア」

リーアが目を開けると、すぐそこに彼の目があった。

「きれいだ」

リーアはふたたび目を閉じた。これはイアンがしょっちゅう言っていた言葉だ。

「きみがいいと言うまで、これ以上のことはしない」

リーアはうなずいた。

「それから、きみが目を開けないかぎり、何かしてほしいと言われてもしない。リーア、ぼくはセバスチャンだ。イアンじゃない」

「わかっているわ」リーアはそう言ってから彼を見た。だが、それは嘘だった。目は違う相手だとわかっているものの、心はイアンとのときとまったく同じように感じている。

セバスチャンが前に進み出た。触れあうほど近くはないが、彼の体のぬくもりはリーアに伝わった。彼は頭を下げて、リーアの耳元でささやいた。「約束する。ぼくはイアンよりも激しくきみを求めている。ずっと、ずっと激しく」

「信じるわ」これも嘘だ。

セバスチャンはいったん離れ、上着とベストを脱ぎ、クラヴァットをほどいてシャツを脱いだ。上半身裸になるまで、リーアの目を見つめたままだった。「イアンに似ているか?」

リーアはその姿にうっとりとして、彫刻のような肩と腕をゆっくりと目でたどった。黒い毛が胸から筋肉質の腹部に向かって広がっている。イアンは細かったが、セバスチャンはがっしりしている。イアンの毛は金色だったが、彼の毛は色が濃い。

「いいえ」リーアは彼の目を見つめて答えた。「あなたはイアンに似ていない」

「触れてくれ。ぼくの胸に手を当てるんだ」

リーアは彼の胸の真ん中に手のひらを当てた。胸毛は驚くほどやわらかく、リーアの手を動かす彼の手はあたたかかった。手のひらにセバスチャンの鼓動が伝わってくる。

セバスチャンはリーアの手に手を重ねて押さえた。「ぼくの心臓がどんなふうに鼓動しているかわかるか？　どんなに速く鼓動しているかが。こんなにきみの近くにいると、我慢できなくなる。息苦しくてたまらない。きみを見るのがつらい。ぼくはきみを求めているが、きみはそれほどではないとわかっているから」

リーアは、彼の手の下で指を動かして、その肌をなでた。「わたしもあなたが欲しい」彼の胸を見つめて言った。

「本当か？」

頬が熱くなり、リーアは手を引っこめようとした。だが彼は放さなかった。「そうじゃなかったらここに誘わないわ」

「じゃあ、きみは自分がどこまで進めるかを試すためにぼくを誘ったんじゃないんだな？」

「ええ」

セバスチャンが手を離すと、リーアは体の横に自分の手をおろした。はじめて自分が裸であることを意識し、そのとたん、超然とした態度が崩れた。胸と脚のつけねを隠そうと思ったが、セバスチャンはリーア自身よりも彼女を理解していそうな目で見つめていた。

「きみがいいと言うまで何もしないと、ぼくは約束した。触れてほしいと言ってくれ」

リーアはひるむまいと顎を上げて言った。「わたしに触れて」

セバスチャンははじめにリーアの首に触れ、鎖骨へ、ついでさらに下へと移動させ、乳輪を片方ずつなぞった。

「イアンはここに触れたんだろう？」リーアの目をとらえたまま言う。

リーアは眉をひそめた。「ええ。でも彼のことは――」そこであえぎ声がもれた。セバスチャンが胸の先端をつまんでやさしく引っ張ったのだ。

「そう、彼のことは話したくない。でもぼくが触れれば、イアンを思い出してぼくを彼と比べるはずだ」

「そんなことはしない。約束するわ」そう言っているあいだも、のしかかってくるイアンと、その向こうに見える天蓋がリーアの脳裏によみがえる。

「いや、するはずだ。だが今夜を境に、ぼくといるときは二度と彼のことを思い出さなくなるだろう。約束するよ」

「あなたはわたしに触れながらいまアンジェラのことを考えているの？」

「いいや」彼は平然とリーアを見つめた。「きみのおかげで、アンジェラの思い出はとっくの昔に消えている」リーアがその言葉をしっかり理解するまで待ってから、彼は言った。「イアンと一緒にしなかったことは何もないのか？」

リーアは赤くなった。「え……ええ」

セバスチャンの目が暗く陰った。リーアの前に膝をつき、腰に両手を添えた。顔を近づけて胸の先端に片方ずつ舌を走らせた。「イアンはキスをしたか？」そして、かたくなった先端を唇ではさみ、やさしくかんだ。リーアの悦びと痛みがひとつに溶けあった頃、舌をはわせはじめた。腰を押さえていた手が持ち上がって胸を包みこんだ。彼が口と舌で愛撫を続けるあいだ、リーアの体はやけどしそうなほど熱くなった。

リーアは手を彼の頭に添えようとしたが、そのままおろした。

セバスチャンは体を引いて彼女を見上げた。「イアンは胸にキスしたかい？ 頂を口に含んだかい？」

「ええ」かすれた声でリーアは答えた。

セバスチャンの口は、リーアの肌をやさしくかみながら腹部を経て、腿のつけねに向かった。ゆっくりとした動きがまるで拷問のようで、リーアはもっと急いで、早く終わらせてと叫びたかった。イアンがしたようなやり方でわたしを愛さないで。そう言いたかった。

セバスチャンは唇を離し、脚のあいだの茂みに指で触れた。「黒だ」頭を傾け、いたずらっぽく彼女に微笑みかける。「ぼくの予想は間違っていた」

リーアも今度はうめき声を抑えきれなかった。脚が自然と開いてセバスチャンを待つ。だが彼はからかうように腿やふくらはぎ、足首に手を滑らせた。彼は身をかがめてふくらはぎに熱いキスをしてから、体を少し起こして膝の脇を軽くかんだ。腿の内側にキスをされ、彼の両肩に手を置いて体を支えた。リーアは長くけだるい快感の波に洗われながら、セバスチャンが彼自身の空想どおりに動いていることに気づいた。

リーアの脚がさらに開いた。無言の催促だった。

ふたたびセバスチャンが体を離すと、リーアはがっかりして叫びそうになった。だが、彼の手が唇の代わりに愛撫を続け、汗ばんだリーアの肌を指でなだめた。

「リーア」

それは命令だ。リーアは命令に従い、欲望に燃える彼の目と貪欲な口を見おろした。

「イアンはここに触れたか?」セバスチャンはそう言って、リーアの脚のあいだの敏感な突起を親指でなでた。

「ええ」彼の肩をつかみ、声を詰まらせながらリーアは答えた。彼は中指をリーアの中に差し入れた。

「ここをなめて、吸って、かんだか?」

「ひどいわ」リーアは叫んだ。膝が震えはじめる。「ひどいわ」

セバスチャンは親指を動かしながら、中指を出したり入れたりした。「彼の愛撫で達したか? ぼくを見るんだ」リーアが彼の手の動きに集中するために重いまぶたを閉じようとすると、セバスチャンが命じた。「答えてくれ」

リーアは彼をにらんだ。「ええ、達したわ。何度も何度も」

「じゃあ、今度はぼくの前で達してくれ」彼はやさしく言い、もう一度親指を動かした。リーアはついに達した。全身の筋肉がこわばり、震え、腰が彼の手に押しつけられる。セバスチャンの手は動きを弱め、リーアを落ち着かせた。

リーアは彼の首に腕をまわし、抱き寄せるように彼の頬に胸を押しつけて、荒く息をついた。二度と充分な空気を吸えないような気がした。セバスチャンが胸の脇にキスをしてから、立ち上がってリーアを抱き上げた。

「あなたなんて大嫌いよ」リーアは彼の胸に頭を預けながら言った。

彼はリーアをベッドに横たえ、リーアが横向きになるとベッドカバーをかけた。「それでいい。ぼくたちは結婚したんだ。そのうち、大好きにさせるさ」

セバスチャンがベッドから離れ、ドレスを床から拾ったのが音でわかった。

「行ってしまうの？」

「いいや」

ブーツが床にどさりと落ちる音に続いて、ズボンを脱いでいるらしい音が聞こえてきた。部屋は暗く、暖炉で燃える火だけが明るかった。マットレスがかすかに沈み、リーアの呼吸はまた速くなった。セバスチャンがうしろから抱き寄せた。リーアはふたたび自分を興奮させるため彼がぴったり体を寄せてくるだろうと思った。だが、何分待っても彼は触れようとしない。リーアは仰向けになって、そちらに顔を向けた。

セバスチャンはこちらを向いて横になっていた。暖炉の光を受けて、リーアを見つめる緑の目がきらめいている。

「セバスチャン？」

彼は手を伸ばしてリーアの頬を包み、リンリー・パークの庭でしたのと同じように親指で彼女の唇をなぞった。「きみを抱いたあと、イアンはきみのそばに残ったかい？　それとも自分の寝室に戻ったかい？」

「戻ったわ」リーアは彼の指の下で唇を動かして答えた。

セバスチャンは手を離した。「だったら、ひと晩ここにいさせてくれ。きみの隣で眠るだけだ」

「それ以上は……いいの？」

「ああ。今夜はただきみと一緒にいたい」

リーアはなんと答えればいいのかわからなかった。彼の欲望を受けとめる覚悟を決めていたのに、これ以上は求めないなんて。しばらくためらってから、寝返りを打って横向きになり、暖炉の火を見つめた。「それじゃあ……おやすみなさい」

「おやすみ」

リーアは火が燃えさしになるまで見つめた。それから目を閉じたが、眠ることはできなかった、うしろにいる彼が気になってしかたない。彼の手と口の感触が何度もよみがえる。

イアンが何をしたか、どうやってわたしを愛したかをセバスチャンに説明したが、今夜ほど興奮したことは一度もなかったという事実だけは黙っていた。セバスチャンの愛撫はイアンとは違った。単なる快楽以上の何かを引き出してくれる。

イアンとは何もかもが違っていた。

何度、荷物を作ってはほどいたことでしょう。実を言えば、わたしが持っていきたいのはヘンリーの肖像画だけです。それさえあれば、あとはあなたがいてくれればいいのです。

21

翌朝リーアが目を覚ますと、セバスチャンの姿はなかった。ベッドの真ん中で膝を抱えて座り、失望と闘った。夜のあいだ何度か目が覚めたときは、彼の腕の中で安心とぬくもりを感じた。心の中にはまだ恐怖と疑念が残っているが、彼のおかげでいくらか自分を信じられるようになった。彼はわたしを利用しようとはせず、自分の欲望を満たすのではなくわたしに悦びを与えてくれた。それから、安らぎを与えてくれた。欲望にさいなまれながら隣で寝るのは、とてもつらかったはずなのに。

セバスチャン……。

ふたたびベッドに横たわり、カーテン越しに降り注ぐ日の光に顔を向けて微笑んだ。

ドアがノックされ、リーアはあわてて毛布を顎まで引っ張り上げた。「どうぞ」

メイドが腰でトレーを支えながら入ってきた。「おはようございます、奥さま。朝食をお運びするようだんなさまに言われて来ました。だんなさまはもうおすみですので」リーアが体を起こすのを待ってから、その前にトレーを置いた。「それから、これもお渡しするようにとのことでした」そう言って紙片を渡した。

「ありがとう」リーアはメイドが出ていくのを待ってから、折りたたんであった紙片を開いた。

ヘンリーを連れて村に行っている。いまのうちに休んでおくといい。あの子は今朝もきみを恋しがったからね。ふたりとも、あとでまたきみに会うまで寂しい思いをするだろう。S

リーアは紙片を脇に置き、食事中も読み返した。なんの用で近くの村まで行ったのかしら？　それもヘンリーを連れて。そして、わたしがいま、これを読みながら隠された意味を解き明かそうとしているように、彼も苦労しながらひと言ひと言を考えたのかしら？　たとえば〝きみが恋しい〟という言葉。ヘンリーがそう言ったのか、それともセバスチャンが自分の思いを認めたくなくてヘンリーの名も書いたのか、どちらなのかしら？　言葉どおりに、ふたりともがわたしに会えず寂しいと思ってくれているのなら、それはそれでとてもうれしいことだわ。

わたしの夫と息子。

ふたりのことを考えると胸が痛くなり、早く帰ってきてほしくなった。

その朝、リーアはゆっくりくつろごうとした――実際にくつろいだ――が、いつふたりの帰ってくる音が聞こえるかと、ずっと耳を澄ましていた。図書室から持ってきた本にも集中できず、帰ってきたセバスチャンはどんなふうに自分を見るだろうと思いながら二度もドレスを着替えた。ふたりのあいだは昨夜で大きく変わったが、これからどこに向かうのか、彼が自分に何を望むのかは、いまだによくわからなかった。

昼食の時間になったがふたりが帰ってこないので、リーアは少し心配になってきた。村まででは一時間もかからないし、大きな村でもない。こんなに時間がかかるなんて、何をしているのかしら？

雲が近づいてくるのを見ても不安に思わないように努めて、寝室の書き物机からアンジェラの手紙の束を取り出した。久しぶりだった。少なくとも、セバスチャンとの結婚が決まってからは読んでいなかった。実のところ、結婚後はもう読みたいと思わなかった。セバスチャンが目の前にいるときにアンジェラのことを思い出したくなかったのだ。でも、いまはほかに気をまぎらす手段が見つからないので、窓際の椅子に座ってリボンをほどき、手紙が膝の上に落ちるにまかせて窓の外を見た。

まだ馬車は見えない。

ため息をつき、自分の不注意で順番がばらばらになった束から、一番上の手紙を取った。

一通ずつ開いて、読んだことがあるものはたたんで脇に置いていった。残ったのは一通だけだった。

リーアはその手紙を取り上げて開いた。

愛するあなた

ふたりで決めたとおりに準備をしました。目が覚めたら全部夢だったとわかるのが怖くて、眠れません。二日！　あと二日であなたと一緒になれる。あと二日で二度と離れずにすむようになるのね。わたしがどれだけ、あなたの隣で目覚めることを夢見てきたかご存知かしら？　もうすぐそれが実現します。

ヘンリーにはいつかまた会えると信じています。この苦しみをわかっていただけることで、あなたへの愛がいっそう深まります。あの子があなたの子どもだったらどんなによかったか。先にあなたに出会っていれば、あなたの子だったかもしれない。でもヘンリーは跡継ぎですから、あの子を置いていきさえすればセバスチャンもわたしたちを追いかけたりしないでしょう。ヘンリー……愛するわたしの息子。早くあなたにも息子を持たせてあげたいわ。そうすれば、わたしの心の奥深くにある喜びが、あなたにもわかるようになるでしょうね。時間がはっきりしたら、もう一回手紙を送ります。そして、わたしたちは一緒になれます。

愛をこめて　アンジェラ

リーアは震える指で手紙をたたみ、ピンクのリボンで束を縛った。

セバスチャン、早くわたしのところへ帰ってきて。ヘンリーが自分の子どもじゃないなんて心配する必要はなくなったわ。

その日の夕方、セバスチャンは疲れきったヘンリーを抱いて子ども部屋に上がった。息子を乳母に預け、ドアに向かった。「あとでおやすみを言いに寄るから」

「すぐにヘンリーの夕食を用意させますわ、だんなさま」

セバスチャンはうなずいてから、妻を捜して屋敷じゅうをまわり、最後に眉をひそめて彼女の寝室に向かった。ふだんリーアはこんなに早い時間にベッドに入らない。昨夜は特に具合の悪そうな様子はなかった。たぶん、ぼくの忠告に従い、一日じゅう休んでいたのだろう。今朝あのメッセージを書いたときは、彼女が従うとは思っていなかったが。

寝室のドアを軽くノックしたが、返事がないので開けてみた。

窓辺の椅子で、こぶしに頰をのせて眠っているリーアを見て、セバスチャンは胸を突かれた。彼女のもとに行き、顔にかかった髪を払った。リーアは身じろぎした。「しいっ」セバスチャンは彼女を抱き上げてベッドに向かった。だがベッドにおろしたとたん、リーアは目を開いてセバスチャンに焦点を合わせた。

「セバスチャン?」

セバスチャンは微笑んで彼女の顔をなでた。そうせずにはいられなかった。「きみはぼくの指示にちゃんと従ったようだ」

リーアは瞬きをしてから、片肘をついて体を起こした。「どこに行っていたの？　大丈夫なの？　なかなか帰ってこなかったから」

「ぼくが恋しかったかい？」

すでに目はすっかり覚めたらしい。「ヘンリーが恋しかったわ、もちろん」そうからかうと、膝立ちになって短く甘いキスをした。セバスチャンはもっと長くキスをしていたかったが、リーアはさっさとベッドからおりてスカートをなでてしわを伸ばした。

「ぼくもきみが恋しかった」セバスチャンは彼女の手を取って寝室から連れ出した。「ヘンリーがもう少しで寝そうだ。おやすみの挨拶のためにきみを部屋まで連れてきてやると約束したんだ」

「心配したのよ」

セバスチャンはリーアを見て、手をぎゅっと握った。「悪かった。もっと早く帰るつもりだったんだが、帰り道で車輪が泥にはまってしまったんだ」

「ヘンリーは大丈夫なの？」四階に向かって足早に階段をのぼりながら彼女は尋ねた。

「ああ、大丈夫だ。疲れただけだよ。あの子を連れて、借地人の家を一軒一軒回ったんだが、ほかの子に会うたびにヘンリーが遊びたがったものだから、思ったよりずっと時間がかかってしまった」

「それは遊びたがるでしょうね」リーアはそれ以上何も言わず、セバスチャンの先に立って階段をのぼった。リーアはほかの子どものことを考えているのだろうか？　セバスチャンは思った。ヘンリーが一緒に遊べるような弟か妹のことを。

「リーア……」

彼女は肩越しにちらりと見て微笑んだ。「あなたに話があるのよ」

セバスチャンはひそかに安堵のため息をついた。「話？」

リーアはうなずいて、セバスチャンが階段をのぼりきるのを待った。そして、ふたりは一緒に子ども部屋に向かった。

「きみが秘密を明かしてくれるなら、お返しに何かしたほうがいいのかな？」リーアが思いがけず手をつないできたので、セバスチャンは喜びに震えて尋ねた。「ひとつの言葉に対してキス一回とか？」

リーアは謎めいた笑みを浮かべ、子ども部屋の前まで来ると、セバスチャンの口に人差し指を当てた。「あとで」そう言って部屋に入った。

ヘンリーは小さなテーブルに着いて夕食をとっていた。顔を上げてリーアを見ると、椅子を倒して立ち上がり、彼女に駆け寄ってきた。リーアはヘンリーを抱き上げて頬にキスをし、髪をなでた。

「おかえりなさい。いい子ね。今日はずっとあなたに会えなくて寂しかったわ」

「ぼくもだよ」ヘンリーはリーアの首に抱きついて言った。それから、リーアのうしろにいるセバスチャンに気づいてまた腕を伸ばした。

セバスチャンはリーアに申し訳なさそうにリーアを見て、ヘンリーを胸に抱いた。「いいのよ」リーアはそうささやいて、セバスチャンの肩に頭を預けるヘンリーの髪をなでた。

彼女が微笑み、その瞬間セバスチャンはまた恋に落ちた。何度、アンジェラとふたりで過ごすためにヘンリーを遠ざけたことだろう？　これが本来あるべき姿ではないか。妻と息子のどちらかを選ぶ必要はないのだ。「ヘンリー？　そろそろ寝ようか？」

「もうおねむのようですわ」ミセス・ファウラーが部屋の向こうから言った。

セバスチャンはベッドに近づいてヘンリーをそっとおろした。リーアは彼の胸まで毛布を引っ張り上げ、顔を近づけておでこにキスをした。セバスチャンはヘンリーの髪に触れ、リーアのあとから部屋を出た。ドアを閉めると、リーアを抱き寄せて首にキスした。「ありがとう」彼女の肌に向かってささやいた。

リーアはセバスチャンの肩に手をかけた。「何が？」

「ヘンリーを愛してくれて」

リーアは笑って体を引いた。「当然でしょう？　前にも言ったけれど、あの子はあなたにそっくりで――」リーアは口を閉じて目をそらした。

「リーア？」

「話があるって言ったのを覚えてる？」リーアがふたたびこちらに目を戻した。「今日、アンジェラの手紙を読んだの。まだ読んでいなかった最後の一通よ」

セバスチャンは緊張して腕をおろした。「それで？」

リーアは微笑みながらセバスチャンの顎に触れた。「あの子はあなたの子よ、セバスチャン。手紙にそう書いてあった。あなたは自分に似ていないと思っているかもしれないけれど、証拠があるの。ヘンリーはたしかにあなたの子よ」

セバスチャンは喉が詰まった。リーアを見つめて尋ねる。「間違いないのか？」

リーアはうなずいてセバスチャンの手を取った。「来て。見せてあげるから。自分で読むといいわ」セバスチャンは子ども部屋に駆け戻って眠っているヘンリーを見たいのを我慢して、リーアのうしろから階段をおりた。

「最初に読んでいればよかったわ」寝室に入りながらリーアは言った。窓際の椅子に急ぐと、クッションと窓の間に置かれていた手紙の束を手に取った。前に見たときと同じく、ピンクのリボンで縛ってある。リーアは一番上の手紙を引き抜くと、セバスチャンに差し出した。

「これよ」

セバスチャンはしばらく手紙を見つめてから、震える指で開いた。目の焦点が合うのに少し時間がかかり、ヘンリーの名前が飛びこんでくるまで何も読めなかった。

胸の中で笑いがわき起こり、やがて口からもれ出した。リーアに手を伸ばして、自分のほうを向かせた。口から出たのは笑いか、泣き声か……おそらく両方だろう。

セバスチャンはリーアに、愛と喜びと感謝のこもったキスをした。「燃やせと言ったぼくの言葉を無視してくれてありがとう。愛して――」われに返って体を離した。だが、リーアも笑いながら泣いていた。愛の告白にも気づいていなかった。

自分が本当の気持ちを言えば彼女はひるむだろうと思うと、たちまち心がまた重くなり、セバスチャンは驚いた。手紙をたたむのに神経を集中させ、それが終わると手紙の上でかたくこぶしを握った。「ありがとう」彼女の頬にキスをして涙をぬぐった。「おやすみ」

「待って」セバスチャンがドアのほうを向こうとすると、リーアが呼びとめた。セバスチャンはいったん目を閉じてから、彼女を見た。笑みを作ろうとしたが、どうやら失敗だったようだ。「ここにいてくれないの？　ここで一緒に夕食をとって、それから……」

セバスチャンは首を振った。「今夜はだめだ、すまない」彼女の目に浮かんだ悲しみを取り除いてやりたいが、自分にそれができるとは思えなかった。「ありがとう」手紙を持った手を上げてもう一度言うと、寝室を出てドアを閉めた。

セバスチャンはドアの横の壁に寄りかかった。昨夜、自分の手と唇の感触を彼女に味わわせた。彼女がベッドに誘ったのは、セバスチャンの勝利を意味するのだと思った。だが、彼女を抱き寄せて愛していると言おうとしたとき、彼女が結婚を承諾した理由を思い出したのだ。

〝わたしが結婚しようと決めたのはそのためよ。わたしもあなたを愛していないから〟

セバスチャンは目を閉じてうなだれた。ずっとその言葉にとらわれていた。怖じ気づかせて逃げられるのが怖かった。彼女がイアンの亡霊から完全に解放されたあと、いつか振り向いてくれると思って待っていた。木の上でイアンとの関係を話してくれたのは大きな一歩だった。ぼくに悦びを与えてほしいと望んでくれたのが次の一歩だった。でもまだ足りない。何もかもが欲しかった。リーアの信頼も、喜びも、心も、はかなさも。

このまま待ち続けたら、彼女はぼくを愛するようになるだろうか？　あと一カ月？　あるいは一年？　そのときが来たら、ぼくたちはベッドをともにし、ヘンリーと、もしかしたらもうひとり子どもが増えて、幸せな家族となっているだろう。そんな自分たちの姿が目に浮かぶ。でも、もしかしたら彼女の恐れとためらいから、いつまでもよそよそしい関係のままかもしれない。

だめだ、待てない。それで完全に彼女の心が離れてしまうとしても、愛していると伝えよう。彼女はいつも、自由になりたいと言っている。その思いがどれだけ大事なのか、彼女に決めさせよう。

セバスチャンは壁から離れた。

彼女が降伏しないなら、ぼくが降伏すればいい。

最近、あなたのキスが以前よりも長く、やさしくなっているのには気づいていました。それは、もうすぐずっと一緒にいられるようになるから、いまは急ぐ必要がないということかしら？

22

三時間後、リーアが寝るしたくをしていると、廊下からドアをノックする音が聞こえた。寝間着の上にガウンをしっかり巻きつけてから、ドアを開けた。

黒いマントを着たセバスチャンが立っていた。彼は手のひらを上に向けて差し出した。そこには、茶色の紙に包まれた小さな箱がのっていた。

「きみにプレゼントだ。言わなかったかもしれないが、ぼくたちは借地人を訪ねるだけではなく、きみに贈るものを村で買ったんだ」

「ぼくたち？」リーアは微笑みながら聞き返した。さっき、なぜあんなふうに部屋を出ていってしまったのか聞きたかったが、もうその必要はなさそうだ。ふたりは、また良好な関係に戻っていた。セバスチャンはここにいて、やさしく微笑んでいる。リーアの心臓は早鐘を打った。そうよ、これが正しい姿だわ。

セバスチャンは片方の肩をすくめた。「ヘンリーが選んだんだ。払ったのはぼくだがね。だから、ぼくたちふたりで買ったと言っていいだろう」

リーアは箱を受け取った。伏せたまつげ越しに彼を見てから、包装を解いた。銀色の箱が現れたので振ってみた。

「空っぽかもしれない。ヘンリーは箱が好きだからな」

リーアは眉を上げた。「そうかもしれないわね。なんてきれいな箱なんでしょう」箱を回して、いろいろな角度から見ながら言った。

セバスチャンは笑いながら近づくと、リーアの両手を手で包んだ。「だが、その中には何か入っている。保証するよ」

リーアは彼との距離の近さに息をのんだ。彼に触れられた肌がひどく感じやすくなる。

「開けてごらん。早くしないと遅れてしまう」

「遅れる？」リーアはふたを開け、箱を自分のほうに寄せて中をのぞいた。その拍子に、彼の手が胸をかすめた。箱の中には、レースで縁取りした青いリボンが入っていた。

「きみが髪につけるリボンを買いたいとヘンリーが言ったんだ」セバスチャンは説明した。

「一時間かけてあの子が選んだのがこれだ。ただ……」セバスチャンはいったん言葉を切って、リーアの首にキスをした。「正直に言うと、ぼくはきみの髪以外のものをこれで縛りたいと思った」

リーアは頭を傾けた。彼はふたたび首にキスをした。「ヘンリーから渡すようにしてくればよかったのに」

「そうだな。でも、きみに会いに来る口実が欲しかったんだ」

リーアの胸が大きく高鳴った。箱のふたを閉めて、彼の唇に唇を重ねた。

「ちょっとつきあってほしいところがある」

「どこに行くの?」リーアは体を預けようとしたが、彼はリーアから離れてドアに向かっていた。

「秘密の外出だ」彼はそう言って眉を上げた。「冒険と言ってもいいかな」

リーアはマントに包まれた彼の肩から広い胸、引き締まったウエスト、そして長い脚へと視線を移した。もちろん一緒に行くわ。たとえ、嵐の中カヌーでフランスまで海を渡ると言われても承諾するだろう。

「ちょっと待って。したくを——」

「静かに」リーアは眉をひそめてセバスチャンを見た。彼は微笑みながらウィンクした。「誰にも見つからないように小さな声で話すんだ」

リーアは笑みを抑えることができないまま、さがってドアを閉めた。簡素なドレスに着替えてマントを羽織ると、廊下で待っているセバスチャンのもとに行った。「来たわ、閣下」

「完璧だ」彼はそう言うと、リーアを肩に担ぎ上げた。

「セバスチャン!」腿を腕で押さえられて、リーアは脚をばたばたさせながら叫んだ。マントのフードが落ちてきて頭を覆い、視界をさえぎった。セバスチャンは階段をおり、リーアは落ちないように彼のマントをつかんだ。

「静かにできないのか」彼はいさめるように言った。

セバスチャンの歩みに合わせてリーアのフードが上下に動き、そのたびに周囲の様子が見え隠れした。玄関のドアから出るとき、視界の隅にふたりの従僕が映った。

「そうね、静かにしたほうが都合がいいわよね。わたしを抱えて出ていこうするのを使用人たちみんなに見られているんだから」

セバスチャンはなだめるようにリーアのお尻をやさしく叩いた。屋敷の明かりに照らされていないところまで進むと、彼の手はヒップをなでる動きに変わった。

「セバスチャン」リーアは警告するように言ったが、笑い出したいのと、いまにも欲望の火がつきそうなのとで言葉がつかえた。

「きみは冒険をしたいんだったね？」

「ええ。それに自由になりたいの。野蛮な伯爵の肩に担がれるのは、自由とは言いがたいけれど」

「それは気の毒なことだ。だが、欲しいものがなんでも手に入るわけじゃない。そうだろう？」彼の片腕がリーアの体を支え、もう一方の手がふくらはぎをはい上がる。

リーアはマントをつかんでいた手を離してうしろに伸ばし、彼の手を叩いた。「やめて」

「これをかい？」リーアの手などそよ風ほどの力もないと言いたげに、彼はそのまま手を上に滑らせ、膝の裏を通って腿をくすぐった。

リーアは息をのんだ。「セバスチャン」

「着いたよ」彼はそう言って、リーアの腰を両手で支え、自分の前を滑らせるようにして地面におろし、真っ赤になったリーアをそのまま抱きしめた。

こんなふうに連れ出されたことにばかり気をとられていたうえに、フードで視界が悪かったのもあって、リーアは自分たちがどこに向かっているのかまでは考えていなかった。

ほてった顔に夜風が冷たいが、体のほかの部分のすべてが、彼のせいで熱くなっていた。

彼は指でリーアの顎を上げると、そっとキスをした。

リーアは目を閉じてキスを味わった。こんなふうに純粋にキスを楽しめる日がまた来るとは思っていなかった。だが、セバスチャンの手がウエストから胸に移動すると、思わずリーアの体はこわばり、そんな自分にいや気がさした。彼は手をおろし、もう一度短くキスすると、リーアの脇をまわった。

リーアは喪失感を覚え、彼のほうに向きを変えた。プレゼントを盗まれたような、こんなもどかしさがいやだった。セバスチャンを信頼しない理由はないし、彼にすべてを与えない理由もない。自分がイアンとはまったく似ていないことを、セバスチャンはわたしに繰り返し証明しているのだから。

彼に謝りたかった。だがリーアが口を開く前に、セバスチャンの背後の水辺に揺れている小舟が目に入った。彼は領地内の湖にリーアを連れてきたのだ。ランプはなく、明かりといえば頭上の月と星の明かりだけで、それも流れる雲でところどころさえぎられる。湖面は半分が影になり、半分はほんのりと銀色に光っている。並んで立つ木が湖を囲み、ここから見ると、この世界に存在するのは自分たちふたりだけで、木々が外の世界から守ってくれているような気がする。

リーアはセバスチャンに目を戻した。彼は舟の舳先に立って、小さく微笑んでいた。

「舟遊びの日にきみの計画を台無しにしてしまったから」彼はそう言って手を差し伸べた。

「寒すぎるんじゃない？」リーアはそう言いながらも前に進み出た。リーアの手を包んだセバスチャンの手はあたたかかった。「それに暗すぎるわ。もし舟がひっくり返ったり何かにぶつかったりしたらどうするの？」

片手で舟を押さえてリーアをのせるセバスチャンの目は、夜の暗がりよりさらに暗かった。

「きみを湖に落としたりしない」

リーアは舟に座って空を見上げた。「雨が降り出しそうよ」

「リーア」その声にうながされるように、リーアはセバスチャンに目を戻した。彼は舟を押してから、横から飛び乗った。「これは冒険なんだ。何か大変なことが起きたら、それも楽しもう」

「つまり大変なことが起きると思っているの？」

セバスチャンが笑いながら櫂で水を押すようにして、やがて舟は岸から離れた。

リーアは抑えきれずに微笑んで、銀色の月明かりのなかで、彼の肩と胸の動きや、マントの隙間から見える筋肉の動きを見つめた。彼に抱きしめられていたらいいのにと思いながら、自分のマントをしっかり体に巻きつけた。ほんの一瞬でもいいから、お互いが与えあう悦び以外のすべてを忘れて、本能のままに行動できればいいのに。

しばらくすると、セバスチャンは櫂を引き上げた。湖面に漂う舟の上で、彼はじっとリーアを見つめた。彼の髪が風になびいている。

リーアは上の空で微笑んだ。次に何をするのかが気になった。セバスチャンは微笑み返さなかった。

「リンリー・パークの庭でぼくがキスしたとき、きみは逃げていった。覚えているかい？」

「もちろん覚えているわ」あのとき、はじめて彼に触れられたのだ。いまでもそのときの体のほてりを感じられる。

「ここでは逃げられないだろう？」静かな声だった。

リーアはその静かな脅しに体をこわばらせた。「セバスチャン？」

「きみにどんなふうに話そうかといろいろ考えた」

アンジェラの胸に顔をうずめているイアンの姿が頭の中によみがえった。リーアは両手で席をつかみ、彼が先を続けるのを待った。何を言い出すのかはわからないが、あのときよりも大きな痛みを感じるのだろうかと思ってうろたえた。

「そのたびに、いまはそのときではないと思った」彼は水面を見おろし、顎をなでた。「そのときだと思える瞬間など一生来ないのだろう」

「もうわたしを欲しくないのね」今日の夕方リーアの寝室を出ていった様子からいって、それ以外はありえない。

セバスチャンは手をおろしてリーアを見つめた。「愛している、リーア」ほのかな月明かりの中でも、リーアには苦しげな表情でそれを言ったのがわかった。

「わ……わたしは……」口ごもってから、不意に全身が熱くなり、次に冷たくなった。いくら自分の育ちを否定しようとしても、身にしみついている礼儀は捨てることができず、リーアは言った。「ありがとう」

「ありがとう？」セバスチャンは信じられないと言いたげに笑った。「ありがとうだって？」

「なんと言えばいいのかわからないのよ」リーアは目を伏せて言った。

彼は何も言わなかった。長い間を置いてからようやくリーアが目を上げると、セバスチャンは悲しげな笑みを浮かべて見つめていた。「ぼくは間違いを犯してしまったようだな。最初のころのほうが正しかったのだ。きみに結婚なんか申しこむべきではなかった」

リーアは両手を握りあわせ、マントの合わせ目の中に隠した。「わたしは……あなたとの結婚生活を楽しんでいるわ、セバスチャン。本当よ。ヘンリーもかわいいし――」

セバスチャンがいらだったように手を振ってさえぎった。「ヘンリーはいいんだ。きみと、そしてぼくの話をしている。きみがけっしてぼくを許さないことを話しているんだ」

「あなたを許さなければならないようなことなんて――」

「きみはイアンもけっして許そうとしない」

「彼のことはもう許しているわ！」リーアは叫んだ。

舟が揺れ、湖面にさざ波がたった。頬は赤いが、急に寒さを覚え、リーアはマントの中で身をすくめた。「許しているの」そう繰り返してから、弁解する必要を感じて言い足した。「イアンのことは問題じゃないの。全然とは言わないけれど、たいした問題ではないのよ」膝の上で関節が白くなるほどかたく握りあわせた手を見つめた。深く息を吸ってため息をついた。目を上げてセバスチャンの目を見つめてから、湖面に映る月を見た。「アンジェラのほうなの」

月がゆがむ。はじめは魚かと思ったが、すぐにまた湖面が揺れ、リーアは頬に冷たいものが当たるのを感じた。

「アンジェラだって？」セバスチャンは声を荒らげはしなかったが、リーアには彼のいらだちと困惑が感じられた。

リーアは空を見上げた。雨粒が落ちてきて頬や目の下に当たる。「雨よ」セバスチャンをちらりと見て言った。「帰りましょう」

「たいした雨じゃない。今度はきみを逃がさない」

セバスチャンが言い終える前に雷が響き、それと同時に雨が本格的に降りはじめた。「わかったよ」雨の音に負けない大きな声で言いながら、セバスチャンは嵐になったのはきみのせいだと言わんばかりにリーアをにらんだ。「戻ろう。でも、話は終わっていないからな」

リーアはうなずいた。しばらくは話を中断できるのがありがたかった。

セバスチャンは櫂をつかんだ。「アンジェラが問題だというのはどういう意味だ?」屋敷に帰るまで待つ気はないらしい。

リーアは聞こえないふりをしようかと思ったが、彼はさらに大きな声で呼んだ。

「リーア、どういう意味で——」

「なんでもないわ。何も言うべきじゃなかった」リーアもまた、湖面に打ちつける雨の音に負けない大声で言った。

「だが、言ったのだから最後まで話してくれ」彼は肩越しに振り返って漕ぐ方向を確かめた。マントの前は開き、すでにびしょぬれになったシャツは胸に張りついている。

「なんでもないの、ただ……わたしはアンジェラじゃないのよ、セバスチャン」

セバスチャンははっとした様子でリーアを見た。口を開けたが、そのとき船底が湖底にぶつかり、その拍子にリーアは前のめりになった。風で雨がフードの中に入り、頰を伝って襟元に流れこむ。セバスチャンは舟からおりて岸まで引っ張ってから、また水の中を歩いて舟の脇に戻ってきた。リーアは立ち上がって両手を差し出したが、彼はウエストをとらえると、背中と腿のうしろを腕で支えて横向きに抱きながら岸に向かった。岸につくとすぐに、リーアは言った。「おろして」

セバスチャンはリーアをおろしたが、手首をつかんで放さなかった。「きみがアンジェラじゃないのはわかっている」彼は風にかき消されないよう大声で言った。

リーアはかぶりを振った。「あなたは最初から、わたしをアンジェラと比べていたわ。香りが違うとか、ふるまいが違うとか」

セバスチャンはリーアが抵抗するのも気づかないかのように引き寄せた。「それは謝ったはずだ――」

「ええ、たしかにそうよ。でも、わからない？　あなたは彼女を愛していた。イアンも彼女を愛していた。彼女はわたしにないすべてを持っていたのよ」セバスチャンはリーアを胸に抱き寄せてマントでくるもうとしたが、リーアは彼の手から逃れた。その拍子にフードが脱げた。「悪いけれど、わたしはあなたが求めるような妻にはなれないわ」

リーアは背を向けて、泥に変わった砂の上で足を滑らせながら走った。

「きみがアンジェラじゃなくてもかまわない」セバスチャンがうしろから言った。「彼女じゃなくてうれしいんだ！」

リーアの頰を涙が流れ、雨とまじりあった。リーアは前に進もうとした。「関係ないわ！　わたしとあなたのあいだにはずっとアンジェラがいる。イアンとのあいだにもいたように。いまはあなたはそう思わないかもしれないけれど、そのうちわかるわ。朝起きればアンジェラに会いたくなって、隣にいるのがわたしではなく彼女だったらって考える。それに――」

セバスチャンの手が肩をとらえ、リーアを自分のほうに向かせた。リーアは体勢を崩して悲鳴をあげたが、セバスチャンが支えた。

セバスチャンはどなった。「ばかを言うな！　ぼくの話を聞いてくれ。大事なのはきみだ」雷鳴がとどろいた。彼の両手がリーアのウエストから肩に移った。「きみなんだ、リーア」手はさらに肩から首へと移動し、そして頭を包んだ。「きみなんだ！」

彼は激しくキスをした。リーアはその唇に抗って、彼の手首に爪を食いこませた。彼のキスは野蛮で容赦がなかった。リーアをじっくりと悦ばせた紳士はもういなかった。ひと晩じゅう腕に抱いてくれた理解のある夫もいなかった。彼は求め、リーアは応えた。彼は唇を開かせようとし、リーアはそれに屈した。彼は波のようにリーアの五感を襲い、リーアはその波にのまれた。

何も考えられなかった。雨で髪が頭に張りつき、リーアは目を閉じて感じることしかできなかった。セバスチャンのあたたかい手が、キスをしやすいようしっかりとリーアの頭を押さえる。リーアは彼にぴったりくっついてそのぬくもりを感じたが、もっと近づきたかった。互いに相手の唇をかみながら、ふたりはむさぼるようにキスをした。

リーアは彼のマントやシャツを脱がせようと引っ張ったが、濡れた服は思いどおりにならない。リーアの指はズボンのボタンをはずそうとしてもたつき、セバスチャンはキスを続けながらうめいた。リーアはあきらめて、ズボンの上から熱いこわばりを手で包んだ。

彼はリーアの首から手を離したが、唇は離さなかった。キスを続け、舌をからませながら、リーアの胸とおなかに触れ、ぬれそぼったスカートを膝、そして腿までたくし上げた。

リーアはキスを中断し、あえいだ。「セバスチャン」彼はふたたび唇を重ねて、指でリーアを満たした。リーアはその快楽に身をゆだねた。ふたりは水が流れる地面にひざまずいた。リーアはセバスチャンを引き寄せながら横たわった。彼が二本の指を入れてから引き抜くと、リーアは腰を浮かせた。何度も何度も。リーアは頭をのけぞらせ、彼の腰に腕をまわして引き寄せた。やっとのことでズボンをゆるめ、熱くてずっしりと重い彼のこわばりを手で包む。彼はキスをやめ、リーアの中に入れた指の動きを止めた。

リーアは目を開けた。彼が真上から見おろしていて、顔には雨が滴り落ちている。セバスチャンの目を見つめたまま彼の手を押しやった。自分を求めていない相手にただ機械的に身をささげるのではなく、求めてくれる相手に喜んでささげたい。リーアは目の端から熱い涙がこぼれるのを感じながら、腰を上げた。「わたしもあなたを愛しているわ」そして、彼の口をキスでふさいだ。

セバスチャンは身じろぎしなかった。だが、リーアがもう一度同じ言葉を繰り返すと、そのこわばりでリーアを満たし、強く、速く腰を動かした。リーアの手が背中や頭から腰までをせわしなく移動する。リーアは彼のズボンをつかんで、もっと速く動くよううながした。セバスチャンはリーアの首に唇を滑らせ、喉に頭をつけた。リーアは頭をのけぞらせ、彼に合わせて腰を動かしながら、めくるめく快感の波に身をまかせた。空に稲光が走るのが見え、セバスチャンの胸がリーアから離れた。リーアは引き寄せようとしたが、彼はふたりのあいだに手を差し入れて、リーアを愛撫した。リーアは叫び声をあげて彼の体に脚を巻きつけ、彼もリーアに続いて声をあげ、リーアのウエストをつかんで最後にもう一度腰を突き動かしてから、精を放った。

リーアはセバスチャンの頭を自分の首に引き寄せ、雨が彼の目に入らないよう手でさえぎった。そして、大きく息を吸って肺を空気で満たし、彼にぴったり身を寄せた。セバスチャンの激しい鼓動とリーアの鼓動が合い、ふたりは間違いなくひとつになった。

セバスチャンは顔を上げてリーアを見おろした。急に恥ずかしさを覚え、リーアは目をそらそうとしたが、彼の手で頬を包まれてまっすぐ彼の目を見つめ返した。そのとき彼は微笑んだ。リーアがこれまで見たことのない、息をのむほど魅力的な笑顔だった。

稲光が暗い空を切り裂き、世界全体が白くなった。すぐに雷鳴が続いた。そしてセバスチャンはふたたびキスをした。

23

あの子があなたの子どもだったらどんなによかったか。先にあなたに出会っていれば……。

リーアはセバスチャンの寝室の床に座り、暖炉の前で髪を拭いていた。うしろからこちらに近づいてくる彼の足音が聞こえる。彼はすぐうしろに座って脚を前に伸ばすと、リーアの手からタオルを取り上げた。

リーアの背中を自分の胸に引き寄せて腕をまわし、彼女の頭のてっぺんに顎をのせる。ふたりは炎を見つめ、肌の下まであたたまるのを待った。

彼の力強さとぬくもりに慰められたリーアは徐々に力を抜いた。ふくらはぎから肩まで筋肉がほぐれ、やがて完全にセバスチャンに寄りかかり、信頼しきって身を預けていた。

セバスチャンは体を動かし、リーアの髪の先のほうに指を通した。そして耳元でささやいた。彼の吐息に、ふたたびリーアの体が彼を意識してこわばる。「これが、ぼくが長いあいだ求めていたことだ。ただきみを抱き、きみに信頼されることがね」

リーアは頭をうしろにのけぞらせてセバスチャンの目を見つめ、彼の顎に触れた。「あなたのことは信頼していたわ。信じられなかったのは自分自身よ」

目にユーモアをたたえて、彼は微笑んだ。無精髭がリーアの手のひらをこする。「ぼくに抵抗できなかったことかい？　抵抗できないほど魅力的だというのも、ぼくの欠点なのか？」

「そうよ」リーアは自分も微笑みながら、うしろを向いて彼の腕の中にひざまずき、セバスチャンの首に腕をまわした。「あなたがわたしのしたいようにさせない、つまり自分の殻に閉じこもらせないのはわかっていたわ。わたしはあなたに触れるのが怖かった。あなたに支配されたら自分というものがなくなってしまいそうで怖かったの」

セバスチャンの笑みが消え、彼の手はためらうようにそっとリーアのあばらをなでた。

「いまはどうだ？」

リーアは彼の髪を指ですき、人差し指で額から鼻をなぞった。親指で口を開かせると、彼がその親指を吸ってそっとかんだ。血流の音が耳に響くほど脈が速くなったのは、恐怖のせいではなかった。「いま、わたしはあなたに触れている」リーアはささやいた。「こんなに強くなった気がするのははじめてよ」身を乗り出して、彼の頬に唇を触れ、やわらかい耳たぶを唇と歯でもてあそんだ。「あなたはわたしに力をくれるの」

セバスチャンはリーアから両手を離し、うしろの床についた。「教えてくれ、ぼくはどうしたらいいんだ？」

リーアは視線を彼の胸に走らせ、ガウンの襟元でいったん止めた。さらに広い胸から引きしまった腹部、そして高まりへと目を向ける。手をおろし、床に座って彼の足首に手を置いた。そのままふくらはぎをなで上げながら、その肌のぬくもりを楽しんだ。「あなたを悦ばせたい」リーアはガウンを肩から滑らせた。胸があらわになる。セバスチャンの目が暗く陰り、胸が大きく上下した。

リーアは彼の膝に手を置き、親指で腿の内側をかすめるように触れながら上に移動させた。セバスチャンはうめいた。リーアは微笑みながら彼のガウンのひもをほどいた。彼が顔を喉元に寄せてくる。リーアはガウンを彼の肩から脱がせた。目の前に全裸の彼がいることと、首のつけねを彼の唇と舌で愛撫されていることのどちらに自分が悦びを感じているのかわからなかった。おそらく両方なのだろう。

リーアは耐えられなくなり、セバスチャンの唇が鎖骨から胸の谷間へと移動すると、彼の肩につかまった。

「これでは、わたしがあなたを悦ばせていることにならないわ」

「そうか？」彼の唇が片方の胸からもう一方へ移った。「それなら謝らなければならないな。ぼくはこれで悦んでいるのだから」

長いあいだ保とうとしてきた自制心が、完全に崩れてしまった。彼に屈せず、その愛撫に悦びを感じないなんて、絶対に無理だわ。セバスチャンの腕に抱かれているときは、自制心を働かせる余裕などない。ただ、自分が彼のものであり、彼が自分のものであることを受け入れるだけだ。いまのわたしは孤独ではない。

セバスチャンがお尻を手で包むと、リーアは吐息をつき、彼が胸の頂に唇を寄せて吸うと、うめいた。自分があげる悦びの声は、熱くしなやかな彼の舌の感触に負けないほど、リーアを興奮させる。リーアは体を前に揺らして、彼の高まりに押しつけた。

「前にあなたの空想を聞かせてくれたわね」そうささやいたが、彼が片方の手をお尻から離して長い指を中に差し入れると、腰を前に突き出した。セバスチャンの口は彼女の胸の頂を歯で攻め続けた。背中をそらして彼の長い愛撫を受けたあと、甘えるような泣き声になった。

「でも……」彼の指の動きにリーアはあえぎながら言った。「わたしは……自分の空想を話す機会がなかった……」

セバスチャンが彼女の胸に息を吹きかけた。冷たい風を感じると、リーアは早くも彼の口のぬくもりが恋しくなった。「言ってごらん」

「ロンドンでわたしがあなたのプロポーズを承諾した日、一緒に馬車で公園を一周したのを覚えている?」

「もちろんだ」

片方の手で彼の肩につかまると、もう一方の手を彼の胸から下へと滑らせてこわばりを包んだ。セバスチャンは目を閉じ、歯を食いしばった。「あのとき、本当はあなたを求めていたの。こうすることを考えていた」

しっかりこわばりを握って手を上下に動かしながら、リーアは彼の顔に浮かぶ情熱と、ゆっくり息をして呼吸を整えようとしているさまに見入った。

「わたしの空想を聞いてちょうだい」彼の耳にささやいた。

セバスチャンは高まりをしっかりと握られてうめいた。首を巡らしてリーアの唇を求めたが、彼女は熱い唇を一瞬重ねただけですぐに離した。

「空想の中で——」その声は妖婦のようにセバスチャンを誘惑する。「わたしはあなたと並んで馬車の席に座り、ドレスをたくし上げるの」親指が高まりの先端をなでる。

セバスチャンは彼女の手に向かって腰を突き出した。「リーア」

「あなたはわたしの前にひざまずき、わたしの両脚を肩にかける。そしてキスを……」リーアはため息をついた。欲望に顔をほてらせている彼女ほど魅惑的なものを、セバスチャンは見たことがない。「キスをするの」

セバスチャンは指の動きを遅くして、彼女の敏感な突起に、円を描くようにそっと触れた。リーアが切なげに小さく声をあげ、セバスチャンはそれに応えるようにさらに強く、深く彼女の中に指を入れた。

リーアはセバスチャンの高まりから手を離し、両手で彼の肩を押した。セバスチャンはうしろに倒れて敷物の上にあおむけになった。「それからどうなる？」セバスチャンの高まりが自分の入り口に当たるようにリーアがまたがると、セバスチャンはふたたび歯を食いしばった。

彼女は前かがみになってキスをした。じらすようにゆっくりと唇と舌を押しつける。「それから、わたしが達する前に、あなたは立ち上がってわたしの脚を自分の腰にまわし――」

リーアはふたたび高まりを握りながらセバスチャンの視線をとらえた。目がとろんとしている。そして腰を沈めて自分の中にセバスチャンを迎え入れた。その瞬間絶頂に達してしまいそうになったが、セバスチャンは必死でこらえた。彼女がしっかりと高まりを包みこむ。

「わたしの中に入るの」

リーアは唇をかんで、はにかむように目を伏せた。ぼくの前で恥ずかしい思いなどさせない。セバスチャンは彼女の手を取って自分につかまらせると、腰を上げてより深く彼女の中に入った。腰の動かし方をいろいろと試してみて、彼女が一番気に入るリズムを見つけた。力強く、安定したリズムだ。リーアは唇を開き、頭を思いきりうしろにのけぞらせた。胸が大きく揺れ、かたくなったその頂がからかうようにセバスチャンの体に触れ、さらに興奮をあおる。悦びが耐えられないほどまで高まった。セバスチャンはリーアの手を放し、ウエストをつかんだ。それはリーアと一緒に快感にのぼりつめようとする彼にとって錨のようなものだった。

彼女にきつく締めつけられ、セバスチャンはうめき声をあげた。彼女の肌に指を食いこませる。「ぼくが中に入るのは好きか？」

リーアは目を開いてセバスチャンを見おろした。ゆっくりと笑みを浮かべる。「ええ、もちろん」

そして、目をそらさずに身を乗り出して、セバスチャンの胸に両手をついて激しく上下に動いた。セバスチャンはついに自分を抑えられなくなり、快感に身をまかせて息もつかずに彼女の中に精を放った。

やがて呼吸が戻り、セバスチャンがつぶっていた目を開けると、やさしさと満足感をたたえたリーアの顔が見えた。「うれしいわ。あなたにわれを忘れさせた」

セバスチャンは頭を持ち上げて彼女にキスした。「ああ、そうだ」そして唇を離して今度は自分がリーアの上になり、彼女のおなかに手を当てた。「きみはぼくと一緒に達しなかった」

リーアは眉を上げてセバスチャンの手に自分の手を重ね、胸まで導いた。「もう一度やり直したい？」

「ああ、いますぐに」セバスチャンは答えた。だが、彼女を愛撫する代わりにキスをした。

「きみがもう一度愛していると言ってくれるのを聞いてから」

リーアは微笑んでセバスチャンの首に腕を巻きつけた。「愛しているわ」

「よく聞こえなかったな」

「愛しているわ」

「うむ」セバスチャンはリーアの下唇を軽くかみ、胸の頂に指でゆっくり円を描いた。「まだ聞こえない」

「それがあなたの苦しめ方なの、セバスチャン？」

「たぶん」

「わかったわ。愛してる、愛してる、愛してる」

「もう一回。何度聞いても満足はできないだろうが」

「愛して――」

セバスチャンが胸の頂をはじくと、リーアは体を震わせた。セバスチャンは彼女のおなかから下に向かってなでた。

彼はリーアの鼻に、唇に、顎にキスをした。「黙って、リーア。ぼくも愛している」

「横柄なのがあなたの欠点のひとつだって言ったかしら？」

セバスチャンは彼女の喉に向かって笑った。

セバスチャンが指を中に滑りこませると、リーアはうめき、そして尋ねた。「なんなの？」

彼女の鎖骨にキスをする。

「セバスチャン？」

時間が流れた。一分が過ぎた。いや、もっとかもしれない。

「ああ」リーアは深く息を吸った。「本当に横柄だけど、すてき」

「リーア？」彼女の腿に向かってつぶやいてからふたたびそこにキスをした。

「何？」その短いひと言を発するだけでも声が震えている。

「静かにするんだ」

リーアがあえぎ、セバスチャンは微笑んだ。

「あなたの言うとおりにするわ、閣下」

す。時間がはっきりしたら、もう一回手紙を送ります。そして、わたしたちは一緒になれます。

エピローグ

一八五〇年四月　ロンドン

リーアはティーポットを置き、カップをレディ・エリオットに渡しながら微笑んだ。「エリオット卿のおかげんがよくなったとうかがって、ほっとしましたわ」

「ええ、そうなの。元気になるわ。彼は二〇歳の若者なみの体力の持ち主だから。言いたいことはおわかりね？」

リーアの左側の椅子で、アデレードがむせた。ベアトリスが背中をさすり、アデレードはハンカチに向かって小さく咳をした。ハンカチは引っ張り出すまでもなく、はじめから膝の上に広げてあった。まるで子爵夫人がきわどい発言をするのを予想していたかのようだ。

レディ・エリオットは眉を上げてリーアをちらりと見た。「謝ったほうがいいかしら？」

ミセス・メイヤーが深いため息をついてソファにもたれた。「誰もがあなたのご主人みたいに元気なわけじゃないのよ、ヴァーナ。しょっちゅうそんなことを言っていたら自慢に聞こえるわ」

リーアは前に乗り出して、自分の紅茶に砂糖をひとさじ足してかきまぜた。「元気なのはエリオット卿だけじゃありませんけれど——」

「リーア！」母がきつい視線を投げた。

「話題を変えましょう。妹は未婚ですし」

「ミスター・グリモンズはいまもベアトリスに夢中なのよ」アデレードはハンカチをたたんでしまいながら言った。

「お母さま」ベアトリスが警告した。

「わたしの教えにもかかわらずあなたは社交シーズン中に結婚相手を見つけることはできなかったけれど、まだあきらめなくていいと言っているのよ。田舎に帰れば、ミスター・グリモンズが待っているのは間違いないわ」

リーアは誰も座っていない右の椅子を見た。リーアがセバスチャンと結婚したあとはミス・ペティグリューの父は娘とリーアの交際を認めたが、彼女はたまにしかお茶に訪れなかった。アデレードとレディ・エリオットに厳しいことを言われるのがいやだからだとリーアには説明するのだが、たぶん、ここに来るよりも父の銀行に行って例の銀行員をちらちら見るほうを選んでいるのだろう。

客間の外から子どもの声がして、女性たちはいっせいにドアのほうに顔を向けた。ヘンリーがセバスチャンの手を引っ張りながら入ってきた。夫と息子の姿を見たとたん、リーアの心臓は高鳴った。ヘンリーの髪は根元から濃い色に変わりつつある。目はまだアンジェラゆずりの青だが、笑うと、セバスチャンを若く無邪気にした顔だ。

「おばあさま、ぼくのクラット見て」

セバスチャンは申し訳なさそうに肩をすくめて微笑んだ。「今日は、自分もクラヴァットを着けると言ってきかなかったんです」

ヘンリーはセバスチャンの手を放して、腕を差し伸べているアデレードに向かって走った。

「ヘンリー」リーアは声をかけた。「お行儀を忘れちゃだめよ」

ヘンリーは急いで止まり、レディ・エリオットのほうを向いてお辞儀をした。次にミセス・メイヤーにもお辞儀をした。それからベアトリスに笑みを向け、ベアトリスはウィンクを返した。

「なんて立派な紳士でしょう」レディ・エリオットが言った。

ヘンリーは青い水玉模様のシルクのクラヴァットに触った。「ぼくのクラット見た？」

「ええ、見たわよ」ミセス・メイヤーが言った。「あなたはお父さまにそっくりね」

ヘンリーはにっこり笑ってからアデレードの腕に飛びこんだ。「ぼくのクラット見た、おばあさま？」

セバスチャンがリーアの頬にキスをした。「やあ」

「ほんの一、二時間も離れていられないの？　セバスチャン、本当にわたしにのぼせあがっているんじゃないかと思ってしまうわ」

「のぼせあがっているのさ」彼は耳元でささやくと、ふたりをじっと見つめるレディ・エリオットとミセス・メイヤーに微笑んだ。

「許してあげる。わたしもあなたに会いたかった」

「もうお茶の時間を邪魔したと言って怒らないでくれるかい？」

「このあいだは怒った？」

「いいや、だがあのときはヘンリーがきみのお母さんの気をそらしてくれたからね」

セバスチャンがそう言ったとたん、ヘンリーの高い声が聞こえ、リーアと同時にレディ・エリオットとミセス・メイヤーもそちらを見た。「でも、パパがアイスクリームは食べちゃだめって」ヘンリーはアデレードにそう言ってから、肩越しに悲しそうにリーアとセバスチャンを見た。

アデレードは鼻で笑ってヘンリーを膝に抱き上げた。「パパがそうおっしゃるならそうなんでしょう。でも、おばあさまと一緒のときは、おばあさまが食べさせてあげるわ」

「まあ、セバスチャンったら」リーアはささやいた。「あとで話があるわ」

やがて、ほかのみんなは紅茶を飲みかけのまま立ち上がった。アイスクリームを食べに行こうと決めたらしい。

「まさかと思うけれど――」リーアは言いかけたが、ヘンリーが笑いながら走ってきたので黙った。リーアはかがんでヘンリーをかたく抱きしめた。「パパがおばあさまにアイスクリームをおねだりしなさいって言ったの？」

ヘンリーは一歩下がってセバスチャンを見上げてから、ふたたびリーアを見た。そして笑いながらうなずいた。リーアは笑った。「じゃあ、行きなさい」ヘンリーをアデレードのほうに向かせた。「待って、ヘンリー」ヘンリーが振り向いた。「愛してるわ」リーアは言った。「ぼくもだよ、ママ」そう言って、アデレードとベアトリスのもとに走り、ふたりと手をつないだ。リーアはみんなが客間から出るのを待ってから、腕組みをしてセバスチャンに向き直った。

「なんだい？」

「次はこんなに長く待たないで」

「三〇分でぼくたちに入ってきてほしいのかい？」

「二〇分。いいえ、一〇分よ」

セバスチャンは微笑んで、組んでいたリーアの腕をほどき、自分の肩にかけさせた。そしてリーアのウエストに手を置いた。「レディ・ライオスリー、きみのほうがぼくにのぼせあがっているんじゃないかと思ってしまうよ」彼はこめかみにキスしてから、頬にキスをした。

「もしそうだとしたら？」リーアは口を彼のほうに近づけながら尋ねた。

「そのままでいるように」

「もちろんそのつもりよ」

「それでいい」

しばらく間があってからリーアは言った。「キスしようとしてる？」

「一〇分を五分に変えてくれないか、待っていたんだ」

「もっといい考えがあるわ。次はヘンリーと乳母を母の家に送り出して、お客さまの相手をさせるの。きっと買い物に連れていってもらえるわ。そしてわたしたちは、使用人に一日暇を出してふたりきりになる」

「ふたりきりに？」

リーアはうなずいた。

セバスチャンは微笑んだ。そのいたずらっぽい笑みに、リーアの下腹部が熱くなり肌が紅潮する。「それならキスをしてあげよう」

訳者あとがき

馬車の事故で命を落としたひと組のカップル。それぞれ妻と夫のいる身でありながら、真剣に愛しあい駆け落ちをしようとした、その矢先の事故でした。あとに残されたのは、妻に裏切られた夫と、夫に裏切られた妻。そのふたりが、本書の主人公です。

美しい妻とかわいい息子とともに幸せに暮らしていたセバスチャンのもとに、病気療養のため田舎の領地に向かっていたはずの妻が事故で亡くなったとの知らせが届きます。それも、自身の学生時代からの親友であるイアンと一緒に。最愛の妻と親友を同時に亡くしたうえに、信頼していたふたりに裏切られていたという二重三重のショックに打ちのめされるセバスチャン。

一方、イアンの妻であるリーアの反応はそれとはだいぶ違っていました。一年前から夫の不貞を知っていたリーアは、身を引き裂かれる思いに苦しみながらも、現実から目をそむけてイアンとの夫婦生活を続けてきました。一度は愛したイアンの死は悲しいけれど、それは同時に、偽りに満ちたつらい生活から解放され、ひとりの女性として自由になるチャンスでもありました。

自由で自立した生活をはじめたリーアですが、世間は、しきたりに従い、悲しみに暮れる未亡人らしくふるまうことを彼女に求めます。中でも厄介なのがセバスチャンでした。リーアのふるまいから妻とイアンの不貞が世間に知れ、その結果、息子の父親がイアンだという噂が流れるのを恐れたのです。セバスチャン自身、本当に自分の子どもであるという確信が持てなくなっていました。そんなセバスチャンの心配をよそに、リーアは領地に客を滞在させて連日もてなすハウスパーティーを開き、これまで自分がしたくてもできなかったことを客と一緒に楽しもうとします。それを阻止しようとするセバスチャン。ふたりは反発しあいながらも、互いの孤独や傷ついた心を理解するにつれ、いつのまにか相手に惹かれていきます。そして、ハウスパーティーの最終日にリーアがとった思いきった行動をきっかけに、ふたりの関係は次の局面へと進展していくのです。

作者のアシュレー・マーチは、本作品が日本デビュー作となります。テキサス生まれで、中国のマンダリン大学で中国語の学位を取得したのち、ロマンス小説を書きはじめました。もともとロマンス小説の大ファンだったという彼女、『風と共に去りぬ』で大好きなスカーレット・オハラとレット・バトラーがハッピーエンドを迎えなかったことに不満を覚え、自分はハッピーエンドの小説を書くことでその鬱憤を晴らすことにしたそうです。アシュレー・マーチ名義での作品は本作を含めて四作。現在は、エリーズ・ローム（Elise Rome）名義で新しいシリーズを発表しています。ベストセラー作家のエリザベス・ホイトも称賛する彼女は、今後の活躍が大いに期待される作家です。彼女のほかの作品も日本のみなさまにご紹介する機会が来ることを、訳者として願ってやみません。

二〇一四年一二月

ライムブックス

薔薇《ばら》の目覚《めざ》め

著　者　アシュレー・マーチ
訳　者　水山《みずやま》葉月《はづき》

2015年1月20日　初版第一刷発行

発行人　成瀬雅人
発行所　株式会社原書房
〒160-0022東京都新宿区新宿1-25-13
電話・代表03-3354-0685　http://www.harashobo.co.jp
振替・00150-6-151594
カバーデザイン　松山はるみ
印刷所　図書印刷株式会社

落丁・乱丁本はお取替えいたします。
定価は、カバーに表示してあります。
 ISBN978-4-562-04466-5　Printed in Japan